中国现当代文学的学科观念与教学实践

方维保　杨四平　主编

安徽师范大学出版社
·芜湖·

责任编辑:胡志恒　刘　佳
装帧设计:丁奕奕

图书在版编目(CIP)数据

中国现当代文学的学科观念与教学实践/方维保,杨四平主编. —芜湖:安徽师范大学出版社,2017.3（2025.1 重印）
ISBN 978-7-5676-2489-4

Ⅰ.①中… Ⅱ.①方… ②杨… Ⅲ.①中国文学－现代文学－文学研究②中国文学－当代文学－文学研究③汉语－教学研究 Ⅳ.①I206.6②H19

中国版本图书馆CIP数据核字(2016)第118370号

本书由安徽省中国现当代文学省级教学团队资助出版

中国现当代文学的学科观念与教学实践

ZHONGGUO XIANDANGDAI WENXUE DE XUEKE GUANNIAN YU JIAOXUE SHIJIAN

方维保　杨四平　主编

出版发行:安徽师范大学出版社
芜湖市九华南路189号安徽师范大学花津校区　邮政编码:241002
网　　址:http://www.ahnupress.com
发 行 部:0553-3883578　5910327　5910310(传真) E-mail:asdcbsfxb@126.com
印　　刷:阳谷毕升印务有限公司
版　　次:2017年3月第1版
印　　次:2025年1月第2次印刷
规　　格:700mm×1000mm　1/16
印　　张:19
字　　数:227千字
书　　号:ISBN 978-7-5676-2489-4
定　　价:76.00元

序　言

大学之大，在于科研与教学的并重。没有科研，大学就成了纯粹教学的中学；没有教学，大学也就无所谓学校。大学因为有了科研，才有了学科；大学因为有了教学，才有了教学单位。安徽师范大学中国语言文学系中的中国现当代文学学科和中国现当代文学教研室，是学科研究和本硕博教学兼而有之的一体。

中国现当代文学教学团队，是安徽师范大学历史悠久的学科教学团队之一。从20世纪二三十年代的安徽大学时期到新中国成立后的合肥师范学院时期一直到安徽师范大学时期，本教学团队曾涌现出一批全国知名的优秀学者和教育工作者。

中国现当代文学课程是汉语言文学专业主干课程之一。中国现当代文学教学团队，在本科教学方面取得了一系列的成绩。中国现当代文学学科点2009年被评为校级重点学科和省级重点学科；“中国现当代文学史”为省级精品课程；中国现当代文学教学团队，现为省级本科教学团队。由谢昭新、徐德明主编，本团队集体参与编写的教材《中国现当代文学史》和《中国现当代文学作品选》由安徽教育出版社出版，并被列为省级规划教材。本专业方维保教授编著的《中国现当代文学思潮史论》和吴尚华副教授编著的《港台文学研究》曾获得校优秀教材奖。本团队曾立项完成多项教学研究项目，“高师院校文化素质教育教学内容和课程体系建构研究”“高师院校汉语言文学专业创新人才培养模式研究”等为省教学研究重点项目。本专业曾获得多项省级教学成果奖，“中国现代文学史教学改革与课程建设”获得安徽省教学成果奖一等奖；“高师院校文化素质教育教学内容和课程体系建构研究”获得安徽省教学成果奖二等奖，“高师院校汉语言文学专业创新人才培养模式研究”获得安徽省教学成果奖一等奖。杨四平教授为国家级精品课程“大学语文”主讲教师之一。青年教师黄静等人也多次在院校的教学比赛中获得优异成绩。

本团队依托学校和省级重点学科中国现当代文学而设置，团队以中国现当代文学专业的学者和教师为主体，教学科研基础扎实，师资力量较为雄厚。本团队随着学校的发展，教学改革不断深化，团队逐步发展壮大，经过多年的努力，目前团队的年龄、职称、学历和学缘结构更加趋于合理，并形成中、青年相结合的良好局面，具有较大的发展潜力和空间；团队教师热爱教育教学，关心学生成长成才，具有良好的职业道德和敬业精神；团队成员多年来在科研、教学等方面相互协作，屡创好的成绩，具有和谐共进的团队精神。

本团队所承担的中国现当代文学系列课程，包括了汉语言文学专业的专业基础课及院选课程、校选课程，涉及文学、电影、戏剧等多个门类。本团队通过开设“中国现当代文学史”“中国现当代文学作品选”“新时期文学现象研究”“小说与生活”“电影鉴赏”“现代小说研究”“安徽文人与文化”等方面的课程，向学生系统传授中国现当代文学的知识，彰显中国现当代文学的现代人文性特征，引导学生了解、体验和驾驭中国现当代文学的教育和教学的方法。本团队所授课程教学工作量大、涉及面广，其教学质量直接影响全院乃至全校各相关专业人才培养质量。提高教学质量一直是本团队持之以恒、不懈追求的目标。各级教育教学部门历来高度重视课程建设与教学质量。在2006年，中国现当代文学课程就入选安徽师范大学校级精品课程和安徽省省级精品课程。

中国现当代文学课程具有现代性和审美性的特征。本团队根据中国现当代文学的专业特点，不断对课程设置、教学内容、教学方式方法和教学手段等进行大胆改革创新，调整课程体系；以培养知识型人才为主，强调学生对于现代知识的掌握，采取灵活多变的教学方式，采用以提高学生的审美能力、语言交际能力和写作能力为主的能力型教学模式。团队教师所承担的课程目前广泛采用多媒体辅助教学，内容丰富直观，信息量大，深受学生欢迎。与此同时，团队教师坚持把教研科研作为促教带学和提高教学质量的重要举措，使科研成果进课堂、进教材，从而达到相互促进、教研相长的目的。本团队重视和强化教学研究，团队成员多年来发表大量的教育教学论文，不断深化中国现当代文学系列课程教学内容、教学方法与手段的改革，完成了多项校、省部级教学研究课题，取得了一系列高水平教学成果。

中国现当代文学教学和科研团队的全体同仁，作为大学教学一线的教师，我们的日常工作在“课堂之上”。在长期的教学实践中，各位同仁都积累了比较丰富的经验，在学科历史、教育理念、本科教学的方式方法上，都感觉到有话要说。有鉴于此，我们编写了这部将学科观念研究和教学实践经验相结合的论文集。

这部文集主要包括以下几个方面的内容：

一是关于中国现当代文学与大学人文教育之关系的思考。中国现当代文学课程，是伴随着中国教育的现代化而设于中国大学的。中国现当代文学，作为文学学科之一，作为其最新的，也是最为活跃和开放的一部分，设置于中国大学，充分体现了现当代中国大学的人文性、现代性和世界性。现当代文学课程的设置，对于救渡当代中国大学的器具化之偏，养成当代大学生的人文素养都有着重要的作用。

二是关于中国现当代文学学科史和学科特点的论述。中国现当代文学学科，是在大学课程的讲授中逐步形成的。中国现当代文学书写对象的问题，文学史编写的问题，都与课堂教学和课程设置有着较多的联系。文学史的编写，不但体现了一种历史观念，也体现了一种讲述的方式，体现了一种培养方式。

三是中国现当代文学本科教学中的经验、思考以及一些做法。在倡导高校教育教学观念改革创新的当下，我们对照本校的师范类性质以及人才培养模式，将我们在本科（包括非汉语言文学专业的相关通识课程）教学中的教育观念的思考、教学方法的改革应用以及教学中的一些具体的做法，都总结出来呈现于此。汉语言文学专业中国现当代文学本科教学之经验总结，是这部文集的主体部分。

四是语文教育教学方法思考和经验总结。由于本校的师范类性质，中国现当代文学课程与中小学语文教育教学有着密切的关系。因此，本团队同仁对中小学语文教材、教育思想以及教学方法等，都进行了思考，相关经验也呈现于此。同时，随着研究生教学问题日益受到关注，我们的同仁也就中国现当代文学专业硕士生教育教学经验进行了总结。

我们关于中国现当代文学学科和教学的研究，都只是我们的一孔之见，一己之体验，虽然“本土”特色显著，但放到大的大学教育的环境之中，可能还有许多值得商榷的地方；我们把我们的经验和见解贡献出来，也希望能够得到海内外同仁的指教。如此，则这部文集，也算是抛砖引玉吧。

目 录

第一辑　中国现当代文学教学与大学生人文素质培养

第二辑　中国现当代文学教学与文学史的建构

第三辑 中国现当代文学的本科教学实践

第四辑 中国现当代文学本科教学与语文教育教学

第五辑　中国现当代文学教学与专业班主任、研究生教育经验

第一辑

中国现当代文学教学与大学生人文素质培养

中国现当代文学教学与大学生人文素质的培养

谢昭新

人文素质教育主要培养人的人文素质，人文素质就是做人的素质。当前，大学生人文素质比较缺乏，主要表现在：人文知识面偏窄，知识结构不合理；心理承受能力、协调人际关系能力较差；有些大学生的语言、行为不文明，抵御各种错误思想侵蚀的能力较差等。人文素质的缺乏导致大学生的综合素质不适应实际工作的需要。因此，加强大学生人文素质的教育和培养，既是时代发展的需要，也是我国高等教育的基本要求和高等教育改革的基本趋势。既然人文素质是做人的素质，那么做什么样的人即是至关重要的了。做人的教育，要求大学生进校首先学会如何做人；其次，学会如何思维；再次，掌握必要的高层次的知识以及运用知识的能力。这三者不可分割，彼此相互渗透，相互支持，相互影响，学会如何做人是基础。做人，最重要的是要铸造美好的人格。美好的人格大抵是由美好的情感、美好的道德、高度的责任感和高尚的价值观组合而成。而在中国现当代作家作品中，能够启发、教育人们追求美好的情感、美好的道德、高度的责任感和高尚的价值观的名篇佳作比比皆是。现就笔者所从事的现当代文学教学工作，谈谈我是怎样运用现当代作家作品的教学，发挥有关情感、道德、人生观和价值观方面的教育作用，从而提高大学生人文素质的。

首先，笔者特别注重现当代文学作品对学生的情感教育，以培养学生的爱国情感、民族精神。人文素质教育的关键是培养和陶冶人的感情或情感，如骨肉情、手足情、鱼水情、故园情、爱国情、民族情、友情、爱情、恋情、乡情等。在这些情感中，都涉及美与丑、善与恶、高尚与卑劣的对比。我们的情感教育是向受教育者倾注美好的、善良的、高尚的情感，而批判和唾弃丑恶的、卑劣的、庸俗的情感。在这些情感中，我认为最重要的是家国情、民族情。谈到家国情、民族情，我们在许多中国现当代文学经典中，都能看到那些高扬民族精神、高歌爱国主义的篇章。比如笔者在分析郭沫若的历史剧《屈原》时，即以其高张爱国情感、反对卖国投降的民族精神教育学生，陶冶学生的爱国情操。在分析莫言的《红高粱》时，除了讲清它作为新历史主义小说的特点外，更让学生弄清莫言运用幻象与现实、神话与现实的交融，象征、想象、夸张、意识流等手法，创造一种历史与当代社会相融合的“神奇”世界，即莫言的“特殊世界”。这个“特殊世界”即是民间抗日的世界。小说描写土匪头子余占鳌带领一班人马以及村民们自发组织起来，打日本鬼子、炸日本军车，着意塑造具有野性生命力的民间英雄形象。在

“我奶奶”、余占鳌等民间英雄形象身上所体现出的民族大义，民族精神，又是非常感人的。其实，从古至今，中国文学中高张爱国主义的作品太多了。近年来，我们的媒体宣传，包括影视剧创作，也都出现大量的弘扬民族精神的作品。像《南京，南京》，还有一些现代文学经典的重现——《地道战》《平原游击队》《烈火金钢》等，都是我们借以进行爱国情感教育的好作品。

其次，笔者又特别注重现当代文学作品对学生的道德教育，以培养学生良好的道德情操。在中国传统文化中，儒家以仁爱为善，道家以自然为善，都强调尚善，尚善是一种良好道德。这种尚善的道德态度体现在文学创作中，像以屈、陶、李、杜为代表的中国传统主流文学，都具有高标的理想，坚守高尚的人格。古今中外许多富有正义感的作家，他们写出来的人物，也都以正义感来感化读者。比如，老舍，他是最富有正义感的作家之一，他讲义气，他笔下的人物好打抱不平。《四世同堂》里的一个“日本兵”坐车夫小崔的车，拉到地方，他下了车不给钱，小崔把他一顿痛打，打得他直叫亲娘妈妈，这才知道他是中国人冒充“日本兵”，小崔又给他一顿痛打，要打出他的“日本屎”来。正义感，好打抱不平，除暴安良，这些品质时时在他笔下的人物身上表现出来。说到自尊自强，我想谈谈许地山的《春桃》，春桃可以说是许地山笔下最具光彩的女性人物。春桃与丈夫李茂在新婚之夜因战乱走散。她几经辗转来到北京城干起了捡破烂的营生。遇到刘向高，两人如小家雀般在租来的院子里过着同居生活。直到再次遇到已经双腿残废的李茂，她的生活出现了波澜。两男一女的同居生活是尴尬的。当两个男人正准备用各自的退出成全对方的时候，春桃却宣布自己谁的妻子都不是。她对以后三人的生活早有了打算。作为文学史上让人说不尽、评不完的春桃，其魅力就在于在没有明天、没有理想的困难境遇中，她却知道如何用自己的生存哲学来把握自己的命运，独立、自尊地实现在逆境中存活的人生圆满。关于道德教育，笔者想请学生们记住尼采在《查拉图斯特拉如是说》中说的话："我的弟兄们，尽你们的道德的力量忠于大地吧！让你们的赠予之爱和你们的认识有助于大地的意义吧!""像我一样，把飞去的道德带回大地吧——是的，带回给肉体和生命吧：让道德给大地赋予意义、人的意义!"

再次，我还特别注重现当代文学作品对学生的人生观和价值观的教育，以培养学生良好的人生观、价值观。"五四"新文学作品中，较多作品都在探讨人生观、人生的价值问题。像冰心在作品中宣扬"爱的哲学"，要用"爱"、泛爱、博爱来教育人、感化人，要爱人类、爱世界、爱自然；王统照在小说中更表达了对"爱与美"的追求；许地山的《落花生》则教育人们要像花生那样，把果实埋在地下，不显示、不张扬、不夸耀自己，要实实在在地做人，要做一个"平实"的人。茅盾写于1941年的《白杨礼赞》借着礼赞白杨树，歌颂了在中国共产党领导下坚持抗战的北方农民所具有的民族的质朴、坚强、力求上进的精神，这也是我们应该追求的人生价值精神。到新中国成立后的五六十年代，全国上下大力宣传、学习毛泽东的《为人民服务》《纪念白求恩》《愚公移山》三篇文章，这三篇文章非常精辟地阐明了人的社会责任与人的生命价值，表现了我国优秀民族传统与革命传统。新时期文学当中也有许多作品着力于探寻人的生存价值与意义。路遥的《平凡的世界》就是这方面的杰作，这部作品用孙少平的苦难人生来证明了奋斗的意义，散发出理想主义的光芒。孙少平是个贫苦农家的儿子，为了生存进城务工，尝尽人情的冷暖，但孙少平并没有因为生存的不幸而意志消沉、玩世不恭或愤世嫉俗，不幸的阅历铸就了他人格上的成熟，他对人生始终保有积极乐观的态度："生活总是美好的，生命在其间又是如此短促；既然活着，就应该好好地活……即便是痛苦，也应该看做是人的正常情感；甚至它是组成我们人生幸福的一个不可欠缺的部分呢！"生活的挤压没有使孙少平成为社会的畸形儿，反而使他成为一个睿智豁达的人。小说中的孙少平用这样的语言来概述自己的举动："我们出生于贫困的农民家庭，永远不要鄙薄我们的出生，它给我们带来的好处将一生受用不尽，但是我们一定要从我们出生的局限中解脱出来，从意识上彻底背叛农民的狭隘性，追求更高的生活意义。"他微笑着、感恩地面对人生，用他的生命之歌向读者昭示着：人生必得面临许多生存的挑战，人生的道路是坎坷不平的，"活着"本身就是一种伟大，动辄就轻言放弃，是懦夫的行为。唯有热情乐观地面对生活，才能点燃平凡人生命的希望之火。以上这些作品对学生树立正确的人生观都会有一定的启迪，也就是：人要有爱心和社会责任感。人生必须不断进取，求真务实，不怕困难和曲折，昂然面对生活的困境，才能创造幸福的生活。

探索一种复调式的大学人文教学：以中国现当代文学为例

张公善

大学教育理应是一种人文教育，尤其是以培养师资力量为职责的师范院校更是如此。如何把这种人文教育观念落实到具体的课堂是一个非常值得探讨的课题。下面我结合自己的大学课堂（现当代文学）教学实践，谈谈心目中理想的教学观念：复调式的人文教学[①]（这里的教学单元非以一节课，而是以一件作品来计算，一般两节课左右）。

一、复调式的人文教学理念

朱光潜说："人生本来就是一种较广义的艺术。每个人的生命

① 复调在音乐中是指两段或两段以上相关但又有区别的旋律的自然组合。批评家巴赫金将复调概念用于分析小说。我在此用"复调式"，旨在与传统教学教师独白为主的内容单调的课堂教学模式相对应。

史就是他自己的作品。……过一世生活好比做一篇文章。完美的生活都有上品文章所应有的美点。”①复调式的人文教学不仅把作家的作品当成艺术来解读，而且也要把作家的生活当作一件作品来审美鉴赏，通过解读作品领略艺术的魅力，通过追思作家的生活反思自己的现实人生。可见这种人文教学有三个维度：作家，作品，现实。在这三个维度组成的立体舞台上，老师和学生作为演员共同演绎着自己的生活感悟和生活决断。“我们该何去何从？”是他们永远铭记的心灵拷问。

传统教学往往只是泛泛介绍作者的生卒年月、籍贯、代表作等文学常识，然后从头到尾分析一下作品了事。这种单调的教学模式既无趣无味又无智慧。与此不同，复调式的人文教学的总理念是：贯串作家和作品，串联课堂与人生。“贯串作家和作品”意味着将作家的生活世界与其作品的艺术世界以及作者的不同作品连接起来，“串联课堂与人生”意味着将所学作家作品与我们自己的现实生活世界连接起来。比如戴望舒的诗歌《雨巷》，首先简略地介绍一下与作者相关的文学常识，然后简单谈谈戴望舒的爱情与婚姻，把它当作戴望舒“人生大书”的一个片段来阅读。从而引导正值青春年少的大学生们树立这样一种积极健康的爱情与婚姻观念：两厢情愿才能萌发幸福，爱情是交响乐而非单方独唱。在具体解读作品时指出这首诗可以有三重意味，即“自然、社会、人生”三重境界。其中最高的境界就是“雨巷”象征着人生的悲剧性与理想性。人生无处不风雨！每个人的一生，都会有一段段的“雨巷”，当你身处其中，会觉得没有光明，没有声音，没有欢乐，一切都死水般

① 朱光潜：《谈美》，安徽教育出版社1997年版，第146页。

的沉寂。每每此时，我们不要沉沦下去，不要因为理想受挫就偃旗息鼓。我们应该一如既往在希望中前行，怀抱新的灿烂理想积极生活。正如戴望舒在末段中写的那样，在“姑娘”被现实风吹雨打面目全非之后仍然呼唤着另一个“姑娘”的到来：“撑着油纸伞，独自/彷徨在悠长，悠长/又寂寥的雨巷，我希望飘过/一个丁香一样地/结着愁怨的姑娘。”这也是孤独的现代人的人生写照，他们跋涉在自己的漫漫长路上，不断受挫，容颜衰老，可理想依旧，爱心不变，苦苦守望着自己的精神家园……

这种把现实人生融入课堂教学的方法，无疑扩大了课堂的教学空间，也增加了课堂的复调性。复调式的人文教学呈现给学生的是一种艺术和人生的多重视野，让他们自己去对照、反思，从而引导他们自己去思索、去决断、去生活！

二、复调式的人文教学风格

传统的课堂教学往往以传授知识为主要目的，教师几乎都是围绕着所要传授的知识点组织教学。这种单一的课堂教学模式对于人文学科来说非常不适合，它没有提供对所学作品丰富性的展示，也没有对人生智慧的感悟。与此相对，复调式的人文教学强调复调性与人文性，它需要在课堂上做到“透视主义和散文化的密切结合”。

所谓“透视主义”是德国哲学家尼采用来否认任何绝对或普遍价值的可能性的一种学说。我们在此对他的反叛内容不感兴趣，我们觉得他的“透视主义”思维方式非常有借鉴价值。古语云：一叶可以障目。那么我们如何突破视野的屏障呢？尼采的透视主义认为，“一个视角是一只眼睛，一种看的方式，一个人所拥有的视角越多，他能够任意看到的东西就越多，他对特定现象的理解和把握就越好。”[①]这种观照方式强调的就是一个特定现象的复调性：不同的人又有着不同的视角，同一个人也可以有不同的视角。将这种观照方式引入我们的课堂教学，意味着我们可以融汇各家言说分析作品，也可以自吐心声抒发个性化的阅读体验。所谓“散文化”，是说我们的课堂形式非常自由，可以“贯串作家和作品，串联课堂与人生”，但是必须要做到“形散而神不散”。自由不能没有边际，得有一个中心，那就是围绕着所学作家作品，这是话题中心。在这个话题中心之外发散时还要坚持一个精神中心，即“珍爱生命、积极生活、感悟存在”。“散文化”的核心所在就是关注一种精神人文性。透视主义和散文化密切结合，形成了所谓的复调式人文教学风格。

当然，透视主义的众家言说不能太多太滥，要注意选择的观点的价值与意义。散文化的教学也不能太散从而占用过多课堂时间。这一切都要做到平衡，的确不容易，但却可以作为一种目标去追求。在教学史铁生的小说《命若琴弦》时，我从众多的资料中只选择了以下两种观点：一是陈思和主编的《中国当代文学史教程》中对史铁生的评论：“由个人严酷的命运上升到生命永恒的流变，史铁生终于超越了个体生命中有限的必然，把自己的沉思带入到了生命全体的融会之中，这时所体现出的个人对苦难的承受已不再是褊狭的绝望，而呈现为对人类的整体存在的担当。”[②]一是宋立民的论文《莽莽苍苍的群山之中走着两个瞎子——史铁生〈命若琴弦〉的

---

① 贝斯特、科尔纳：《后现代转向》，陈刚等译，南京大学出版社2002年版，第82页。

② 陈思和主编：《中国当代文学史教程》，复旦大学出版社1999年版，第342页。

再阐释》，他从八个方面窥探作者是如何沿着莽莽群山中的那条小路从小说步入了哲学，由艺术靠近了宗教的："借纸笔悟生死""象征主义""生命=行走之和""无中生有""顿悟于极限""满足与超越""面对情感世界""广义残疾"。[①]这两种见解一是从作家个人生活世界出发，一是从作品的艺术世界出发，共同触及了复调式人文教学的精神主题："珍爱生命、积极生活、感悟存在"。不仅如此，讲解这篇小说时还结合希腊的西西弗神话，联系法国哲学家加缪的著作《西西弗神话》，还涉及了美国哲学家辛格的著作《我们的迷惘》中关于生命的意味的论述，最后形成如下见解：

这篇小说揭示了一对生活矛盾：理想的虚无与过程的积极。老瞎子的师父不会料到老瞎子真的弹断了1 000根琴弦。他只是给老瞎子一个活下去的理由，一个黑暗世界里的明灯。老瞎子几乎用尽一生时光才深深地理解了师父临终前的话语，所以他给徒弟定的人生目标是弹断1 200根琴弦，就是希望小瞎子在追求这个目标的过程中死去。只要我们从生到死都怀着一个向往，就应该是幸福的了。正如文中所说的："目的虽是虚设的，可非得有不行，不然琴弦怎么拉紧？拉不紧就弹不响。"但必须注意的是，积极生活是这篇小说给我们的形式意义，至于积极生活的内在意义却是缺乏的。美国哲学家辛格看到人与人的生活的意义有高下之分，他区别出意义和意味两种生活境界。生命要想拥有意味必须有一种崇高的目的，必须把自己和别人和世界联系起来。[②]老瞎子奔波了一辈子只

---

① 宋立民：《莽莽苍苍的群山之中走着两个瞎子——史铁生〈命若琴弦〉的再阐释》，《黄淮学刊》1994年第2期。

② 关于辛格对生命（生活）意义与意味的思考，可参看张公善著：《批判与救赎——从存在美论到生活诗学》，安徽人民出版社2006年版，第175页。

是为了得到那张药方好医治自己的眼睛，使自己能够看见这个世界。最后的挫败却幸运地成就了老瞎子的道义使命，那就是找到小瞎子，然后给他一个光明的理想让他积极地活下去。从此老瞎子的生活就拥有了以前没有的意味。电影《功夫》中“星仔”小时候学武，可是为一个哑女打抱不平深受挫折之后，不再做好人，整日游手好闲偷窃扒拿，这时的生活是没有意义的；但最后他良心发现，不惜以生命为代价，敢于反抗，为那些善良的人们去拼命。这时他的生命就拥有了一份意味。

由此可见，这种教学风格是对传统教学知识中心主义的反叛，它在知识之外更加关注一种让人安身立命的人文智慧。可惜现实教育中很多老师忽视了韩愈的话：“师者，传道授业解惑也。”从而使得我们现在的教育有沦为单纯“授业”的工具主义的危险。和韩愈一样，孔子也重视“道”在生活中的核心地位，他说：“朝闻道，夕死可矣”；“君子谋道不谋食。……君子忧道不忧贫”。这“道”是什么？西班牙著名哲学家潘尼卡说得好：“智慧是生活的艺术……智慧是一种生活之道，而‘道’不是指关于生活的知识，而完全是对生活的知识性经验。”[①]复调式人文教学所追求的“道”，便是通过对作家生活世界和其作品艺术世界以及我们自己的生活实践的感悟，而获得的经验性的人生智慧。

三、复调式的人文教学目标

教师，尤其是大学教师，首先要做的就是不断塑造自己的灵魂，然后才能谈得上教书育人。真正的大学教师，给予学生的不仅

---

① 潘尼卡：《智慧的居所》，王志成、思竹译，江苏人民出版社2000年版，第1页。

仅是纯粹的知识，更是生活智慧的启迪以及一种精神的凌空。真正的课堂不仅仅是学生单方面受益，而是教学相长，师生互动互惠。这就构成了一种教学目标的复调性。

传统的教学目标只定位学生而不涉及老师，这就使得课堂成了教师的一言堂，教师俨然一个主教，具有无上的权威性，学生被动地被填进各种各样的知识而苦不堪言。复调式人文教学强调师生的双向交流产生的共同进步。这里有课堂目标和终极目标之分。课堂目标是教师通过备课和教学对所学作品产生自己的独特理解，学生通过聆听对所学作品和作家形成全面深入的认识，师生通过互动对话加深各自的阅读体验。至于终极目标，就是鲁迅所谓的“立人”，周作人所谓的“新民”。我将它概括为：用自己的眼看世界，用自己的脑想问题，用自己的心悟人生，真正从精神上站立起来，成为一个求真向善爱美的和谐的人。这也是古人在《大学》中提出的“大人之学”的目标所在：“大学之道，在明明德，在亲（新）民，在止于至善。”意思是“大学”的原则在于弘扬光明的善德，在于用这种善德革新民心使之去恶从善，在于达到尽善尽美的和谐境界。无独有偶，我们也在下述爱因斯坦的一段话中发现了大学的终极宗旨：“学校应该永远以此为目标：学生离开学校时是一个和谐的人，而不是一个专家。我认为在某种意义上，这对于那些培养将来从事较确定的职业的技术学校也适用。被放在首要位置的永远应该是独立思考和判断的总体能力的培养，而不是获取特定的知识。”①

---

① 爱因斯坦：《爱因斯坦晚年文集》，方在庆、韩文博、何维国译，海南出版社2000年版，第37页。

真正的老师永远是学生，是“生活的艺术”的学生！无论学生还是老师，我们都要牢记美国伟大的作家房龙在其著作《艺术》的扉页上写的一句箴言：“艺术只有一个目的，艺术家要为之不倦地努力，不懈地奋斗。这个目的就是达到艺术的最高境界——生活的艺术。”[①]

---

① 房龙：《艺术》，赵茜、赵栩译，北京出版社2001年版。

让大学走出器具化

张公善

如今的大学教育有沦为职业教育的危险，大学生的人文修养也在对技能素养的强调中黯然失色。面对如此境况，每一个关注民族未来的人，尤其是大学教育工作者都应该殚精竭虑，思考大学教育何去何从的问题。我想，应先回顾真正的大学精神是什么，再看看目前的大学教育的主要病症何在，最后探讨如何应对当前困境。

一、真正的大学精神

1917年蔡元培被任命为北京大学校长，他在就职演说中指出："大学者，研究高深学问者也。"而"专门学校"的培养目标则是"学成任事"。因此，蔡元培对大学生提出了三大要求："抱定宗旨""砥砺德行""敬爱师友"。（蔡元培《就任北京大学校长之演说》）蔡元培的就职演说给我们的大学生指明了前进的方向，也给我们的大学教育工作者提出了宝贵的大学理念。

1928年，31岁的罗家伦受命任国立清华大学校长，在他的就职演说中也谈到了大学的性质以及对大学生和大学教师的要求。他说："研究是大学的灵魂。"从这个灵魂出发，罗家伦对教师提出了八字方针："尽心教学，努力研究。"大学生应如何做呢？他说："便应当有大学生的风度。体魄康强，精神活泼，举止端庄，人格健全，便是大学生的风度。不倦地寻求真理，热烈地爱护国家，积极地造福人类，才是大学生的职志。有学问的人，要有'振衣千仞冈，濯足万里流'的心胸，要有'珠藏川自媚，玉蕴山含辉'的仪容，处人接物，才能受人尊敬。"①

蔡元培和罗家伦二人都强调了研究学问和道德修养的重要性。北京大学和清华大学是中国现代大学的集中代表，也是中国目前公认最好的大学。这两所大学所体现的现代大学精神是什么？就是研究学问和道德修养并重。它也深刻地积淀在两所大学的传统校训中。北京大学的校训是"循思想自由原则，取兼容并包之义"，清华大学的校训是"自强不息，厚德载物"。如果说北大校训强调的是深受西方现代文明影响的民主自由，那么清华大学的校训则体现了中华文明的传统精髓。它们结合在一起意味着中国现代大学的主导精神：思想自由，兼容并包；自强不息，厚德载物。用通俗易懂的话来概括就是：在大学里，无论学生还是教师，都应该读好书做好人。当然教师主要是教好书，但要想教好书，还得先要读好书才行。

---

① 罗家伦：《学术独立与新清华》，清华大学校史研究室《清华大学史料选编》(第2卷)，清华大学出版社1991年版，第201页。

让我们再来看看世界一流的哈佛大学的教育观念。由哈佛学院时代沿用至今的哈佛大学校徽上面，用拉丁文写着“VERITAS”字样，意为“真理”。哈佛大学的校训为“以柏拉图为友，以亚里士多德为友，更要以真理为友”。校徽和校训都昭示着哈佛大学立校兴学的宗旨：求是崇真。树立对真理和知识的绝对权威就是哈佛大学教育的灵魂。然而，仅有真理和知识还不够。1991年中国留美博士卢刚枪杀老师的悲剧告诫我们要关注人的德行。爱因斯坦就曾说过：“有关是什么的知识并不直接打开通向应该是什么之门。人们可以对是什么有最清楚最完整的知识，可还是不能从中推论出我们人类渴望的目标是什么。”①

大学不仅仅是真理的摇篮，更应该是精神的圣地，应时时刻刻关爱着个人的灵魂与人类的命运。孔子说：“君子不器。”人不能把自己塑造成一个器具。君子是什么样的人呢？君子是一个文质彬彬的人（“质胜文则野，文胜质则史，文质彬彬，然后君子”），倾心于道的人（“朝闻道，夕死可矣”），能超越日常功利生活的人（“君子谋道不谋食。……君子忧道不忧贫”）。“四书”之一的《大学》开宗明义便讲：“大学之道，在明明德，在亲民，在止于至善。”大学是大人之学，就是成为儒家所谓的大人的学问。其原则在于弘扬光明的善德，在于用这种善德革新民心使之去恶从善，在于达到尽善尽美的境界。很显然，这与鲁迅所谓的“立人”，可谓异曲同工。

因此，我认为大学教育真正落实的应该是：四年下来能让学生

---

①爱因斯坦：《科学与宗教》，《爱因斯坦晚年文集》，方在庆、韩文博、何维国译，海南出版社2000年版，第24页。

内心有种充实的感觉，让他们能够坦然走出校园，积极面对现实的风雨，让他们的精神真正独立起来，成为一个求真、向善、爱美的人。只有这样，我们的大学教育才能真正算名副其实的人文教育。然而现实不容乐观，大学的器具化相当严重。

二、现代大学的器具化

关于现代大学的异化问题的论述汗牛充栋。我从两方面关注现代大学的器具化问题：一是师生数字崇拜，二是师生沦为器具。

早在20世纪70年代，英国艺术史家贡布里希就指出“学术工业”的问题。他说：“让大学职员中的普通教员知道他的价值是由已发表的论文数量和受邀参加讨论会的次数来衡量，那就简直糟透了。”正是这种压力造成了“学术工业”的现象，“这种学术工业极少‘推动学科发展’，反而常常阻碍学术的发展”。他进而提出把人文科学引向邪路的“四类偶像”——“数据偶像”“新奇偶像”“时代偶像”和“学院偶像”。其中“数据偶像”首当其冲，它“相信必须先记录下全部可用的资料，然后再进行人文科学中的其他研究”。他不无感慨地指出：“由于数据崇拜者要求好的观念必须建立在归纳的基础上致使多少好思想不得不流产啊！”[①]在此，贡布里希是从研究的过程来谈的，简言之，就是占有越多的资料，研究越有成果。这会导致一种不良倾向——研究成果所引用的资料越多越容易发表。不否认有认真读书的真正学者，但是这些情况也大量存在：不会英文却硬要列举一大堆，没读过的书也为了充数被列出来。

---

① 贡布里希：《理想与偶像》，范景中等译，上海人民美术出版社1989年版，第187—190页。

数字崇拜还体现在对研究成果的态度上，成果数量越多越对自己有利。当前这种数字崇拜登峰造极。教师追求论文的数量，学生们追逐各种证书的数量。这种数字崇拜，更滋生出造假的风气。教师为了职称或福利，片面追逐论文的发表数量，一稿多发，胡编乱造成风，学术腐败丑闻此起彼伏；而学生平时游手好闲，考试作弊现象像瘟疫一样蔓延。

蔡元培说："教育是帮助被教育的人，给他能发展自己的能力，完成他的人格，于人类文化上能尽一分子的责任；不是把被教育的人，造成一种特别器具，给抱有他种目的的人去应用的。"[①]然而环顾当前大学校园，我们发现许多教师和学生存在着沦为器具的倾向。

大学教师沦为器具的表现主要有三：教书匠、职称奴和学位狂。教书匠是为教书而教书，纯粹地讲授着课本知识。他们实际上没有自己的见解，更不能引导学生深入研究。教书如此，遑论育人！这些老师把教书纯粹地当成了一种谋生的手段。职称奴见面就问："有没有发文章啊？发了几篇？有没有国家级或国家重点级？"等等。他们最羡慕的就是那些发表了国家重点级文章的人。另外，近年来高校教师争相搞在职学位，甚至出现了教授争相读博士的现象。

现代大学生沦为器具的表现有三：教育体制下的学习工具；就业压力下的考试（考证、考级、考研、考公务员等）工具；无聊空虚时沦为网络工具。学习工具我称为"学奴"，他们往往都是些乖

① 蔡元培：《教育独立议》，《蔡元培选集》（上卷），浙江教育出版社1993年版，第576页。

学生，眼睛盯着自己的学分与成绩。专业性都比较强，文理界限非常明显，对公共课敷衍了事。没有专业课上他们就空虚了，六神无主，无所适从。虽然他们努力学习专业课，但是，他们考试的回答千篇一律毫无个性。考试工具我称为“考奴”，这些人考完英语四级考六级，考完导游证考驾照……热衷于各种课程考试，包括毕业时候的考研和各种应聘考试、职业考试。而随着近年来网络技术的普及和发展，越来越多的大学生在空虚中堕为网络工具，成为“网奴”，他们在没有课的时候泡在网吧里，往往长时间沉湎其中，聊些无聊的话题，看些娱乐视频，写些流水账式的博客。

三、大学教育何去何从

现代大学教育何去何从？我觉得当前大学教育应做好如下三个方面：

第一，坚守人文精神。

大学教育理应成为一种人文教育，它的终极目标就是鲁迅所谓的“立人”。就是用自己的眼看世界，用自己的脑想问题，用自己的心悟人生，从而真正从精神上站立起来，成为求真、向善、爱美的人。

大学教师是大学人文精神的代表，应该研究如何教学，如何通过教学既能教书又能育人，如何在自己的专业领域渗透人文教育。大学研究不仅仅是指各个专业的学术研究，而且还包括一种学问，那就是把专业教学与生活结合起来。晚年的爱因斯坦说：“一切宗教、艺术和科学都是同一棵树上的不同分支。其目的都是为了让人类的生活趋于高尚，使它从单纯的生理存在中升华，并把个人引向自由……无论是教堂还是大学——在它们行使其真正的功能的限度内——都是为了使人变得崇高。”[①]教师，尤其是大学教师，首先要做的应该是不断塑造自己的灵魂，然后才能谈得上教书育人。真正的大学教师，给予学生的不仅仅是纯粹的知识，更是生活智慧的启迪以及一种精神的凌空。

大学生更应加强人文修养，而不仅仅研究书本学问。一个优秀的大学生不能光读教科书、专业书，还必须阅读一定数量的文史哲经典名著，以加强自己的人文修养。经过时间过滤的经典名著，是人类文明最集中的积淀，从中我们可以获得知识、感悟智慧，可以学会如何生活、怎样做人。

第二，直面生存困境。

现在的大学生面对着巨大的生存压力。但抱怨解决不了问题，现实无法抗拒，我们只能适应现实并打点自己的生活。

阿城的小说《棋王》向我们展示了两种生活方式：棋王一生的生活信念就是“顿顿饱就是福”；叙述者“我”承认“衣食是本”，但又坚信“囿在其中，终究不太像人”。这是因为精神性是人的最大属性。克尔凯戈尔说：“人的基本概念是精神，不应当被人也能用双脚行走这一事实所迷惑。”舍勒也认为，人的本质在“生命”之外，因为人是“精神生物”。“只要思想不滑坡，办法总比困难多。”直面生存困境，勇于锤炼精神，努力把自己打造成为一个优秀的人，这才是大学生最主要的任务。

第三，读好书做好人。

坚守人文精神，直面生存困境，落脚点何在？就在读好书做好

---

① 爱因斯坦：《爱因斯坦晚年文集》，方在庆、韩文博、何维国译，海南出版社2000年版，第11页。

人。所谓“好书”，指所学专业里最优秀的书，不仅是最优秀的教科书，更是公认的名著。此外还包括专业之外的文史哲经典名著。所谓“好人”，钱穆说过：“中国文化，最简切扼要言之，乃以教人做一好人，即做天地间一完人，为其文化之基本精神者。”[①]他是就中国传统文化而言强调“好人”的“道德精神”或曰“伦理精神”。我们结合中西文明的优秀品质，可以认为好人既是追求真理的人、善良的人，也是爱美的人。而现代大学片面强调技能与知识，忽视伦理关怀，只培养出了一批批“专家学者”，为此晚年的爱因斯坦一再呼吁：“学校应该永远以此为目标：学生离开学校时是一个和谐的人，而不是一个专家。”[②]一个和谐的人，便是一个真善美集于一身的人。

书怎样才能读好？读书是门学问，也是一门艺术。每个人都应该参考前人，再根据自己的实际，不断探索出适于自己的读书方法。书无止境，读亦无止境。怎样才能做好人？除了上文所说的要做到求真向善爱美之外，从我对生活的整体理解出发（整体的生活包括三个维度：生命，生活，存在），做好一个人至少应包括如下三方面内容：珍爱生命，积极生活，感悟存在。珍爱生命意味着我们不仅应爱惜自己的生命、爱惜别人的生命，更应该胸怀敬畏生命的信念，关心身边的生命。积极生活意味着永远“在路上”，即永远处于通向理想的路上，即使荆棘满地，甚至一败涂地，也仍然前行。感悟存在意味着一种更高的人生境界，不仅与人交朋友，还与身边的物交朋友，因为我们共同存在于一颗星球上。这是要超越日

① 钱穆：《人生十论》，广西师范大学出版社2004年版，第40页。

② 爱因斯坦：《爱因斯坦晚年文集》，方在庆、韩文博、何维国译，海南出版社2000年版，第37页。

常庸俗的生活世界，走向一种艺术化的生活世界。

只有从这三方面着手，经过一段时间的努力，我们的大学才能真正名副其实，我们的大学教师和大学生才能重新找到自己的灵魂。

［原载于《博览群书》2010年第4期］

第二辑

中国现当代文学教学与文学史的建构

谈谈中国现代文学教学中的文学史与作家作品的关系问题

谢昭新

安徽师范大学中国现代文学的教学大幅度的改革是从1998年开始的。适年，教育部高教司颁布《普通高校本科专业目录和专业介绍》，其中对汉语言文学专业的课程设置分为两大类，一是综合性高校共设13门专业课，“中国现代文学史”是其中一门；二是师范类高校设23门专业课，其中现代文学课设了两门：“中国现当代文学作品选”“中国现代文学史”。我们按照这个方案将现代文学课分为“中国现当代文学作品选”和“中国现代文学史”。照此方案进行改革，将“文学史”与“作品选”分开作为两门专业课上，这就在课时安排上有了一定的保证，不至于将课时压缩得太多。“中国现代文学史”（含当代）一学年，共102学时；“中国现当代文学作品选”一学年，共68学时。这样，中国现当代文学课合起来共

170学时，比改革前的238学时，减少了68学时。与兄弟高校的现当代文学课程所安排的课时相比，我们的课时还算比较多的。

将“作品选”和“文学史”分开来教，有一个最大的好处，就是能让学生在熟悉现代重要作家作品的基础上，去进一步讲授文学史，使“史”的讲授比较充分，不至于讲成作家作品分析。但是，这里有个难度就是如何处理好作家作品与文学史的关系问题。对此，我们是这样处理的：将“中国现当代文学作品选”放在第1、2学期，“中国现代文学史”（含当代）放在第3、4学期。作品选的教学主要是提高学生分析文学作品的能力，增强他们的审美感受力，进而丰富他们的文学素养。作品选的教材是我们编写出版的《中国现当代文学作品选》（上、下册），计115万字。按作品发表的时间先后，分诗歌、散文、小说、戏剧四类，选了163篇（部、首）作品。每首诗和每篇（部）作品后均附有短小精练的赏析文字。一学年不可能将163篇作品都讲完，只讲重点精品。讲授作品要分清体裁特点，讲诗歌则突出诗歌的抒情特点和抒情方式，抓住诗人的想象和意境、意象的铸造。比如郭沫若的《凤凰涅槃》所创造的是一个自焚更生了的充满无限生机的凤凰形象，以体现对旧世界的彻底反叛和对新世界热切追求的鲜明时代精神。雄伟的构思、开阔的诗境、丰富的想象、自由的形式、急骤的节奏是本诗的重要特色。针对有的学生认为郭沫若的这首诗没有什么意境的看法，我们重点分析它是以情境的抒唱为主的，意在情境之中，意在情的奔突之中，不能说它不具备意境的美。郭沫若“五四”时期的诗均具有狂飙突起、蓬勃飞升的意象。这种由诗的意象所体现的时代精神，在同学的脑海里固化下来，就能为以后讲这段文学史奠定一定的基础。同样，讲小说既要以人物、情节结构、环境的分析为主，也要在分析人物形象中，凸显人物形象的时代精神、人物身上的“史”的特色。鲁迅塑造的狂人、阿Q、闰土、祥林嫂等“老中国儿女”形象，均带有“五四”时期启蒙“现代性”特点，其“格式的特别”，一篇有一篇独到的形式，艺术技巧上的创新，又具有鲜明的审美“现代性”特点。但是，讲作品在论及作品产生的时代背景时，则要力避与以后讲这一作品的那段文学史重复。好的办法是以作品显见“史”，不要在分析作品前去讲这一作品产生年代的那段“文学史”。有的青年教师在讲单篇作品时，用大量时间去讲作家生平、创作思想发展，结果一到分析作品，则没有什么话了，这就显露出文学鉴赏力的薄弱。因此，我们认为不能把作品选讲成“文学史”，讲作品选是为了后面讲“文学史”打基础的。但是，学生通过作品选的学习，按时代、时间先后连贯起来，他们也会感觉到有一条粗略的“文学史”线索。

由于有作品选的课作基础，所以第二学年讲“中国现代文学史”就比较顺畅了。但是，讲文学史又不能不讲作品，但文学史的课，讲作品又不是作品分析型的，而是以“史”带“品”，以“品”见“史”。不管是以“史”带“品”，还是以“品”见“史”，我认为均要处理好“史”与“论”的关系。首先，文学史应该以“史”为基础，以“论”为主体。对“史”的讲授应持客观冷静的态度，因为历史本身是纷纭复杂的，要通过我们对它做客观冷静的辨识，才能对它做恰如其分的呈现。如果没有对史料下一番艰苦细致的“实证”功夫，那么讲出来 的文学史就经不起时间的检验。当然，文学史的“史”又不同于一般的历史，它必须面对一些文学思潮和文学现象，要对一些文学现象做认真的梳理、分析，将这些文学现象真实地呈现出来，这样才能让人感到文学史的脉搏的跳动。其次，文学史必须要有文学理论和文学批评的灌注，因而那“论”又是构成文学史的主体成分。文学史的“论”，一方面是对“史”的评论，而更多的是对作品文本的评论。对“史”的评论，应该更接近科学而不是接近个人感情，在进行价值选择和价值判断时，更需要一种科学的客观态度。而对作家作品的评论，应该“论”出“我自己”的特色来，因此，主观见解的渗透，又是显示个性特色的关键所在。像朱栋霖等主编的《中国现代文学史》在论及作家作品时，强调要贯彻多述、精评、简分析的原则，不要写成论文。而对每一位专章专节的作家，都要摘引著名专家学者的经典评论，同时还要反映对同一作家、作品的不同观点，甚至分歧意见。这样在“史”与“论”的结合上，便能显示出“论”的个性和学术性。用这本教材，我在讲老舍这一章时，突出其小说创作的艺术个性，显示其文学史地位。而在分析《骆驼祥子》时，又突出了“论”的学术性。比如，如何看待祥子的悲剧及对虎妞形象的认识问题，经历了不断的演进深化过程。30年代有人把祥子看成是“代表着一群干苦活的弟兄们的一个典型”①；40年代巴人把他看成是世俗的“类型”；50年代思基认为祥子不是“类型”，而是属于“没有觉醒、没有组织的劳动者的典型”，祥子的悲剧是他生活的那个历史时代造成的，与虎妞对他的引诱、控制也有关系②；70年代

① 毕树棠：《读〈骆驼祥子〉》，《宇宙风》（乙刊）第5期，1939年5月1日。

② 思基：《谈老舍的〈骆驼祥子〉与〈龙须沟〉》，《生活与创作论集》，长江文艺出版社1958年版，第106—117页。

末樊骏将祥子视为“城市个体劳动者的典型形象”，但在论述虎妞和祥子的关系时，则从阶级分析的角度，把他们之间的矛盾看成是阶级的对立[①]；80年代初期有人认为虎妞不是造成祥子悲剧命运的“罪魁祸首”，她和祥子结合是追求个性解放的表现[②]；80年代中期有的论者从性心理学角度分析虎妞，认为她对祥子的爱是“变态的爱情+变态的性欲”[③]；90年代有的论者用文化心理分析方法，分析了祥子与虎妞之间的感情冲突是“农民意识和市民意识的激烈交战”，通过这种冲突达到了对农民意识和市民意识双重否定的目的[④]。将对这一问题认识的演化过程勾勒出来，供学生进行思考，增强学生的问题意识。陈思和主编的《中国当代文学史教程》中，编者对文本分析的感悟是非常独到的。以赵树理1958年创作的《锻炼锻炼》为例，一般的文学史都认为它鞭挞了“吃不饱”“小腿疼”两个落后的“农业社员”，讽刺了王聚海“和事佬”式的工作作风，而对年轻干部杨小四则加以肯定。《教程》分析了杨副主任与落后农民的三个冲突高潮，看出干部把“法院”“乡政府”挂在嘴上，仗着国家机器做后台，工作态度蛮横，甚至把领袖人物拿来作为大帽子压制群众，使他们无话可说。杨小四头天宣布第二天拾花，第二天又突然宣布改为摘花。“小腿疼”等人原以为自由拾花，于是自己单独去拾花，结果变成了“偷棉花”的罪犯接受群众批斗。因此，这事“是干部们诱民入罪，然后利用群众的盲目性来

① 樊骏：《论〈骆驼祥子〉的现实主义》，《文学评论》1979年第1期。

② 龙治民：《虎妞其人》，《中国现代文学研究丛刊》1983年第1期。

③ 宋永毅：《老舍与中国文化观念》，学林出版社1988年版，第95页。

④ 谢昭新：《老舍小说艺术心理研究》，十月文艺出版社1994年版，第201—204页。

整治落后的群众”，作品反映了“大跃进”时代的真实情况，赵树理的“现实主义的方法冲破了作家的历史局限”，达到了生活真实与艺术真实的统一。其他如认为《组织部新来的青年人》所揭示的官僚主义倾向，只是外在的冲突，它更是一篇“叙述人心路历程成长的小说”。《红豆》的爱情虽然是故事的主要内容，但并不是作品的主题，作家想要表现的是知识分子在人生的十字路口的心灵搏斗，等等。对这些作品的阐释，渗透了作者的主观见解，使文学史带上一些感性的光彩。像这样一些见解，都可以在讲授中提供给学生，以活跃他们的思维，开阔他们的眼界。

其次，针对当下学生对“史”的轻视，“史”的知识的贫乏，“史”的意识、文献意识的薄弱的问题，教师更要强化文学史的教学。文学史的教学关键要给学生厘清“史”的发展的脉络，尤其是“史”的过渡、转变时期。像现代文学一开讲就遇到的问题：以前讲现代文学的起点问题，现在讲中国文学“现代化”的起点问题。现在我们都喜欢讲：没有晚清，何来“五四”。由晚清的文化思想启蒙以及文学观念的革新，才能发展到“五四”文学革命运动。两者的承传关系固然要讲清楚，但是，不能因为有这样一个文学的“史”的连带关系，而削弱对“五四”文学革命的内容、价值及其意义的讲解。要让学生认识到：以前我们习惯将现代文学的起点放在1918年前后，有其局限。但是，现在一提起中国文学的“现代化”“现代性”，就一个劲地将其向前延伸，甚至认为发展到“五四”文学有“现代性”，20年代文学还有“现代性”，而到1928年以后无产阶级革命文学就没有“现代性”了。这样的观点也值得商榷。关于1928年的革命文学论争，两个社团倡导无产阶级革命文学的观点以及他们和鲁迅、茅盾的论争，对双方论争的评价，这些作为历史的存在，还是要给学生讲清楚的。30年代左翼文学所开展的文学活动、文学论争以及左翼文学的历史贡献，以前有一段时间有所削弱，现在应该做一定程度的强化，将其“价值”与“问题”实事求是地进行讲解。总之，对文学史的“史”的讲解，主要是为了增强学生的“史”的意识、“史”的观念、史识的能力，使他们对现代文学史有一个宏观的“史”的把握、驾驭。

再次，我想谈谈文学史教学中的作家作品问题。文学史固然不能把它讲成作家作品分析，但讲文学史一定要讲作家作品。由于我们已经有了作品选的课为基础，在讲文学史的时候，对已讲过的重要作家作品就不必做单独分析，可把它放在“史”的发展中去点评它的价值。比如鲁迅一章，重点讲《呐喊》《彷徨》的思想意蕴和艺术创新。而对《狂人日记》《阿Q正传》的分析，则突出前者的“格式特别”，后者的阿Q典型意义，尤其是这一典型对后世作家的影响。老舍曾说过，“像阿Q那样的作品，后起的作家们简直没法不受他的影响；即使在文字与思想上不便去摹仿，可是至少也要得到一些启示与灵感”[①]。20年代乡土小说所形成的阿Q家族，30年代老舍的《骆驼祥子》中阮明游街示众的场面描写，包括老舍前期的小说《赵子曰》中写赵子曰考试成绩名落榜末，他照着镜子勉励自己：“倒着念不是第一吗！”乃至发展到80年代的高晓声笔下的陈奂生形象，不都留有阿Q的影子吗？所以从阿Q形象的传承关系上，就可以显示出“史”中作品的讲法与作品选中的讲法的不同了。另外，在讲文学史的作家作品时，切记不要罗列作家的生平创作，哪年干什么事、发表什么作品，这些可让学生自己去看。教

① 老舍：《鲁迅先生逝世二周年纪念》，《老舍散文选》，百花文艺出版社1984年版，第228页。

师要将重点放在作家的创作个性和作品的艺术风格上，比如讲张爱玲，就突出她小说的“苍凉”的艺术风格，让学生了解其人物、环境的描写以及运用“传统”与“现代”相融合的艺术手法，是如何创造这“苍凉”的艺术风格的。

在对现代文学的教学与研究的认识上一直以来有一个误区：认为现代文学比古代文学好教、好学。好学，或许是的，但我认为它比古代文学难教。难教的一个方面就是如何处理好文学史与作家作品的关系问题，而在这一问题上去选择教材也比较难。我们多年来的实践和体会，觉得还是选用钱理群、吴福辉、温儒敏等主编的《中国现代文学三十年》较利于教师的教和学生的学。这本教材完全突破了以往的“政治革命一体化”的文学观念，对现代文学所具有的“启蒙现代性”与“文学现代性”做了张扬与强调。他们从近代中国的一系列变革尤其是“五四”时期鲁迅、周作人等人的文学观念中发现“‘改造民族灵魂’的文学”，认为其所具有的“思想启蒙是现代文学的一个带有根本性的特征”。他们从现代中国文学与世界文学的广泛联系中，提倡“文学的现代性，即表现现代意识、现代思维方式、情感方式，采用与之相应的现代艺术形式”①。他们用“启蒙现代性”与“文学现代性”作为统摄现代文学的理念，从而深化了整个中国现代文学的教学与研究。同时，这本教材在文学史与作家作品的结合上做得比较好，受到广泛的欢迎。当代文学史的教材选用洪子诚主编的《中国当代文学史》，这样就可以满足教学的需要了。

[原载于《中国现代文学研究丛刊》2007年第4期]

① 钱理群、吴福辉、温儒敏等：《中国现代文学三十年》，上海文艺出版社1987年版，第7页。

中国现当代文学史的书写对象问题

方维保

关于20世纪的中国文学史的书写，其数量是极其庞大的，尽管有的文学史书写得不那么尽如人意，但是好的文学史还是出现了很多；有的文学史写得特别有个性，显示了很强的学术个性，而有的作为教材也很不错，具有很强的实用性。尽管如此，我还想从我作为师范院校教师和现代文学研究者的学术眼光出发，提出自己关于20世纪中国文学的写作构想。

任何研究都有一个对象问题，无任何对象的研究是不存在的。文学史的书写也是如此，它应该把哪些内容——对象纳入自己的书写范围，这是必须首先考虑的问题。文学史当然以文学为书写对象，但是，面对着具体的文学生活，问题就会复杂得多；而且面对中国近现代以来复杂的民族关系和复杂的政治格局，就需要对文学史中涉及的各个方面的内容进行适度的安排。

一、文学史应该以“文”为本

历史，就是一种对过去了的社会生活的记载。文学史就是对已经过去了的文学生活的记载。文学生活所包含的内容虽然只在文学方面，但其构成因素也相当的复杂。文学史，尤其是现代文学史，按照艾布拉姆斯的说法，构成文学创作有四种要素：作品、作家、世界、读者[①]。也就是都具有“四度空间”。

一是作家。

作家是作品的创作者。文学作品中渗透了作家的思想和审美情感，没有作家就没有作品。文学作品是作家的心态和情志的集中呈现，用克罗·贝尔的话说，就是作家的自叙传。作家的生平和心态直接关涉文学作品，因此，文学史就应该包含作家的生平阅历，以及与这种生平阅历相伴随的心态变迁。《20世纪中国作家心态史》[②]实际就是作家的生平史。众多的作家传记也都是这样的历史。以前的文学史在重点论述一些主要的或具有代表性的作家时，往往要介绍他们的生平状况，这就是生平史。凡是有作品的作家都应该进入文学史的视野。但是，作家的生平、社会背景、人际关系、情感立场和政治文化立场，都与作品有关，它们可能影响到作品写作和阐释。尽管如此，这些仍然是非文学性因素。没有作品也就没有作家，在文学史的写作中，可以对于作家的生平等非文学性的因素给予恰当的关注，但是不能过多过滥，不能冲击对作品的叙述和评

---

① 参见M.H.艾布拉姆斯：《镜与灯——浪漫主义文论及批评传统》，郦稚牛、张照进、童庆生译，北京大学出版社1989年版，第5页。

② 杨守森主编：《20世纪中国作家心态史》，中央编译出版社1998年版。

价。有些极为重要的作家，创作量大、影响深远，是可以以作家的人生为线索展开历史叙述的，这也是历史叙述的一种方式方法。但是在宏观的综合性的历史书写中，以作家为主线的叙述必然导致对于历史的作品线索的冲击，甚至损坏。

二是文学生活（世界）。

作家是处于一种创作的生活状态之中的。与他/她相关的，诸如报纸、期刊和交往等，就是他的文学世界。无论是作家还是作品，最终都是要在读者那儿被接受，当作家的作品在读者中被接受时就必然地产生了阅读的差异性，这种差异性再与社会思潮汇合、碰撞，又成为社会思潮的一部分，就形成了文学事件。自从布厄迪提出文学的场境之一观念之后，研究者发现文学史还存在着“第四度空间”，这就是社会场境。它包括大的方面的文学产生的社会文化环境，也包括小的方面的诸如报刊检查制度、刊物出版状况和作家群的聚散等。中国现当代文学史经常将作家的文学生活描述为宏观的文学运动。文学运动是围绕文学创作而出现的一种文学性行为，它可能对于作品的产生造成影响，甚至是重大的影响。文学运动还包括文学事件。它是由文学事件，诸如文学论争，如中国现代史上的激进主义与保守主义的论战：“两个口号”之争，“文学与抗战无关”的论争。文学创作事件，如欧洲浪漫主义萌生时司汤达尔的《欧那尼》的上演，谢冕主编的《二十世纪中国文学大系》的出版，等等。

文学运动是文学史的一部分，但是文学运动仍然只是一种与文学具有关联性的非文学性因素。文学史可以关注和叙述文学运动，但是一定要明确：文学史不是文学活动史。

三是文学评论（读者）。

文学的欣赏和评论，是读者（包括专业读者）对于作家作品的反应。文学欣赏接受史包括：文学批评史，文学批评是批评家基于作品所作出的系统化的理解；读者阅读史，普通的读者基于自己的感受所作出的理解。唐弢的《中国现代文学史》虽然没有专章述及文学批评，但在对于大的思潮的描述中，存在着大篇幅的对于文学理论、文学批评和文学思想争鸣的叙述；而黄修己的《中国现代文学发展史》（中国青年出版社2003年版）中就列入了文学批评的发展。

文学欣赏接受史是文学史的一部分。但文学评论和欣赏，是对于文学作品的再次阐释和再创作。文学史当然可以适当关注文学评论甚至已经出现的文学史，但是，文学评论同样是一种相关性行为，它与文学相关，但不是文学作品自身。对于文学批评的叙述，也应该保持一个适当的度，不能在文学史的叙述中大量纳入，导致对主体对象的冲击。

通过以上的分析，我们可以看到，文学史的书写对象包含多方面的内容，除了上面的几个方面之外，还有思潮、流派等。但是，无论是作家生平还是文学运动还是文学批评欣赏，都只是具有文学性的与文学相关的内容，文学史的叙述是可以以它们为叙述对象的，但都不是主体性对象。所有这一切都只能基于一点，这就是“文学作品”。

文学作品是文学史书写的首要对象，没有文学作品的文学史是不可想象的。从新文化运动到当下，中国新文学创作已经历经一百多年，积累了大量的作品，如小说、散文、话剧、诗歌等。在这大量的作品中，有优秀的脍炙人口的作品，也有极为低下庸俗让人不忍卒读的作品；有鸿篇巨制，也有小品短章。但不管它们是什么样的文体、什么样的形态，都应该是文学史书写的对象。文学史可以说就是“文学作品史”。它主要由文学作品创作的前后顺序所构成。传统的文学史往往被理解为作品史。钱理群等人编写的《中国现代文学三十年》就是作品史。作家因作品而成为作家，因为有了作品才有了文学史。因此，作品是文学史的本体，最本质的文学史就是作品史。在作品史中还包括流派史。文学流派是中国具有相同倾向和相近风格的作家和作品构成的。因此，文学流派史也就是作品史。胡适当年从文体角度看历史上文学的变化，他的文学史就是以“文本”为中心的，引了空前多的作品，甚至把《白话文学史》搞成了“一部中国文学名著选本”[①]。

文学史的主体性对象只有一个，那就是作品，也就是创作出来的文本。只有以文为本的文学史才是真正的文学史。没有《石壕吏》，杜甫又是谁？没有《呐喊》，鲁迅又是谁？新文化运动与文学史何干？没有《子夜》，30年代的革命文学运动又怎么能够入文学史家的青眼？中国现代文学史不是以鲁迅、郭沫若、茅盾、张爱玲、曹禺而存在，而是以《阿Q正传》《凤凰涅槃》《子夜》《金锁记》《雷雨》而存在。假如没有这些作品，鲁迅作为一个自然人对于文学史来说是无足轻重的。同样的，假如没有这些作品，这些作家的生平对于文学史来说是无足轻重的；没有这些作品，与这些作家相关的文学事件也是无足轻重的；没有这些作品，所谓的文学欣赏和接受也就不复存在。尽管这一切对于思想史是重要的，但并不

①胡适：《白话文学史·自序》，新月书店1928年版，第13页。

一定对于文学史就重要，这就是不同学科的分野和界限。因此，正如有的学者所看到的，只有“从文学本身出发，故可对人们的笼统的文学史观判断起到纠偏作用，有助于以人为本、以文学作品为本的文学史的重建”。[①]

同时，我们必须看到，无论是大学、中学还是小学，甚至是幼儿园，文学教育都是以作品为主要对象。这是由教育的本质所决定的。教育可以传达知识，从一般意义上来说，文学史知识的传达也是重要的，尤其是对于中文系的学生来说，他们更需要这样的专门知识。但是，假如我们认同这样一个基本的现代教育原则，即教育是人格的培养和熏陶，那么知识的传输就不那么重要了。大学文学教育是人文教育，人文教育的核心价值在于人格培养和熏陶。而能够担当其人文熏陶重任的显然不是知识传输，而是具有审美特性的文学艺术作品的文本。只有在文学的文本及其语境中，受教育者才能接受熏陶，也就是蔡元培所说的“美育”。从大学教育这个角度来说，美育是最为重要的，而唯一能够担当美育责任的就是文学艺术作品本身。因此，在文学史教学中，首先应该是文学文本的教育，同样，在文学史的编写中，首先应该是作品。总之一句话，文学史应该以“文”为本。文学史的责任在于“优美作品之发现和评审”[②]。

二、文学史书写中的文体选择和搭配

以“文”为本，这是文学史的基本的立场。但这只是大而化之

①赵普光：《书话与现代中国文学的经典化》，《文学评论》2013年第5期。

②夏志清：《中国现代小说史·中译本序》，刘绍铭等译，复旦大学出版社2005年版，第15页。

的说法，在具体的操作中就会涉及一个根本的也是基本的问题，那就是：以哪些“文”为本呢？

在中国古代，“散文”就是一个混乱的概念。它可以指称文学性的散文创作，如唐宋八大家的作品；也可以指政府公文，即所谓的散体文；也可以包括历史创作，如《史记》《汉书》等。这一对象所指的模糊性，为文学史的书写带来了困难。也使得中国早期的文学理论著作（如《文心雕龙》）和现代早期的中国文学史，都具有了综合的现象。如鲁迅的《汉文学史纲要》也将许多的历史著作都纳入了文学史叙述的范畴之内。当然鲁迅所纳入叙述的历史著作很多都具有文学性。

这种情况在现代时期同样存在。文体是文学史构成的本体部分。考察中国现代文学史，其中被写进文学史的文体包括了一些基本的核心性的文体。首先是诗歌。作为中国文学最为尊崇的部分，古代是古体诗（诗词歌赋），现代是新诗，诗歌在文学史中的地位是无可替代的。不用统计，所有的中国现代文学史都将其列入叙述的范畴之内。其次是小说。当中国文艺史家历史意识觉醒的时候，小说就被视为与诗歌一样重要，甚至更为重要的文体而在文学史中被叙述。虽然在中国古代其地位等而下之，但梁启超之后的中国文学史中，小说便具有了“新民”的责任，而且后来随着小说审美性的发现，其地位在现代文学史中也同样崇高。因此，几乎所有的现代文学史，当然也包括现代人所写的中国古代文学史，都将其列入“必要”关注的文体。再次是散文。散文是中国传统文学中受到尊崇的文体。不仅因为唐宋八大家的崇高地位，而且由于它是史传的文体。其实在中国古代，虽然对于散文大而化之，但显然有两种形式，一种是政府公文，一种则是具有审美性的美文。现代散文的概念，则进一步地被确定为审美性散文，即美文了。现代时期出版的古代文学史都把散文放在极为重要的位置加以叙述，中国现代文学史也不例外。在所有的现代文学史中，散文一直占有重要的位置，尽管现代散文理论已经很发达，但它在现代文学史中的地位显然不及诗歌和小说，叙述的篇幅和比重相较于古代有着较大的下降。在唐弢的《中国现代文学史》（人民文学出版社1982年版）中还将报告文学作为散文之一列入其中进行叙述。

以上三种文体在所有的文学史中都一定会被述及的。这些文体被述及具有自明性，假如追溯的话则在于建构于现代社会的纯文学理念。

还有一些在文学史中处于边缘位置的文体。首先是戏剧。中国现代文学史对于传统戏曲基本采取了视而不见的态度。因为中国现代文学史的新文学特性，传统戏曲尽管在现代时期仍然非常的繁荣，并出现了梅兰芳等戏曲大家，但现代文学史并不述及。所以，中国现代文学史只叙述对于新文学来说具有合法性的话剧。在几乎所有的文学史中都有关于话剧发展的描述，原因则在于话剧的剧本性。因为剧本是用文学性的语言写作的，带有文字性、形象性和审美性，所以与其说话剧被列入文学史，不如说是话剧剧本被列入文学史。其次是翻译文学。20世纪三四十年代，文学史家意识到翻译文学的重要性，把翻译文学列入文学史框架，如陈子展的《中国近代文学之变迁》（上海中华书局1929年版）与王哲甫的《中国新文学运动史》（北平杰成印书局1933年版），分别将“翻译文学”列为第8章和第7章；田禽的《中国戏剧运动》（商务印书馆1944年版）第8章为“三十年来戏剧翻译之比较”，蓝海的《中国抗战文艺史》（现代出版社1947年版）也注意到抗战时期翻译界的“名著热”现象[①]。此外，还有“电影文学”“报告文学”和“文学批评”等。

在上述所列举的所谓的“文体”中，通过我对于文学史的观察，可以发现有些基本的文体仍然活跃在文学史书写中，有些则已经隐退了，有些则正在隐退。依然活跃的文体包括诗歌、散文、小说。所有的文学史都雷打不动地叙述到这些文体的文本。它们构成了文学史书写的基础部分，或者说本质部分。没有对于诗歌、散文、小说作品的叙述的文学史是不可想象的。而其他的则各有其处境：话剧，本是新文学最新的部分，因为它纯粹是舶来品，是用来代替中国传统的戏剧的。在早期的现代文学史中，大都列有专门的章节来叙述话剧作品及其演变的历史，但是及至当代，尤其是到了90年代后期，文学史对话剧越来越不感兴趣了。原因在于话剧本身就是一个综合性的文体、综合性的艺术，它不但有文本，还有表演和导演，甚至后者比前者更为重要。在现代时期，剧作家比较重视文本的时候，出现了大量优秀的具有极强文学性的剧本，所以它可以被纳入文学史讲述的范畴。而一旦当它不再总是剧本，成为一种纯粹的舞台艺术的时候，就不属于文学史讲述的范畴了。还有电影。早期也有文学史将其列入文学史的讲述范畴，但那也是基于电影剧本。在当代，陈思和主编的《中国当代文学史教程》也只是在谈到《妻妾成群》的时候“捎带”讨论了一下由它改编的电影《大

① 秦弓：《论翻译文学在现代文学史上的地位——以五四时期为例》，《文学评论》2007年第2期。

红灯笼高高挂》。作为一种具有现代技术性特征的综合艺术，一旦没有了剧本，电影也同样不属于文学史关注的对象。尽管唐金海、周斌主编的《20世纪中国文学通史》（东方出版中心2003年版）不但把电影文学纳入文学史，而且对电视剧文学也进行专门的叙述。但是这毕竟不是文学史写作的主流。再次是翻译文学。文学翻译存在极为强烈的二度创作的问题。阅读翻译作品，与其说是与原作者对话，还不如说是在与译者对话。但是，翻译文学毕竟是一种“二度创作”，翻译作为一种传播手段，其创造性总是受到原作的掣肘。所以文学史上尽管有许多史家将翻译作为创作来看待，但还是无法阻止其在后来的文学史讲述中的失落。最后是报告文学。由于报告文学的新闻性，导致了这种文体的两面骑墙的特征。它也越来越多地被列入了新闻学史的叙述范畴，而不是文学的。

从上面可以看到，经过历史的筛选淘洗，文学史最终的书写对象其实就是三种文体——诗歌、散文和小说。也就是那些纸面的文学创作，文学性的创作。这些都是文学史作品选择的基本文体。但是，中国现代时期由于很多综合艺术都有着优美的文本，如话剧，它不仅是表演文本，更为重要的是，它也有着优美的文字文本；还有电影，它的存在也不仅是镜头文本，同时也存在着优美的文字文本。因此，都可以将其文学文体书写在文学史的范围之内。

总之，文学是文字之学，只要有文字文本，而且是优美的、文学性的，不管它是什么样的体式，都可以入选文学史。我碰到的一些文学史，把一些没有文字文本，即使有文字文本也没有文学性的电视剧和电影等都纳入其中。我认为这样做是不合适的。有的电视剧和电影虽然具有优美的审美性，但是却根本没有文字，也没有文学性，虽然文学性也是一种审美性，但还是有差异的。文学性的审美性首先建构在文字的基础之上。假如因为电影和电视剧同属文化范畴而被纳入的话，显然文学史就会膨胀为艺术史、文化史。当学科界限消失的时候，文学史也就不复存在了。

三、现代民族国家背景下文学史书写的政治语境整合

文学史以“文”为本，以作品为主体；文学史以纸面的文学性创作作为讲述的主要内涵，这些都是文学史书写对象的一般性问题。文学史的书写从来都是具体的，不但具体到一般的作品，还具体到一般的民族和国家。中国文学史也是如此，中国现当代文学史更是如此。而且由于中国现当代特殊的民族国家格局，文学史书写还碰到一些特殊的问题。

在中国现代民族国家的范畴之内，现当代文学史的书写面临着一个方面的对象难题：中国现当代实际存在着的国家政治格局问题。从现代时期开始，就存在着“两岸三地”的政治格局：中国合法政权能够完全管辖的大陆、被日本殖民的台湾，以及被英国和葡萄牙殖民的香港和澳门。到了当代时期，同样存在着一个“两岸三地”的问题：中国大陆地区、中国台湾地区以及中国港澳地区，香港和澳门回归之后是两个享有外交及国防以外所有事务的高度自治权的特别行政区，它们与中国大陆和台湾地区的政治经济文化有差异，文学也有着很大的差异。我们现在的文学史，无论对现代时期还是对当代时期文学史的书写，主要还局限于中国大陆的文学史书写。尽管有的文学史，如杨义的《中国现代小说史》设置了“沦陷时期的台湾小说”的章节，但在总体上，大多数文学史在现代时期则“忽略”了对于沦陷时期的台湾文学的观照，也忽略了对于殖民

地时期的香港和澳门文学的观照；在当代时期，文学史对于港台地区文学要比现代时期投入了更多的关注，大多数文学史也都将港台文学纳入叙述，设置了港台文学的章节；但在总体上，尤其在编写体例和观照视野上，也同样“忽略”了港澳台。其主要的征象为：一是完全的视而不见，这主要表现在一些大学的文学史课程中，可能有课时有限的原因，但这部分课程内容的缺席却是一种事实；二是单独割裂式的讲述，也就是说，这些中国现当代文学史在讲述上都体现了大陆中心的叙述眼光和大陆主流的文学意识形态。因此，从总体上来说，这些文学史也还都是大陆文学史。从现代民族国家的角度上来说，仅仅只书写中国大陆文学的中国文学史是不完整的，是残缺的文学史；从叙述的观念上来说，尤其是当代文学史的叙述还存在着历史观照的扭曲。

在中国现代时期，由于日本和西方列强的侵略，中国国家版图被分割成了三个部分：日本殖民的台湾和英国、葡萄牙殖民的香港、澳门。日本殖民时期的台湾，虽然日本殖民者强行推行去中国化，推行日语教育，强化日本的殖民意识，但是汉语文学依然存在，对于中国现代民族国家的认同意识也没有彻底消泯。在这一时期，还出现了不少具有中国民族意识、台湾乡土意识的优秀的作家和优美的作品，最为典型的如赖和的作品。从某种程度上来说，国民党统治时期的台湾，延续了中国现代文学的传统。因此，其在中国现代文学史中的地位是非常高的。因此，在现代文学史的书写中，不但完全可以而且必须纳入叙述的范围之内。香港和澳门也是如此。在英国和葡萄牙漫长的殖民统治时期，宗主国语言和文化在当局的强化下蚕食着港澳的汉民族文化，从而使得这两地的文学多少浸染了殖民地文化色彩和商业文明色彩。但是，港澳尤其是香港，中华本土意识依然非常的强烈，也出现了不少具有民族意识的作品，尽管在总体上其艺术水准可能不高[①]，但中国文学史也应该给予符合实际的观照。现代时期"两岸三地"的问题在现代文学史的书写中，是一个非常严重的问题。目前，当代时期的"两岸三地"问题已经受到文学史界的高度重视，而现代时期却没有引起应有的重视。

中国当代的特殊政治使得中国出现了管理的三个区域，作为一个完整的中国当代文学史，就必须把台湾文学、香港和澳门文学整合进20世纪中国文学的整体之中。20世纪的台湾、香港和澳门文学由于特殊的历史文化背景，往往呈现出独立的文化和美学风貌，但又与中国现代文学和当代文学有着千丝万缕的联系，对于它们的文学史叙述历来是一个难点。我的观点是，"20世纪中国文学史"应将港澳台文学作为"中国20世纪文学的历史进程"的一部分来叙述，既体现现代民族国家意义上的整体观念，又不淹没其特殊性，避免了此前众多文学史的"附录"的尴尬。中国台湾文学和港澳文学，之所以必须要将其整合进中国文学史，除了政治版图的原因之外，还在于大陆文学与台湾和港澳文学之间的血脉。台湾当代文学，它在五六十年代的繁荣，实际上是由大量的大陆来台的现代时期的作家创造的，诸如梁实秋、苏雪林等人的创作；就是第二代作家如钟理和等人的乡土文学也与大陆现代时期的乡土文学有着血脉关系；更不要说现代主义文学了，路易士（后改名纪弦）就是以

① 这种认知的出现也可能是由于固有的文学观念的作用和对于商业化写作的偏见。

现代时期的现代派诗人的身份进入台湾的。类似于路易士改名“纪弦”的现象还很多。从文学的角度来考察，台湾地区五六十年代乃至70年代的现代主义文学和乡土文学，其成就要高于中国大陆，它才是中国现代时期文学道统的传承者，而当中国大陆在70年代无文学可讲的时候，台湾的文学却非常发达。中国现当代文学在讲到70年代文学的时候，其实应该以台湾文学为主体（主流）。我们完全可以将台湾和港澳文学整合进不同的历史时代，根据其文学成就以及文学传统的流脉，重新设计出一套现代文学史的讲述系统。

我要说的就是，台湾的当代文学与中国现代文学有着割不断的关系。正是因为如此，我才说台湾文学是整个中国民族国家意义的“中国现当代”文学的一部分。

虽然“两岸三地”在现代时期和当代时期的政治记忆有着很大的差异，但是中国民族的集体记忆却一直通过种种方式血脉相连；而且与海外华文文学不同的是，它们一直是中国现代和当代政治版图的一部分，尽管在某一个时期它们被分割出去，也不能阻止我们对于它们作为现代国家一部分的认同。我们不能如过去那样对于香港文学或台湾文学出于政治的考量而有意“忽视”。文学史家在文学史的书写中必须坚持基本的史述伦理，避免简单的一时的政治对于文学史叙述的干扰。

四、现代民族国家背景下文学史书写的民族语境整合

中国现当代文学史中的民族文学的书写问题，较之于“海峡两岸暨香港、澳门”文学入史的问题更加复杂。而且这个问题在现当代文学史的书写中一直处理得不好。

现代中国是一个多民族的国家，以汉族人数最多。汉族是中国

的主体民族，汉语是当代中国的主流语言；在文学创作上，汉语文学作品占据了绝大多数。当代的许多中国现代文学史就以汉族文学史代替“中国”文学史。这种文学史的写法，从逻辑上来说是不恰当的。所以，现在有的学者提出了“汉语文学史”的概念，相似的还有 “汉语诗歌”。这都反映了当今的学者已经意识到了中国现代文学史书写在现代民族国家背景下的缺陷。这种将中国文学史缩小为汉语文学史的写作方式，在学理上是说得通的；不过，这显然是一种因无法全面或合理书写整个中国文学史而采取的“鸵鸟政策”。现代中国是个多民族构成的现代民族国家，要书写现代文学史仅仅只书写汉族文学是不够的。

中国现当代多民族文学史的书写问题，首先是对民族国家集体记忆的寻找和现代民族国家认同感的寻找。只有在民族国家认同感的基础上，在民族国家集体记忆的基础上，才能书写一部多民族文学史。中国现代民族国家是在历史中形成的。从商周时代开始，中国就已经形成了一个多民族的国家。现代中国境内的许多民族从那时开始就已经生活于同一片土地之上，并且血缘融合难分彼此，在文化文学等各个方面也相互影响相互交融，从而形成了今天的以汉民族为主体的民族国家。这就是中国现代民族国家的集体的、共同的记忆。这种共同记忆并不因中国近现代社会诸多的外来侵略所改变，相反，因为需要共同应对外来的侵略，近现代各民族反而加深了这种共同记忆。

在当代前期的现代文学史的编写中，如唐弢等人的 《中国现代文学史》的一个基本方式是，以阶级论作为基本价值观和以阶级斗争作为各民族的集体记忆。在这个基础上来设计民族文学在文学史中的章节安排。这也是文学获得共同记忆的一种有效途径和方式。尽管这样的阶级普适性在文学史的叙述中也存在着诸多的矛盾和尴尬，但其经验是值得借鉴的。

当然，多民族文学史仅有共同记忆是不够的，还必须在共同记忆的基础上，尽可能地保存各民族文学的个性或民族性。这不仅是保持民族多样性的需要，也是保持文化多样性的需要。有的研究者认为当前的现当代文学史：“当撰史者只是把‘少数民族文学’当成‘生活类型’和‘题材类型’时，作家的民族身份实际上并没有进入审美价值独特性的评判范畴。当主题或思想性的要求已内化为作品审美性的主要指标时，特定‘族群’历史及其风俗所形成的审美方式、美感呈现方式及其对人类及自然的想象方式，都在这些‘统一性’中被遮蔽了。这是中国当代文学史关于少数民族历史叙述的一个缺陷。”①

这种仅以民族文学作为一种“生活类型”和“题材类型”的方法，当然不能展现出民族文学的个性和审美价值特性。

怎样书写现代民族国家背景下的民族文学史呢？把各少数民族的文学融入到中国文学史之中去，这是一个不得不为的选择。怎样融入依然是一个令人困惑的问题。在唐金海、周斌主编的《20世纪中国文学通史》中，开辟专章讲述了“少数民族文学”。这是一种常见的少数民族文学的入史方式，在此前的现代文学史中也有过这样的尝试。在该部“通史”中，编著者将现当代文学史中的一些重要作家，如沈从文、老舍等，列入少数民族文学创作中来进

① 席扬：《关于中国当代文学史中“少数民族文学”的“历史叙述”问题》，《民族文学研究》2011年第2期。

行叙述。这种做法从一般意义上也是说得通的。因为老舍是满族，沈从文是土家族。

但是，考察老舍和沈从文的创作以后，就会感觉到，这样做是完全不必要的。也就是说对于老舍、沈从文甚至端木蕻良这样的作家及其创作，完全不必突出他们的民族、国籍。其实，尽管沈从文为土家族，但是他的创作中并没有多少土家族的民族特性，他的写作已经融入到现代民族国家的共同语之中，成为中国现代民族国家文学话语水乳交融的一部分。同样的还有老舍，老舍的小说和话剧，尤其是早期的创作，如果你说它具有京味儿，是确实的，但是你却很难在其中发现多少满族的文化特征。当然，在1949年之后的文学创作中，尤其是《正红旗下》，才能见到他写作的满族文化特性和文学话语特征。这只不过是他整个创作的九牛一毛而已。所以，现在我们常见的现代文学史对于沈从文和老舍不强调民族出身的安排是恰当的。

我的意见是，将中国现当代历史上所出现的少数民族作家，放在他们所处的时代背景下来叙述。根据其创作的本民族民族性的表现程度来分别对待。如沈从文、老舍这些少数民族作家，由于其创作中的本族特性并不浓厚，完全可以将其纳入中国现当代文学史的书写秩序之中。可以将他们与鲁迅、茅盾、曹禺等作家放在一起来讨论他们在历史叙述中的地位，安排叙述的篇幅，完全没有必要强调其民族作家的身份。

而对于那些本民族性较强，又用汉语进行创作的作家及其作品，如扎西达娃和阿来，也可以将其放在特定的时代背景之下来叙述，并在叙述中“适当”强调其民族性。如直接将扎西达娃放在寻根文学中，将阿来放在90年代的长篇小说的创作中叙述都是可以的。无疑，在扎西达娃和阿来的创作中，藏族的民族性是存在的，但两位藏族作家的创作，基本都是那个时代背景下出现的，而且他们使用汉语进行写作，也可以归入到浩荡的中国文学创作的洪流之中。

在中国现当代文学史的叙述中，还有少数族裔语言文学的问题。在中国现当代文学史中，受到史家关注的大都是那些使用汉语进行创作的作家和作品，而那些使用民族语言进行创作的作品却很难进入文学史的叙述，这是中国现当代文学史书写中的一大缺憾。即使我们在使用汉语写作文学史，假如你在“中国”的大旗下来书写，就不能将这些少数族裔语言的创作“遗漏”。“遗漏”了，你的文学史就不是真正的中国文学史。还有就是现在有很多史家和研究者只注意到了中国传统民族构成中的少数族裔语言文学的存在，但显然没有注意到进入现代时期中国的民族构成正在悄悄发生变化，一些外国人如定居中国并具有中国国籍的欧美人，他们有的用汉语写作也有的用英语等语言写作，他们的创作也应该纳入中国现当代文学史之中。如在1937年获得诺贝尔文学奖的作家赛珍珠，她用英语写作了大量的文学作品；更为重要的是她不但具有美国国籍也有中国国籍，这一个具有双重国籍的作家；而且，她的作品，如《大地》等不但写于中国也表现了中国的历史记忆和她个人在中国的记忆与体验。因此，她的作品无疑也应该纳入中国现代文学史的叙述之中，不管她使用的是汉语还是英语。

历史时间是一种存在的必然，也超越于民族性之上。依照历史时间的自然秩序和时代发展的顺序，来安排民族作家及其创作的叙述是恰当的。而在历史时间和共同文化记忆的大背景下，叙述少数民族作家与民族共同记忆的关系，以及在这样的语境中民族性及其审美风貌，也是恰当的。既照顾到了民族国家的共同记忆，也照顾到了民族国家共名之下的民族文学的个性特征，当然也符合历史的本然。

尽管有人认为文学史是思想史，也有人认为文学史是作家生平史，更有人认为文学史是政治史[①]，但这些都离不开作品，没有作品，这些在文学史的叙述中都只是空洞的附体。而且，中国现当代文学史所面临的困惑，还不仅仅这样就万事大吉了，它还面临着整合政治语境，整合民族语境，将文学史写“全”了的问题。单一政治和单一民族的文学作品的叙述，都不是“中国”文学史。中国现当代文学史的书写，需要敞开的政治胸怀，敞开的民族胸怀，当然还有敞开的知识结构和知识层次。

① 张宝明：《问题意识：在思想史与文学史的交叉点上》，《天津社会科学》2006年第1期。

逻辑荒谬的省籍区域文学史

方维保

一

文学史的写作和出版，现在越来越多了。有人统计，一年大概有500多部文学史图书出版。这些文学史如果从写作用途来说，大致可分为三类：一是学术性的文学史。这些主要是文学史学者进行历史探讨的文学史书写。二是教学型文学史。这些主要是大学中文系使用的教材。这两类文学史虽然有着很大的不同，但主要还是基于现代民族国家立场来书写中国文学（包括现当代文学）发展的历史的。三是各省市区社科机构所组织出版的省籍文学史。这是一个数量众多且到目前为止不为学术界所注意的“隐秘”的文学史写作和出版的存在。在各个省市区的“文化工程”中，省籍文化史和文学史是其中的重头之一。全国大多数省份都组织编写了省籍的区域文学史，如《浙江文学史》《安徽文学史》《河北文学通史》《20世纪山西文学史》《云南地方文学史》《河南文学史》《上海文学通史》，等等。其状之盛，宛如一树梨花开。这种省籍文学史虽然在种类上及出版数量上不及前两种文学史，但其对现有行政区划的覆盖面却是广阔的。

通过审视这些省籍文学史，你会发现，它们都有一个共同的基本的套路，就是一切都从上古时期说起，一直历经秦汉魏晋南北朝再到唐宋元明清，还有民国和共和国时期。它会把与这个省有关的作家作品都扫进来，这个省出生的、祖籍在这个省但早已在外省生儿育女或父辈祖父辈在外省和京城的，总之凡是沾亲带故的作家艺术家都囊括进来。在这个基础之上考察这个省出了多少作家，出了多少名震全国的文学作品，这些文学作品有着怎样浓厚的地方文化色彩，这个省的文学有着怎样的历史流变，这些流变中有多少乡土意识，等等。

总之，所有的作家、作品、文学审美等都紧紧围绕着特定的区域运行，围绕着地方利益构建自己的逻辑体系。他们企图在这些作家、作品和地方文化色彩中描绘一个省籍文化形象。

地方区域文化和文学史的写作和出版，从其影响力来看，它们虽然规模巨大，内容繁复，影响力却很小，大多只是作为地方旅游文化的素材和大中小学的乡土教材。不过，作为一种文化现象，我们不能因为它影响力的薄弱就视而不见，学界有必要对这种文化现象进行剖析。

二

历史自有其发展逻辑，人类对于历史的观照也需要遵守最起码的历史逻辑。但从现有的省籍文学史来考察，我们会发现它存在着诸多逻辑上的荒谬性。

首先，古今行政区划的“打架”，使省籍文学史往往漏洞百出。

省籍文学史的最大特点，就是以各个省区现在的行政区划为书写的边界。它将中国统一的国家版图分成了众多的省份和自治区，从而形成了中国文学史的跑马分封的割裂。从行政管理上来说，一个国家分成许多的省区是一种行政管理的需要。有的省区的划分，可能与历史文化和民族社群相关，但主要的还在于管理的方便。因此，各个省区从古到今变化很大。现在的省份，在古代并不都有，即使后来有了，边界和区域在历史的发展中变动也很大。这个地方出现的作家，在唐代的时候可能是安徽的，但在宋代的时候却变成了河南的。从现在的省域观念来看，许多省区不可避免地出现了交叉重复等情况。即使在近现代，行政区划相对比较稳定，但是从大的省区的增删，到小的地方的合并，也是常有的事情。比如1955年撤消了热河省，所属行政区域分别划归河北省、辽宁省和内蒙古自治区；有的如直隶省，则在取消后分为了天津、河北、山东等；清代的江南省则分为了安徽和江苏。

当今的一些省籍文学史家们，为了造就当今的省籍文学史，就用现在的行政区划去套古代的行政区域，而且还不是一个时代的行政区划，此情形颇类似于关公战秦琼。一个当年直隶省的作家，真不知道现在是分给天津好呢还是分给河北、山东好呢。以现有行政区划为边界界定古代和现代作家的地域归属，以今人强古人自然荒诞不经。

更为重要的是，在相对统一的民族国家之内，文人作家的居住和生活往往是流动的。出生在江苏，生活在安徽，去世在湖北，最后这个作家到底是属于哪个省的呢？最明显的例子是李白。据说他出生在巴尔克什湖畔的碎叶城，后来辗转到过许多的地方，陕西、四川都曾待过，最后死在安徽。用省域文学史家的眼光来看，不知道他到底是俄罗斯作家，还是哈萨克斯坦作家，还是陕西作家抑或是安徽作家呢？

其次，无视民族共同文学话语的现实而对地域性进行夸张性的强调。

省籍文学史，其法理性的基础是地域文化。当下流行的省籍文学史，多以当下的行政区域为界限，搜罗和编排自古以来的文学人物与作品，极力突出文学和文化的区域（省域）的地方性。如江苏就渲染江苏文学的吴文化特色，而浙江文学则强调其越文化特色，安徽文学则强调其徽州文化特色。而当一个省无法获得同一的地域特色时，就会无视在同一省区内文化的多样性和差异性，忽视或省略其中的一部分。如用徽州文化来概括安徽文学特色的时候，就显然将安徽淮河以北及沿岸的中原文化特色弃之不顾了。

而问题的关键不在于这种省域之内文化归纳的以偏概全，而在于这种以省域划分的同一地方地域文化在中国自古以来的文学中根本就是“子虚乌有”的。不是说文化和文学的地域性在文学话语中“绝对”不存在，而是说从现有的文学创作来看，文化和文学的共同性是主导，是主流，地域性却是居于次要的。

中国历史自秦代以后，就建立起了大一统的封建制度。它强有力地压制了各种文化的地方特色，焚书坑儒就是对地方文化的血腥消解。秦以后的历代王朝，之所以能够维持一统天下，其实也就得益于秦始皇对于地方主义的血腥制裁，树立了民族国家的整体意识。而就整个世界来说，各国和各民族的交往越来越频繁，现代科技手段更为密切的交往提供了条件，在整个世界范围之内，甚至建立了普世价值观念。在当今的世界，你想“越是民族的便越是世界的”几乎不可能。我们不能不悲哀地看到，地方的、民族的独特性正在消失；但我们也不能不欣喜地看到，这个世界也越来越成为一个“世界民族”了。种族的血在融合，各地方的文化在交融，世界通用的语言和公认的价值准则正在形成。

落实在中国文学等方面，则是民族共同话语的形成，并得到普遍的认同和实践。在古代的大一统时代，中国文学家所使用的语言也大多是官话，要么是北方官话要么是南方官话，所以，尽管经历了数千年的历史，那些诗歌和史书我们今天还能看得懂。虽然这些作品使用的是文言，但是文言也不是一种方言。在中国现代文学历史上，除了早期有限的几部作品（如《海上花列传》）使用方言之外，绝大部分作品都是以北方官话写成的，虽然很多作品中也有地方语言的元素，但方言都经过淘洗。国语的形成，是现代民族国家观念的基础，也是现代文学能够流通阅读的基本前提。

在文学作品中以地方文化为材料，但也是把这种地方文化作为国民性的某一种表现。现代民族国家文化并不褒扬这种地方主义文化，甚至有许多作家以被称为“某籍”而耻辱和愤怒，典型的就如鲁迅。现代时期曾出现过许多知识分子集团，但也很少以省籍命名或结社的。最大的文人集团，如文学研究会，几乎囊括了大多数省籍的作家和艺术家；而创造社则既有浙江籍作家如郁达夫，也有四川籍作家如郭沫若，也有安徽籍作家如宗白华。由此可见，这些社团从一开始到最后也都是超越省籍的。

有些流派被冠以地方的名称，如京派和海派。京派并不都是北京人，表现的文化内涵当然也不是北京文化，而是一种中国文化中最为通行的典型的士大夫文化观念；海派也不是“上海派”，所表现出的文化内涵也不是上海的本土文化，而是一种具有世界性的商业消费文化。东北作家群，好像具有地方性，但其实这种以地域命名的文学社群非常特殊，它是在东北沦陷的背景之下，对一群流亡关内的东北作家的命名。东北作家有乡土意识，但是却没有地方意识，恰恰是民族国家的整体意识将他们推到了当时的中国文坛的前沿。现代时期最为繁荣的文学流派，更严格地来说应该是文学思潮，就是乡土文学。我们在现代文学史中的20年代的时候会叙述到乡土文学作家，如鲁迅、韦丛芜等；在30年代的时候还会叙述到乡土文学作家，如沈从文等；到40年代的时候，我们仍会叙述到乡土文学作家，如赵树理等。但是，我们几乎从不把鲁迅称为浙江派，不把吴组缃称为安徽派，也不把沈从文称为湖南派，当然也不把赵树理称为山西派。这就是说，文学史家们都有一种共识，这些作家们所创作的文学作品，虽然有地方文化元素，甚至少数民族元素，但是它们并不是地方文学，而是用国语写成的、表现中国民族时代生活的共同文学。也就是说，这些作品有地方性，却不是地方文学，更不要说地方主义了。

当代文学中的地方性命名，可能出自“山西作家群”。但是，山西作家群，从来就不是山西的地方文学。它的鼻祖当然是赵树理，除此之外还有马峰、西戎等人。毋庸讳言，山西作家群对于山西地方的方言土语和地方文化习俗的运用和展现，在现当代时期的诸多文学社群中是比较多的，但是，山西作家群却一点也不山西，它的语言都是经历过“翻译”和锤炼的土语，而且它对于人的表现和时代政治文化的表现，都是当时国家的主流意识形态在文学上的呈现。

当代文学的地方性命名的高峰期是20世纪80年代中期。当时中国文学出现了文化寻根思潮。地方文化资源受到作家的青睐，地方文化符号在文学表现中被普遍地运用。于是出现了许多所谓的文学的地方文化流派，如吴越文化派、湖湘文化派、新海派、京味文学、津味文学、岭南文化派、陕西文化派等等。现在回过头来审视当时的命名，就会发现，其命名是失当的。它们虽然在作品中驱逐了民族大一统的政治意识，增加了传统文化和地方民间文化的元素，但是，它们并没有建构起实实在在的地方文化主体。程乃珊的小说虽然带有上海的里弄文化色彩，但是并没有多少地方性可言；假如说程乃珊的小说表现的是地方文化，那么张爱玲岂不是上海地方文化的代表了吗？显然，程乃珊所表现的是上海的旧时代遗留下的消费文化遗迹。其他的一些地方文化派的创作，如韩少功，尽管也有着湖湘地区传统文化的遗传基因，但所表现的依然是中国民族的传统民间文化。在这些作品中，几乎没有多少方言，无一例外地使用普通话叙述。方言是地方文化本质性的符号，就如同希伯来语之于以色列人一样，没有方言的地方文化还是地方文化吗？总而言之，这种地方文化的文学，有的称之为地域文化，是以地方（地域）汇入国族共同文化的形式参与进来的。

文化的地域特色是客观存在的，燕赵文化、楚文化、吴越文化、岭南文化各有特色，差别巨大。但大的文化圈在很多的时候是跨省域的。如楚文化圈就囊括了安徽、湖南、湖北等多个省份。省籍文学史极力强调特定省域的文化，实际上不但割裂而且扭曲了文化的真实存在形态。由于这样的省域文化性是预设的，往往并不符合实际。进入封建时代之后，中国的民族文化已然形成，共同语的性质非常明显。所以，我们很难分清李白、杜甫、李商隐等人创作的地方文化特色。这种民族共同语文学和文化在近现代更加明显。被有些理论家称为地域文化流派的京派和海派，其实并不是真正的地域文化。京派、海派，看似北京或上海的地方文化，其实却是当时中国文化和文学现代化的两个阶段。而且京派并不是北京人文化，海派也不是上海人文化。就创作而言，京派和海派存在艺术想象中的地域因素，但所谓的“省籍”元素却是非常次要的。茅盾和鲁迅都是浙江人，在他们的作品中有着对于浙江水乡和当时地方文化的书写，但是，这样的省籍地方文化元素在他们的创作中，不是主要的。作家们所关心的是“整个的”国家和民族，而不是省籍和地区。所以在阿Q的身上，鲁迅说反映了“国民的劣根性”，而不是说“浙江人的劣根性”。

地域性且不可靠，建构在地域性之上的区域性（省域性）就更是荒诞了。

省籍区域文学史，既然由地方各省（区、市）出钱出人组织编写，当然也为地方文化服务。省籍文学史，秉持的就是地方文化精神，突出的就是地方主义。于是罔顾历史事实、任意堆积地方文化历史和文学历史、歪曲和割裂历史，其在逻辑上的荒谬性自不待言。

三

省籍文学史为什么在20世纪和21世纪之交会突然繁荣了起来？这种繁荣的背后有着怎样的文化根源？这是我们做文学史研究的人所必须关注的。

省籍文学史之所以繁荣，一个最为表象也最直接的原因是各省区文化资源政绩化的推动。文化越来越受到重视，不仅受到中央政府的重视，当然更受到各个地方政府的重视。地方文化古迹的修缮，甚至是伪古迹的创造，各种文化设施的建设，也都日益兴隆了起来。在各地的文化大发展中，传统文化资源更是受到了前所未有的重视。于是，各地对于传统文化资源展开了激烈的争夺战。于是出现了大量关于文化的伪命题，对于历史文化名人，尤其是文学名人，充斥着地方私利的考证和拉郎配式的文学史追问：曹操是安徽人还是河南人？李白是哪里人？曹雪芹的故里在何处？近年来“争夺”古代文化名人中所提出的这些看似言之凿凿的“学术问题”，其实都是伪命题。这些都反映了各地方对盘点当地文化资源，乃至发展当地文化旅游的重视，本来无可厚非，但其中存在的不尊重历史真实、不尊重文化规律的现象却令人担忧。省籍文学史在基本的逻辑和学理上都存在诸多的悖谬，而其要害则在于将文化工具化，缺乏对历史真实和文化规律的尊重。

省籍文学史之所以繁荣的深层原因则在于文化的地方主义情结。假如说学术性文学史主要在于学术研究的话，教学型文学史主要在于教育需要的话，而地方省籍文学史的动力主要来源于最近若干年的地方文化的膨胀。在增强民族自信的大旗下，增加地方文化的自信；而所谓地方自信，其实就是一种地方主义情结的膨胀。

这种省籍区域文学史，正如俄国形式主义文论家迪尼亚诺夫所批评的，“不过是某一种体系中的有一定用途、起一定作用的一个或者几个文学要素的不合理的抽象，是对在其他体系里的具有另外用途的同样的要素的缩减，缩减之后，突出了那些有一定用途、起一定作用的文学要素，根据这种要素组成了文学演变系列。”所以，迪尼亚诺夫认为，这种研究结果得到的只是一个“虚假的统一系列。”[①]文学史家为地方主义所裹挟，为了一省区之私，而漠视甚至罔顾历史事实，以当下行政区划来切割文化，难免一叶障目、削足适履。省籍区域文化和文学史应该尊重历史、尊重文化，地域文学（文化）史的书写者应该有更大的文化视野和历史胸襟，而不是武大郎开店、短视功利地哄抢“文化资源”，难免在学术上贻笑于大方之家。

①董学文主编：《西方文学理论史》，北京大学出版社2005年版，第278页。

论中国现当代文学史叙述的“十年情结”

方维保

一

当代人所写现当代文学史，往往有着固定的叙述模式。在诸多的叙述模式中，就有一个“十年情结”。所谓的“十年情结”，也就是以十年为一段来总结文学史的发展；而且在叙史方式，或文学史分段叙述的方法上，已经成为一种一成不变的程式和体制，每到一个十年节点的时候，文学批评界和文学史学界就会很自然地出现一系列“十年”书写活动；也就是这个十年情结大有成为文学史编纂的仪式。

纵观这些“十年情结”仪式，大体可以分为以下几种类型：一是“通史”性质的现当代文学史的十年分段法。1950年中央教育部颁发了《〈中国新文学史〉教学大纲（初稿）》，第一个十年由

1921年切断，但第二个十年却被完整叙述，即“‘左联’成立前后十年（1927—1937）”[①]这种分期在后来刘绶松的《中国新文学史初稿》（人民文学出版社1979年版）中贯彻比较彻底。王瑶的《中国新文学史稿》是作者在清华大学和北京大学的讲稿。上册1951年9月由开明书店初版，所述时期为“‘五四’文学革命至一九三七年抗战前夕，二十年间新文学的发展史”。其中又将这一时期分为两个阶段：“五四运动”至1927年，1927至1937年。两个十年非常的明显。下册由新文艺出版社1953年8月初版，它以1942年毛泽东《延安文艺座谈会上的讲话》为界，分成两段，时间至1949年的“第一次文代会”。最后另附《新中国成立以来的文艺运动》一章，综述自新中国成立以来至1952年毛泽东《讲话》“发表十周年为止的三年间文学工作的一般状况”[②]，凑足了十年，即1942至1952年。后来丁易、张毕来分别于1955年在作家出版社出版了《中国现代文学史略》和《新文学史纲》，此二位都参加了教育部大纲的起草。张著第一卷为“从一九一八——一九二八的十年间”，遵从第一个十年的体例。丁著总体上是一部左翼文学运动史，所述的“五四文学运动”“左翼文学运动”和“中国文学的工农兵方向”十年的线索不甚清晰，但还是看得出大致的十年概念：“五四运动”对应第一个十年，“左翼文学运动（上）”对应30年代文学，而“左翼文学运动（下）”及“工农兵方向”则对应的是抗战十年的文学。后来唐弢、严家炎主编的三卷本高校教材《中国现代

① 黄修己：《中国新文学史编纂史》，北京大学出版社1995年版，第128页。

② 王瑶：《中国新文学史稿·内容提要》（下册），新文艺出版社1953年版，第1页。

文学史》（人民文学出版社1979年6月版，1979年11月版，1980年12月版），也将现代文学史的三十年分为了三段：第一个十年，第二个十年，第三个十年。当然，还对应着一个政治历史事件，如“第一次国内革命战争时期的文学”，“第二次国内革命战争时期的文学”，“抗战时期的文学”等。但无疑这三次政治历史事件，所对应的时间段依然是十年。后来，钱理群等人编纂的《中国现代文学三十年》，显然就是将现代文学分成三段，每段十年。杨义于1981年后由人民文学出版社陆续出版的《中国现代小说史》则由1941年为界将30年代和40年代文学的分开，十年的体制就更加明显；而且他在叙述中更是经常使用“20年代文学”“30年代文学”和“40年代文学”的叙史话语。吴福辉著《插图本中国现代文学发展史》将现代文学史分为“五四启蒙”“多元共生”和“风云骤起”三个部分，其实这三部分正对应着20年代、30年代和40年代。当代由上海文艺出版社编纂的《中国新文学大系》于1982年12月启动第二辑，即接续当年赵家璧主编的《中国新文学大系（1917—1927）》，而将第二辑确定为“1927—1937”；1991年1月出版了第三辑，则确定为“1937—1949”。它们都承续了第一辑“十年一段”的传统。而对于当代文学史的编纂，也是延续了这样的“十年一段”的套路。朱栋霖主编的《中国现代文学史1917—2010》（北京大学出版社2011年版），上部即狭义的“现代部分”，当然是十年一段：20年代文学、30年代文学和40年代文学；下部即“当代部分”，分为“50—70”“80—90”“新世纪文学”三段，看上去是“30—20—10”的模式，但这显然又是十年一段的变种。洪子诚的《中国当代文学史》则分成两段，即“50—70年代文学”“80年代以来文学”，最后是“90年代的文学状况”。程光炜的“重返80年代文学”系列研究，则是基于对于文学史维度的80年代的十年定位。在当代文学叙述中，“第一段”是个例外，即将1949—1965年的文学称为“十七年文学”。在总体上，现当代文学的叙述形成了比较固定的十年一段的叙述模式，即20年代文学、30年代文学、40年代文学、50—60年代文学（“17年文学”）、“文革”十年的文学、80年代文学、90年代文学、新世纪十年文学。在这固定的十年一段的叙述中是有例外的，但不常见，例外并不影响十年一段的固定程式的结构形态。现代部分对应得比较一致，而当代部分则经常发生变动，不过十年的对应性还是很强的。而且，十年一段的命名还有着由文化命名向年代命名转变的趋势。

二是历史描述的“十年仪式”。中国当代文学批评界和文学史学界，每到十年的时候，就有总结的冲动。1960年作家出版社出版了由郭沫若、茅盾等编辑的《文学十年》，总结1949—1959年的文学成就。“文革”结束以后，新时期十年的时候，出现了非常多的“新时期文学十年”的总结报告式的文学史。发表的总结新时期文学十年的文章最多。比如刘再复的《论新时期文学主潮——在“中国新时期文学十年学术讨论会”上的发言（内容提要）》（《文学评论》1986年第6期），鲁枢元的《论新时期文学的“向内转”》（《文艺报》1986年10月18日）等。还有很多的资料选编、教材和专著等。1988年10月山东师范大学中文系成人教育处出版的由王克安、徐萍编著的《新时期文学十年研究资料选编》，中国电影艺术研究中心编的《新时期电影10年》（重庆出版社1988年版），江西师范大学函授部编的《新时期十年文学》，中国作家协会江西分会主编的《江西新时期十年文学作品选》(百花洲文艺出版社1990年版),等等。它们都总结了1976年到1986年十年的文学的成就。90年代中后期,还出现了对于所谓“后新时期文学”其实也就是对于90年代文学的总结。如陈思和的《试论90年代文学的无名特征及其当代性》(《复旦学报(社科版)》2001年第1期)、刘忠的《90年代以来文学的生存状态》(《社会科学战线》2003年第6期)、刘文辉的《传媒语境与20世纪90年代文学转向》(人民出版社2013年版),等等。新世纪十年,出现了更多的“总结报告”。如丁晓原的《“复调”与“复式”——新世纪十年报告文学观察》(《文艺争鸣》2011年第7期);赵勇的《文学生产与消费活动的转型之旅——新世纪文学十年抽样分析》(《贵州社会科学》2010年第1期);王胜蓝的《新世纪十年本土原创儿童文学畅销书研究》(2011年南京师范大学硕士论文);张学昕的《新世纪十年短篇小说论》(《东吴学术》2012年第2期)、王小英等的《回望与检视:十年网络文学研究述评》(《山西师大学报(哲社版)2010年第2期》),等等。各地也同样召开许多的座谈会。中国社会科学院文学研究所于1986年9月7日至12日在北京召开了“新时期文学十年”学术讨论会;2010年7月,复旦大学召开了“新世纪十年文学”国际研讨会;2010年10月,广东省东莞市召开了“新世纪十年:东莞文学的现状与前瞻”论坛;“中国新诗:新世纪十年的回顾与反思——两岸四地第三届当代诗学论坛”,等等。当然还出版了为数众多的十年作品选,绍兴市文联编辑了《新纪十年绍兴文学优秀作品选》;中国小说学会编辑了《中国小说排行榜十年榜上榜》(时代文艺出版社2010年);山东省文联编辑了《新世纪10年山东诗选》(山东文艺出版社2012年),等等。还涉及其他学科的学术总结,如何新文等的《新世纪十年:古代赋学研究的繁荣与趋向》(《湖北大学学报(哲社版)》2012年第2期);甚至还涉及海外华文文学,如黄万华的《新世纪10年海外华文文学的发展及其趋向》(《天津师范大学学报(社科版)》2010年第1期)。除了文学之外,还有《新世纪十年灯谜鉴赏》《新世纪十年读书报告》,等等。

当然,这种仪式性的文学史表达,还表现在“五年”“五十年”“百年”等方面。而无论是“五年”“五十年”还是“百年”,都共同源自于“十年”情结,本文将不做赘述。

总之,“十年总结汇”和“十年连环”,涉及各种文学门类,涉及各个地方,也涉及各种与文学相关的诸如文学批评、学术研究和文化艺术等各个领域。

二

中国当代文学史书写的十年情结,很显然是一个蔚为大观的文学史现象。但是,这种现象为什么会出现,则是值得深思的。

一种通行的理解认为,这种十年情结来自于中国文化中的“整十”心理。中国文化中有十全十美的“整十”情结,人每过十年,就要做一次大寿。十年是一个圆满的周期,手指是十个,脚趾也是十个,“十”是一个整数,它暗示着圆满和完整。所以,鲁迅在《阿Q正传》里还用“大团圆”来讽刺这种哲学。人生十年要做寿,总结人生;历史当然是人的历史,所以也每过十年就要“做寿”,总结一下十年的成就,文学史当然也不例外。当然,与此相联系的五十年、百年情结,也是一样。不过,百年情结还有着西方基督教文化的“世纪”概念。但那也是中西文化的一个契合。做寿是一种人生仪式，文学史也是一种仪式，所以我们看到，每到十年的时候，文学史家就要做总结，各种各样的座谈会召开，各种各样的作品选出版。假如与社会文化领域的各种庆典活动联系起来，中国当代的“现当代文学史”的书写活动，就是一场文化仪式。仪式具有制度性，所以每到十年的时候，就会周期性发生，因此，中国现当代文学史的书写仪式每十年就会如期举行，风雨无阻。

如此看来，中国现当代文学史的“十年情结”似乎是中国文化的传承，也是中国历史书写的传统。但是考察中国传统的历史书写，就会发现，十年情结是文化传统倒是说得过去的，但是却不是中国历史的书写传统。中国历史没有十年分段的传统，也没有十年总结的传统。在中国历史的书写习惯中，一般都是“断代史”，也就是后代给前代写史，所以二十四史大多是一个朝代一个朝代的历史，除《史记》外，很少有通史，更别说以十年分段了。就是具有文学史性质的“文苑传”也大多是某几个作家生平事迹的介绍，文学史的观念并不强，更不要说给文学史分段，尤其是分十年一段来叙述了。当然，由中国现代史家所著的《中国文学史》还是有分段叙述的成规的。郑振铎的《插图本中国文学史》舍弃了传统史书的以朝代为序，也舍弃了从欧洲史上搬来的“上古”“中古”“近古”等的概念，他按照中国文学自身的演变“实况”，分了三个时段来叙述文学史：西晋以前的古代文学阶段，“纯然为未受有外来的影响的本土的文学”①；东晋南渡至明正德年代的中世纪，是本土文

①郑振铎：《插图本中国文学史》（第1册），人民文学出版社1957年版，第13页。

学受到了印度佛经文学的极大影响的时期；从明嘉靖元年到“五四”之前，外来文学的影响消失，近代文学又恢复了它纯然本土的特性，而后一直到“五四”以后，欧洲文学又引起巨大反响，文学史进入到现代时期。这种大分段的方法显然受到欧洲史学观念的影响，而它又影响了中国文学史的分段处理模式的形成，但它的段落划分在时间线上并不追求整齐。

那么，这种历史书写的十年情结到底是从哪儿来的呢？如回顾中国现当代文学史的学术历史，就会发现，这种“十年情结”其实来自于“现代”时期。新文学第一个十年的时候，也就是20年代中后期，有许多的作家和文学史家们产生了强烈的总结新文学成就的冲动，他们发表了一系列的总结文章。新文学的产生，新文学替代旧文学，曾经受到强烈的质疑。从新文学肇始，胡适等人就竭尽所能从创作和历史两个方面来论证它的合法性。但是，肇始之初的创作是苍白的，只有过了十年左右才略有成就，当然也就有了合法性的资本。早在1922年，胡适就发表了《五十年来中国之文学》一文。这篇文章与他的《白话文学史》有相似之处，也即从文学传统的角度，来探讨新文学的发生。论及“五十年”，但并没有多少新文学的成就可供他大书特书。为这种总结的传统寻找动机，在迟至1934年出版的周作人的《中国新文学的源流》一文还有所表现。这部讲义从中国文学的变迁开始，重点讲述了“清代文学的反动”，最后述及“文学革命运动”，实际上它探讨了新文学发生的原因。

只有到了1928年前后，新文学创作界才真正兴起了总结新文学成就的热潮。陈子展在这一年讲授《中国近代文学之变迁》（中华书局1936年初版），在第九章“十年以来的文学革命运动”，总结了新文学十年的文学成就。赵景深在这一年出版了他的《中国文学小史》（光华书局初版本），也在最后一章设置了“近十年来的中国文学”，总结讲述新文学十年间的文学成就。陈子展出版于1930年的《最近三十年中国文学史》中的最后两章，论及“文学革命运动”，虽没有十年之称，但实际总结的也是“新文学十年”。而真正实现了十年体制的则是“中国新文学大系”的编辑出版。由赵家璧主编的上海良友图书印刷公司出版的《中国新文学大系》在1935年开始陆续编纂印行。这部“大系”主要编纂对象是1917至1927年之间的十年的文学作品。它对于新文学第一个十年的诗歌、散文、小说、理论等都进行了系统的选编，并且每一部都加上了编者详尽的前言，以说明这十年来该门类的成就。这部大系对于新文学历史的书写起到了巨大的作用：其一，确立了新文学的起点；其二，确定了“新文学”的文学主流地位；其三，确定了新文学的主流作家和作品；其四，确定了后来新文学“十年一段”的叙史模式。这种总结，是一种对历史的回顾和整理，对于新文学历史脉络的清理起到了巨大的作用，也是这种回顾与整理使得当时的作家和作品被历史性地评价、定位，显然也起到了经典化的作用。可能是受此影响，抗战时期蓝海（田仲济）出版了《中国抗战文艺史》（现代出版社1947年初版），它第一次对十年抗战的文艺状况进行了总结和归纳。自此大系式的十年传统开始形成。

但是，这种叙史模式在现代时期并没有得到怎样的发扬，无论是朱自清、沈从文还是苏雪林、阿英等人所编著的文学史著作，都以作家作品论为主体，并没有见到怎样明晰的历史线索，尤其是没有见到相应的十年一段的叙史模式。同样，朱自清1929年在清华等校编写的讲义《中国新文学研究纲要》，是一部比较系统的新文学史，它从晚清一直写到了30年代，近现代是有明确区分的，但是也没有“十年”之说。显然，要确定这种十年情结有无形成文学史的叙述定制，还要看1927年前后文学史的叙述状况。王哲甫出版于1933年的《中国新文学运动史》以1925年的“五卅运动”为界，把1917至1933年的新文学运动分作前后两期，第一期显然也有着十年总结的味道，虽然从1917到1925年并没有十年，但文学史分期中的十年从来都是约数。中国新文学史的十年体制及其新文学分期意识的端倪开始显现。李何林思潮研究的代表作是《近二十年中国文艺思潮论（1917—1937）》（上海生活书店1939年版）。作者将新文学分成三大块，即“五四前后的文学革命运动”（从1917年到“五卅”）、“‘大革命时代’前后的革命文学问题”（从“五卅”到九一八事变）、“‘九一八’到‘八一三’的文艺思潮”[①]。它也以1925年的五卅运动为界，将20年代文学与30年代文学分开。第一个比较完整的十年文学继承了此前的新文学十年的分法；而从“五卅”到“九一八”，虽然是不规则的十年，但还是看到了十年的大体特征；同样又以“九一八”为界分出了一个抗战文学，这大体是后来抗战文学界定的雏形。这种分期法与王哲甫的《中国新文学运动史》是一致的。但王哲甫写作的当时第二个十年并不完整，所以第二个十年在他那里实际上是不存在的。而到了李何林这里，他依照“革命文学”的思潮论，即“从文学革命到革命

① 参见李何林《近二十年中国文艺思潮论（1917—1937）》，生活书店1938年版。

文学”的历史描述，顺利完成了两个十年的划分。看来到李何林这里，十年体制已经基本形成。周扬40年代在“鲁迅艺术学院”讲述新文学运动，后来形成了《新文学运动史讲义提纲》（晚至1986年才正式发表）。他把新文学运动分为四个时期：“一九一九到二一，即五四运动到共产党成立，是新文学运动形成的时期”；“一九二一到二七，即从共产党成立经‘五卅’运动到北伐战争，是新文学运动的内部分化的酝酿，革命文学的兴起时期”；“一九二七到三六，即新的革命时期，是新文学运动内部分化过程完成，革命文学成为主流时期”；“三六年到现在，即抗日战争时期，是新文学运动之力量的重新结合，文学上新民主主义提出的时期”。[①]周扬以共产革命为线索来分割文学史，分得比较细碎，但1921—1927年、1927—1936年，1936年以后这样的三段，尤其是1927—1936年的分段，是比较符合十年一段叙史模式的。这样的分期，十年分段的意识特别的明显。在历史的叙述中，固定地从“文学革命”到“革命文学”叙述套路中，他虽然尽力消除“文学革命”的存在而特意强调“革命文学”，但依然可见“革命文学”十年的特征。

但是，现当代文学史的十年情结之所以形成，从上述可以看到：第一个十年的总结是出于对新文学传统的塑造以获得合法性，但是，之后形成十年一段的固定成规则显然得益于“革命文学”思潮的历史合法性诉求。众所周知，“革命文学”是一种社会革命史的文学，它的历史书写也以共产革命史的发展作为文学史分期的依据。换句话说，当代之中国现当代文学史的书写在某种程度上契合了红色历史观所塑造的几个历史节点。第一个是五四运动，第二个

① 周扬：《新文学运动史讲义提纲》，《文学评论》1986年第1期。

是1927年的“大革命”失败，第三个是抗战的爆发。至于当代，则是1949年的建国，1957年的“反右运动”，1966年的“文革”爆发，1976年的“文革”结束和改革开放的新时期的开始，等等。众所周知，文学史的年代划分法，是与真实的年代存在着错位的。而这种错位之所以形成，最初是为了迁就文学的发展，而后来则是为了切合政治的节点。这在周扬的《新文学运动史讲义提纲》中表现最为明显。

当然，这种十年情结也是年代编年叙述的必然结果。尤其是20世纪90年代以后，面对着无限伸展的所谓“新时期”，文学史叙述不得不采用90年代文学来描述“新时期文学”的当时阶段。而这种描述90年代文学的方法，也导致了对于过去（现代和当代时期）文学的历史的重新命名，如“80年代文学”“60—70年代文学”，以及“20年代文学”“30年代文学”和“40年代文学”等。

三

任何一种叙史体制，都是对于历史归纳的结果。中国现当代文学史叙述中的“十年”体制，也是如此。这种体制在对于历史叙述的某些段落，从今天来看，都有它的合理性。但是，任何一种叙史体制，一旦形成，并成为一种历史叙述中的思维惯性，都会产生谬误，中国现当代文学史叙述中的“十年”体制也是如此。程光炜已经注意到了这个问题，他称之为“年代学”[①]。

文学史家对于短时段的历史归纳，听从于文化习俗的召唤，十年来一次总结。虽然这样的周期性的文化行为本身是无伤大雅的；

①程光炜、颜水生：《当代文学史研究中的“年代学”问题——程光炜教授访谈》，《中国现代文学研究丛刊》2011年第6期。

或者，就算一次创作的资料整理，也是利于文学史的梳理和研究的；而且，众多的评论和带有历史性的梳理，也为文学史的长时段叙述打下了良好的基础。但是，这种十年一次的文化仪式，显然又不利于文学史的真实描述，尤其是为历史长时段描述中的“十年一环”的思维模式的形成埋下了隐患。

我要特别指出文学史叙述中的“十年一环”的所存在的叙述史模式的谬误。我们必须要注意的是，中国现当代文学史的十年体制，从来都不是单独的十年的断代史。就如同我在第二个十年形成原因中所说，第二个十年之所以形成，是因为蕴含着历史进化的巨大观念。在中国现代历史的叙述中，历史循环论早已退场。在历史循环论中，中国每一个朝代都不比上一个朝代进步，也都不比上一个朝代文明。按理说，十年一段的体制，最具有循环论的色彩了。但是，但凡了解中国现当代文学史叙述的都知道，它其实不是历史循环论，而是历史进化论。每一个十年，都依照时间的顺序被有秩序地排列，但是，这个线性的时间顺序又是进化论的，是进化的时间。每后一个十年必然以前一个十年作为垫脚石，而且每后一个十年都相较于前一个十年更进步和文明。“十年一段”的文学史描述盛行着转变话语和进步话语。这种环环相扣的进步链条，其实只是形而上学的理论设想，它不可能在真实的历史中存在。而且，文学要一直这样的转变，这样的进步，它到底要进化到哪里去呢?！新文学，在最初的二三十年中，它的成长是存在的。作为一种新兴的文学形式和审美形式，它需要操练、需要沉思，才能走向成熟。所以，我们能够在30年代文学中看到相较于20年代文学明显的成熟、明显的深刻。但是，这样的“成长”并不能总是存在。在许多时代里，文学的审美甚至是思想都是停滞的。而进化论永远是成长史，这势必造成历史描述与历史本身的错位，造成对于历史描述的错误定性。

“十年”文学体制，一般都是十年做总结，我们知道其实在“第一个十年”或者“第二个十年”，甚至在新时期的“第一个十年”，都可以说与社会历史甚至文学发展的历史相契合的。也就是说，这种十年归纳法，它正确地处理了历史。这种方法显然是合适的，也是正确的。但是，这种十年体制却并不适合所有的历史阶段。正如我在前述所列举的，十年体制的“起点”是很具有意味的，它往往与政治意识形态的自我论证有着千丝万缕的关系。如1921年、1927年等被作为起点，它们所对应的历史事件，有的在当时可能产生了比较巨大的影响，影响了文学进程，而有的则在当时根本没有什么影响，作为文学史的十年体制的起点根本就无从谈起。同样，“新世纪文学十年”也是如此，因为新世纪文学十年，几乎所有的文学现象都发端于90年代，甚至有的方面鼎盛于90年代。用“新世纪文学十年”将这段文字史与90年代分割开来，就可能有许多的文学现象没法解释，也造成了对新世纪文学特征的过度的阐释。

同时，仔细考察中国现当代文学史的十年体制，会发现：这种十年体制还存在着一个由“文化的十年”向“年代的十年”的靠近、重合和替代的演变过程。对于现代文学史的描述，十年文学的体制，在时间线上一直与当时的年代存在着一个错位，即是“20年代文学”，大体是指1917—1927年的文学，而不是1921—1929年的文学；“30年代文学”，大体是指1927—1937年段的文学。这种体制，是以文化发展的实际情况来界定的。这种界定方法也适用于对新时期十年文学的归纳。但是，从杨义的《中国现代小说史》开始，为了超越固定的政治事件的时间点对文学史叙述的干预，而将文学史的时间点向年代点靠拢、重合。杨著以“第一个十年”“第二个十年”和“第三个十年”对应三个时代，而且杨义认为，1941年前后的文学差异性很大，因此，在他的叙述中，文化时间与自然时间实现了叠合。这种现象在90年代以后的文学史叙述中就更为普遍。文学史家出于文学史描述方法的困境，以及对于“新时期文学”的命名的尴尬，启用了“90年代文学”等年代命名法。这种方法，最终导致了逆推式的对于所有的文学的年代化命名。回顾现代文学的编纂史，现代时期的文学史家很少使用诸如“20年代文学”“30年代文学”的命名，而比较普遍地使用“新文学十年”“最近三十年文学”等比较模糊的时期性命名。显然，年代命名自然造成了年代的对应，20年代文学自然被误解为1921—1929年间的文学了。“十年情结”中的年代命名对于超越“新时期文学”的命名困境是起到了作用的，但是也就此埋下了逻辑的隐患。日本史学家柄谷行人认为：“分期对于历史不可或缺。标出一个时期，意味着提供一个开始和一个结尾，并以此来认识事件的意义。从宏观的角度，可以说历史的规则就是通过对分期的论争而得出的结果，因为分期本身改变了事件的性质。”①

总之，文学史叙述的十年情结，其在某个特殊的历史阶段，对于文学史的描述是有利的；但是一旦在文化习俗的裹挟之下成为一

①[日]柄谷行人：《现代日本的话语空间》，董之林译，载张京媛主编《后殖民理论与文化批评》，北京大学出版社1999年版，第416页。

种文学史家的叙史情结，成为一种固定的文学史叙述模式的时候，其造成历史叙述的扭曲又是必然的，当然也是有害的。

[原载于《扬子江评论》2015年第5期]

第三辑

中国现当代文学的本科教学实践

中国现当代文学教学的问题及对策

杨四平

随着我国教育教学改革的深入、素质教育培养目标的提出和时代环境的变迁，中国现当代文学教学也在发生巨大变化。这些变化是史无前例的。它在给我们提供机遇的同时，也带来了许多值得深思的问题。比如，一方面，从中央到地方，各级行政主管部门为了发展高等教育，使高等教育常规化、制度化，正在全面推行本科教学的各项评估，遴选各种名目的“重点学科”“重点基地”，评选各种级别的“精品课程”，审批各种档次的规划教材，等等。然而，由于各种原因，这些行动的落实在高校中出现了大面积的人为的“形式大于内容”的现象。正是因为如此，不少有识之士，对此保持了足够的清醒，展开了学理探究。“这些研究成果从教学内容的深化到教学方法的改进以及教学手段的更新，从教学的主体到教学的客体，再到主客体的关系，从教学与人的素质培养，到大学校园环境的建设，再到与时代社会变革的需要等，较全面地探讨了现当代文学教学的价值取向与面临的困境。从广度与深度来看，这些探讨超过了以往任何一个时期对现代文学大学教学改革的关注程度。”（刘勇语）但是，这些讨论缺乏应有的依据、共识以及更高的理论观照。这的确又是一个不争的事实，也是我们有必要进一步展开讨论的动因。

本科教育目标的调整，使得我们把重心由此前的培养“专才”置换到眼下的培养“通才”上。这与学术界积极倡导的“回到学术自身”与追求神圣之“学术规范”显得很不协调，如何解决此间可能出现的抵牾，有待于我们做进一步研究。这种目标设置的更改，使得我们大学里的课程结构也发生相应的改变。以前处于几大“课程巨头”的传统课程的中心地位在急剧削弱，开始出现以此为原点的“多课程”的相关课群的多元共生。重心的下移，多头共生，为培养“通才”进行知识结构上的大调整。这样一来，除了文理渗透的“通识课”外，各种各样的本专业的选修课都在挤占基础课的课时。于是，“中国现当代文学”课程就出现了课时不足、课量缩减、因人设课、缺乏统筹的被动局面。更让中国现当代文学教师们尴尬的是，学生对人性的“琥珀扇坠，翡翠戒指”的兴趣远远超过国家主义的“匕首投枪”；学生们的知识结构也在目前中学应试教育压迫下出现了肤浅化、单一化倾向。直言之，中国现当代文学教学困难重重。

培养“通才”是国家、民族现代化的需要。也就是说，我们不可能再回到以往那种传统课程“一统大学”的时代；我们要与时俱进，在有限的课时和浓缩的课量内改进并强化我们的教学。

从中国现当代文学教学“内部”建设上看，我认为目前的问题在于它严重缺乏文学本位、历史逻辑与人生关怀，而相应地，我们的对策就是要在我们今后的教学中注意并强化文学本位、历史逻辑与人生关怀。

首先，我们要把培养学生的文学感悟能力和文学分析能力放在首位。这大概就是“中国现当代文学”课程之所以作为基础课之“基础”的原因。好在对青年学子来说，“古典文学隔着一重山，现代文学只隔一层纸”。一方面，我们要把大学文学教学与中学文学教学联系起来；另一方面，又要培养学生较高的认知能力和审美能力。比如，中学语文教材和大学《中国现代文学作品选》同样选了郑愁予的《错误》。那么，我们在大学课堂上该如何来教呢？我的讲题是《对经典阅读要有主体意识———郑愁予〈错误〉的可写性》。

这首典型的以乡愁为主题的台湾现代主义诗歌，自1953年发表以来，就从来没有被充分理解过。对于现代主义诗歌，人们常常认为它更多是在装神弄鬼。就连朱自清当年也说过这样的话，现代主义诗歌部分好懂而整体就不知所云了。到了80年代，袁可嘉还在说，现代主义诗歌整体好懂而部分就难懂了。近代的梁启超和俄国的普列汉诺夫等人都曾主张审美直觉、审美的整体领会。好像现代主义诗歌整体和部分之间始终难以协调。其实不然。对《错误》主题的认识，人们一直停留在这样单一层面上，即把它视为一首现代“闺怨诗”，抒写的是一个倦守春闺的少妇落寞的心绪和等待的怅然；或者依据本诗的“后记”来推断它的现代性，表现在它不是写“妻盼夫归”而是写“母盼子归”。“后记”写道：“童稚时，母亲携着我的手行过一个小镇，在青石的路上，我一面走一面踢着石子。那时是抗战初起，母亲牵着儿子赶路是常见的难民形象。我在低头找石子的时候，忽听背后传来轰轰的声响，马蹄击出金石的声音，只见马匹拉着炮车疾奔而来。母亲将我拉到路旁，战马与炮车一辆一辆擦身而过。这印象永久地潜存在我意识里。打仗的时候，男子上了前线，女子在后方等待，是战争年代最凄楚的景象，自古便是如此，因之有闺怨诗的产生并成为传统诗中的重要内容。但传统闺怨诗多由男子拟女性心态摹写，现代诗人则应以男性位置处理；诗不是小说，不能背弃艺术的真诚。母亲的等待是这首诗、也是这个大时代最重要的主题，以往的读者很少向这一境界去探索。”①其实，这首诗在主题上远远超出了诗人的“预设”。它还写出了海峡两岸人们渴盼回归和平统一的心绪。再进一步，如果把诗中的“你”“我”分别看成是现实的影子和历史的影子，那么它们就分别指代抒情主人公的现在和过去；所以，我们据此将本诗的主题提升为现代人对历史的探寻及其探而不得之后的感伤。正所谓“作者之用心未必然，读者之用心何必不然”（谭献语）；“作者用一致之思，读者各以其情而自得”（王夫之语）。可见，人们没有真正品味出诗中意象象征的多指性；更谈不上对诗歌主题多义性的挖掘了。从当代接受美学理论来说，对于《错误》意义的挖掘显然是一种“曲解”。“‘曲解’——或径用布鲁姆自己的词汇：‘误解’——被看作是阅读阐释和文学史的构成活动。我们决不可能象

① 郑愁予：《错误》，《郑愁予诗的自选（Ⅰ）》，生活·读书·新知三联书店2000年版，第12页。

传统批评相信的那样去复述一首诗或‘接近’于它的本意。我们最多只能构成另一首诗，甚至这种系统的再阐释也总是一种对原诗的曲解”（霍拉勃语）。当然，这种不确定性又是由确定性暗示出来并受其制约的。因此，在阅读诗歌文本时，要遵守诱导和规范之间平衡的原则。下面，我就逐字逐句地解读这首诗。第一话很好理解，是说“我”打马从江南走过，是一句叙述性的话，是此诗“新诗戏剧化”中“我”这方的出场。而第二句话显然是此诗“新诗戏剧化”中另一方的出场，也就是“那等在季节里的容颜”了。这个“容颜”，人们一直在想当然地将其想象成一位女子或者少妇。这是相当狭隘的。而根据与其紧紧相连的比喻性意象“莲花”来考察，“容颜”应指乡愁中的人；因为莲花不仅指女性，还有包括女性在内的君子（我们可以从周敦颐的《爱莲说》得到这样的启示）。所以说，仅仅将此诗理解成闺怨诗是褊狭的。而这里的“容颜”就是第二节里反复出现的“你”。第二句诗里的关键词是“等”。就是这个“等”字和“如莲花的开落”一起生发出、沿展出第二节。是“你”在等人，等得很久、很凄苦、很无奈，就像年复一年莲花开了又谢了、谢了又开了那样，就是不见被等的人出现。从这个意义上讲，第二句话统领了第二节；换言之，第二节是对第二句话的推演，是对其进一步的具象化、情景化。所以，我有时候就在想：假设把第二节删掉，或者，既把第二节删掉，又把末节两句倒换一下位置，那会出现一种什么样的效果？下面我就将我删改后的两首全新的《错误》排出来，以便大家审读。第一首《错误》：“我打江南走过/那等在季节里的容颜如莲花的开落//我达达的马蹄是美丽的错误/我不是归人，是个过客……”第二首《错误》：“我打江南走过/

那等在季节里的容颜如莲花的开落//我不是归人，是个过客……/我达达的马蹄是美丽的错误。”我觉得，删改过后，诗显得更简练、更含蓄，也更耐读。当然，我删掉的是不是真的就是“不利于表现的词语”，还有待于与作者、读者商榷。徐志摩的《沙扬娜拉》由原来的十八节删改后只剩下一节。庞德的《地铁车站》也是由原来的一百多行改定为最后的两行。第二节主要是对第二行“如莲花的开落”般的等待进一步的具象化、意境化、丰富化。“东风不来，三月的柳絮不飞。”显然，客观世界并非如此；而是“你”在长期的苦等之后，终日闭门不出，所以，在“你”的世界里就无所谓季节的变化，换言之，“你”已经麻木于时间，不关心季节的变更了。“你”只关心“你”的“归人”，而不关心外在世界。正是因为如此，“你”就越来越寂寞。所以，诗人接着写道：“你的心如小小的寂寞的城”，就不难理解了。而将寂寞比喻成小城，这样寂寞就成为有长度、宽度、深度的，且有重量的东西了。寂寞，这样一种很抽象的东西，就具象化了。由寂寞的小城，诗人进一步想象，聚焦到城中向晚的青石的街道，是为了进一步强化寂寞的程度。这一节中最后的两行诗，是突出“你”在如此寂寞的状态下等待空寂、孤苦与无奈。同时，这两行诗与“东风不来，三月的柳絮不飞”构成了因果关系。这样它们之间在第二节里就形成一个首尾呼应的圆行结构系统。而第二节和第三节之间形成了很大的断裂、间隙和沉默，需要读者来填补此间的“空白”。这就是，在“你”等待到几乎绝望的时候，突然听到了外面街道上传来达达的马蹄声。我们可以想象得到，此时“你”是多么的兴奋，多么的喜出望外!“你”一定会迫不及待地打开尘封已久的紧掩的窗扉，满怀幸福地迎接

“归人”的归来。可是，随着马上可以看清人了，“你”终于认出了“我”不是“你”等的人。“我”仅仅是个“过客”。“你”是多么的失望啊！而“我”也是在无意间给“你”带来了如此的精神折磨。所以诗人说这种过失是“美丽的”。这首诗明显地受到了“花间词”的浸染。因为在其所承载的文化信息里可以看到花间词派的遗韵。请读温庭筠的《望江南》：“梳洗罢，独倚望江楼，过尽千帆皆不是，斜辉脉脉水悠悠，肠断白蘋洲。”再请读柳永《八声甘州》：“想佳人，妆楼喁望，误几回，天际识归舟。”郑愁予“典化”了它们。还有一个重要的问题，那就是怎样理解诗题“错误”；因为对它理解的深浅涉及对本诗主题把握的深浅。我提出：这既是错误，又非错误。为什么说它是错误的？这是从具体的“你”和“我”以及两者之间的关系来说的。如果从宽泛的角度，对海峡两岸所有乡愁的人来说，这种类似的等候，这种文化意义上的乡愁（既非地理意义上的乡愁又非哲学意义上的乡愁），又是没有错误的。这样想来，此诗的主题和意义就很大了。在此，我从“秘境旁通”（叶维廉语）的角度，看出了《错误》意义的明显生长。不过，我又只是提出这些纲领性的看法，希望引起读者和诗人本人的批评，使得《错误》在历史动态中不断地累积诸如我这样的阅读心得，并最终达到经典化和大众化。

我几乎是用形式主义的方法在解读文学文本，而且又在创造性的解读中激发青年学子对文学进行“再创造”的兴趣。“学问在古代，写作在现代。”

写作能使学生从作品和文学史里抽身出来。难怪有的学者提出“中国现代文学教学的使命是培养‘写家’”。这样的讲课就不是我们有的教师一讲作品就讲时代背景、作者生平、主题思想与写作特点，更不是大讲特讲它的“文外之意”。我认为，不宜把文学史当作文化史、思想史，那样只会使文学史“空洞化”。要警惕：在我们拓宽了研究视野时是不是也相应地遮蔽或限制了什么？所以，我们的所谓的“启发性”教学是在坚持文学本位的前提下进行的。

其次，作为文学史，我们要注重它的历史逻辑行程，以文学作品为考察基点的历史逻辑行程。过去，我们把许多精力和时间花费在讲文学史上的文学运动、文学思潮、文学论争、文学流派并以此来勾勒文学史发展的概貌，把文学史变成抽空了血肉的僵尸，了无生气。我们要把各个时期的重要作品作为一个“知识岛屿”，在认知它们的同时，让学生自己去寻找它们内在的关联，而不是像我们以往那样去告诉他们所谓的历史本质性的线性的东西。在上面解读《错误》的主题时，我也只是提供了几种可能，试图让学生去寻找它们的历史关涉。我是想让学生学会向历史提问，在发问的过程中，获得历史纵深感和学科前沿性；而不是告诉他们一大堆美学废话或“正确的废话”。只有这样才能把美感教育与历史认知贯穿起来。

最后，要真正消除青年学子与“中国现当代文学”之间的隔膜，必须重视学科学术追求与个人人生关怀之间的内在联系，也就是要在“学术”与“人生”之间寻找平衡点。要把“中国现当代文学”的现代性与现代大学生的实际联系起来，突出“中国现当代文学”领域里的启蒙性质和人性色彩，让他们在莎菲身上仿佛看到自己的影子。此外，大学生走出校园、走向社会后，还能感受到“中国现当代文学”学科的力量，比如，他们的写作可以为他们的生活和工作添加光彩。还有的学者提出，要部分因地制宜地处理教材，使大学生感受到“中国现当代文学”的“身边性”“亲切性”。

当然，要真正改变目前中国现当代文学教学被动的局面，并使其改革进一步深入，还必须依赖于行之有效的制度建设，而不是我们这些从事中国现当代文学教学的“教书匠”在行业内的学术讨论；但是，我们为什么又不遗余力地这样做，无非是想用我们这些微弱的呼吁、诉求，努力去影响制度建设。

［该文原题为《文学本位、历史逻辑与人生关怀——中国现当代文学教学的问题及对策》，原载于《长江师范学院学报》2007年第5期］

高师中国现当代文学教学与中学语文对接途径的探索

黄　静

随着高师院校规模的扩大及综合化的发展趋势，教师培养在一定程度上被弱化。不少高师院校存在重学术轻师范的倾向，未能很好地体现以学术为基础、以师范为特色的办学理念。与综合性大学中文专业的培养目标不同，高师中文专业的培养目标是培养具备扎实的汉语言文学理论基础、较高的语文素养、较强的语言文字表达与应用能力，具有创新精神和创新能力的卓越语文教师。这就决定了高师中文教育不仅要重视学术性，还要强调师范性，强化与中学语文的对接意识，重视从中学语文教学的视角解读作品，培养学生的师范技能。

目前中国现当代文学课程教学中师范性的特色并未加以凸显，

未能实现与中学语文教学的有效对接，这体现为：一是教材的适用性较差，由于所使用的教材多由综合性大学编写，教材缺乏师范教育特色，编写者很少考虑甚至完全漠视中学语文教学的实际状况及未来发展方向的需求，使得高师与综合性大学的中文教学没有本质区别。二是教学内容上的脱节，一方面，由于对中学教学现状了解不够，有些中学教学内容在大学课堂上仍然出现，造成无谓的重复和教学资源的浪费；另一方面，由于缺乏对接意识，大学课堂中涉及的作家作品很少联系中学教学实际去进行拓展、深化，在教学内容上未能很好地衔接。三是教学方法的滞后与单一，尽管“满堂灌”的教学方法一直受到批判，但由于受教学大纲、课时、人数、考核方式等因素的限制，中国现当代文学的教学还是以“满堂灌”为主，学生被动地听课、记笔记，考试前背背笔记即可应付过关。而中学语文在新课标理念的引导下，“注重语文应用、审美与探究能力的培养”，强调启发式、互动式等教学方法，这使得两者在教学方法上存在一定程度脱节，高师教育没有起到引领中学语文新课程教改的作用。四是教师观念上的一些误区，多数高师教师意识到培养学生师范技能的重要性，但同时又认为这些技能主要是通过教师教育类课程以及实践教学来培养，专业基础课不应承担这一任务。应该说，这一看法是片面的，高师中文对学生师范技能的培养应贯彻到所有课程的教学中，每一门课都可根据自身特点，针对性地培养学生的专业技能。

中国现当代作家作品在中学语文教材中占了相当大的比例，比如，人民教育出版社的初高中语文课本中，302篇文章中有120篇属于中国现当代作家作品，包括鲁迅、胡适、老舍、曹禺、郁达夫、朱自清、戴望舒、徐志摩、巴金、沈从文、钱锺书、孙犁、汪曾祺、杨绛、史铁生、舒婷、海子等名家作品。可以说，现当代文学作品与中学语文教学密切相关。高师现当代文学教学应加强与中学语文的互动，强化对接意识，将师范技能的培养落实到日常教学的具体环节中，真正体现高师中文专业的特色。

根据中国现当代文学的课程特点，现当代文学教学过程可从以下几方面探索与中学语文的对接途径，培养学生的师范技能：

首先，注重培养诵读能力。目前，中小学语文教学逐步成为推广经典诵读的主阵地，诵读也成为优秀语文教师引领学生进入作品情境、理解作品内容、把握作品情感的一个重要手段。高师中文专业的学生应具备较强的诵读能力，这是由他们未来的职业决定的。除了开设诵读类课程或讲座外，可将诵读贯串到文学类课程的教学中，培养学生的诵读兴趣与技能。比如，现当代文学的一些诗歌、散文意境优美，朗朗上口，非常适合诵读。一般在教学过程中，尤其是现当代文学作品选课程，教师或是亲自示范或是播放录音或是让学生朗诵，然后再分析讲解作品。这一教学过程让学生感受到了诵读的魅力，但学生往往是知其然而不知其所以然，不知道自己朗诵时该如何通过停顿、重音、语速、语调等来表现作品的情感基调。故而，教师在讲解作品的同时如果能结合具体内容，指出一些诵读的技巧，不仅有助于培养学生的诵读能力，也有助于学生加深对作品的理解。比如徐志摩的《再别康桥》，诗人重游故地写作此诗时，已是物是人非，“康桥理想”的破灭使得诗歌充满淡淡的哀伤，尤其最后一句“不带走一片云彩”，更加体现了诗人的落寞感。朗诵时可通过语速的放缓、停顿的选择、语调的变化形成一种忧伤的情感基调。在分析诗歌时适当地介绍一些朗诵技巧，其实也是帮助学生更好地理解诗歌。当然，这种介绍一定要结合作品加以示范，不能脱离作品泛泛而谈。

其次，注重培养文本解读能力。中小学语文教师的教学水平很大程度上取决于对作品的鉴赏水平与解读能力。不过在目前高师中文教育中，比较注重对学生的一些具体技能的培养，如“三字一话”、多媒体制作技术等，而较少培养学生的文本解读能力。即使是文学类的课程，往往注重的也是文学理论和文学史知识的系统讲授，而忽视对作品本身文学性、审美性的感悟。这种教学倾向造成了学生对文学作品的感悟能力、审美能力的普遍降低以及对作品缺乏独立判断和解读能力。在中国现当代文学教学中，尤其是作品选课程，教师的授课不仅是解读文本的过程，也应该是培养学生文本解读能力的过程。当然，文本解读能力不是一个孤立的能力，而是一种综合能力，包括四个层面：一是对文本的理解能力，即读懂文本，知道作者想表达什么；一是对文本的审美感悟能力，即对文本蕴涵的艺术美的体验与把握；一是对文本的探究能力，即能够排除各种习见，真正从文本出发，进行个性化的解读；一是文本的分析能力，即根据一定的评判标准，对文本的特色及不足进行专业、理性的分析。文本解读能力的培养需建立在学生一定阅读量的基础之上，不过教师在教学过程中可有意识地加以引导。在教学过程中注重解读过程的展示，而不只是结论的总结，不仅要讲解自己对文本的阐释依据，还要告诉学生解读文本的一些方法，比如如何通过细节发现问题，如何发现文本的缝隙，如何在同类文本中寻找差异性等，让学生了解并掌握一些文本解读的方法，提升他们的文本解读能力，从而在今后的中学语文教学中应付自如。比如讲授茹志鹃的《百合花》，这篇小说清新雅致，含蓄细腻，善于运用细节描写来表现人物、深化主题。在讲授时可设计一些问题，让学生找出小说中有哪些细节描写，分别出现几次，各有什么作用。学生要想回答这些问题，首先需要细读文本，比如小说中关于百合花的被子、小通讯员衣服上的破洞、馒头、菊花等都出现多次，再结合上下文分析，往往这些细节或是体现人物性格、或是暗示人物心理、或是深化小说主题。通过细读，层层推进，小说主题、人物形象、艺术特色也逐渐明晰。

再有，注重培养教学实践能力。目前，现当代文学教学主要还是“我说你听”的“满堂灌”教学模式，这种学生被动听的学习方法只会让生动形象的审美过程变成枯燥的知识接受过程，既无助于培养学生的文本解读能力，也无助于培养学生的创新意识、实践能力。在教学中适当地采用评点式、讨论式等教学方法，这类教学方法强调学生的主体地位，强化了学生的参与意识，不仅有助于提高课堂教学效果，也有助于培养学生的创新意识、教学实践能力等。相比较而言，作品选类的课程适宜采用讨论式、评点式的教学方法。评点式教学即学生讲教师评，以现当代作品选课为例，一般作品选的授课过程为先介绍作家的生平、创作概况，再分析作品的创作背景，然后解读作品的思想内容与艺术特色，最后加以总结。在这一过程中，有些是知识性的介绍，这些教学内容完全可以让学生来讲授。需事先分好小组，可以寝室或学习小组为单位，将要讲授的作家作品提前布置给每一小组，让小组成员课下提前准备好相关内容，上课时派代表到讲台前讲授，讲授时可运用多媒体幻灯片，要求是讲课而不是读教案或背教案，并限制讲授的时间。在学生讲授完之后，教师可对其讲授的内容进行补充、强调、解释，并对讲授过程予以评价，包括教师口语、教态、内容安排、多媒体幻灯片制作等多方面。这种评点式教学强化了学习的积极性、能动性，让学生由被动接受变为主动探究，同时也锻炼了学生的教学实践能力。评点式教学一般适用于以简单的知识性介绍为主的教学内容。讨论式教学同样可以激发学生的学习兴趣与自主性，不过与评点式教学在教学内容的选择上有所不同，讨论式教学适合文本内容较为复杂，具有多义性，能提供丰富阐释空间的一类文本，比如讨论《雷雨》中周朴园的形象、比较小说与影视版《红高粱》等。教师在讨论之前安排好讨论的话题，制定好讨论的步骤，学生则根据讨论的要求阅读文本、查找资料并列出讨论提纲。讨论结束之后，教师应对讨论进行总结，深化学生对问题的认识，将讨论引向更高层次。采用讨论法来展开教学，可以开拓学生的开放性思维，培养创新意识，锻炼语言表达能力，这些都是卓越语文教师应具备的素养。当然，小班教学比较适宜开展讨论式教学，班级人数过多会影响讨论的参与度与效果。

对于高师中文教育而言，真正落实以学术为基础、以师范为特色的办学理念，需要将培养学生师范技能融入到日常教学之中，使之成为常态化的教学模式。当然，仅靠课堂教学来培养师范技能、实现与中学语文的对接还是不够的，还需要其他方面的共同努力。比如，从课程设置方面来看，可以增开一些与中学语文教学对接的课程或讲座，如中学现当代作家作品教学研究、中学现代诗歌教学研究、中学语文教材中的鲁迅作品研究等；从教材使用方面来看，可以组织相关教师编写适合高师中文使用的中国现代文学史、作品选等教材；从课程考核方式的改革来看，将师范技能的培养纳入到平时成绩的考核中，如课堂发言、朗诵、讨论、试讲等都可纳入考核范围，强调考核的过程性和考核方式的多元化，使得日常教学中师范技能的培养能够常态化、规范化。

“中国现当代文学作品选”课程考核改革总结报告

叶永胜

为了提高本科教学质量，学校开展推进课程考核评价方式、考核内容、评价过程、考核信息反馈等领域的综合改革，希望切实发挥课程考核对教学效果的检验与评价作用，对教学内容与方式改革的推动作用，对学生学习投入的引导作用，从而提升考核评价环节对于人才培养的支撑度。“中国现代文学”课程组选取“中国现代文学作品选”这一专业基础课程，进行考核改革。具体组织实施的班级为2014级汉语言文学师范专业，时间为2014年9月到2015年6月。

一、改革思路与目标

“中国现当代文学作品选”是一门文学作品鉴赏与分析的课程，是汉语言文学专业基础课程。课程选择现当代文学史上的经典作品和具有鲜明探索意识的作品进行精讲，培养学生分析和鉴赏中国现当代文学作品的能力，提高学生的文学修养和写作才能。

本课程课堂教学及考核方式改革的总体思路是：紧扣本课程教学培养目标，采取笔试、课程预习汇报、课堂讨论、读书报告、小论文等考核形式，将对理论知识识记的考查与文学作品的分析能力的检验相结合，对学生学习本课程的情况进行综合评价。

通过教学和考核方式改革，将以培养知识型人才为主的教学模式，调整为以培养学生的文学审美能力、语言交际能力和写作能力为主的能力型教学模式；通过改变考法引导学生改变以往的学法，将过程评价与终结评价并重，注重能力的培养，改变死记硬背的学习方式，激发学生学习兴趣；凸显“中国现当代文学作品选”课程教学的知识性、文学性、人文性和学术性特点，尤其是培养学生的写作创新能力，培养学生分析评价文学现象、作家作品的能力，训练学生研究现当代文学的能力和写作学术论文的能力。

二、平时考核形式与内容

1.课程预习汇报

要求学生在学习课程之前，运用图书馆资料、网络资源查找作家与作品的相关情况，在课堂上以多媒体幻灯片、图片或口头报告的方式展现。

2.课堂讨论

根据教学内容安排两次课堂讨论，要求学生课后整理自己的发言，以作业的形式提交讨论报告。

3.读书报告

根据教学进度，要求学生同步阅读所学习作家的其他作品，选取1篇，以多媒体幻灯片形式向全班同学报告阅读体会。教师在学生报告后做简要点评。

4.课程小论文

要求学生选择一个在课程学习期间感兴趣的问题，撰写一篇小论文，3 000字左右。

三、期末考核形式

期末采取闭卷笔试的考核形式，考试时间仍旧为120分钟。

试卷选取5种题型，考查对现代作家代表作品、经典作品的了解情况，对不同文体作品的分析、鉴赏与批评能力。

第1题为单项选择题，考查学生对作品的熟悉、了解情况，目的在于促使学生阅读原著；第2题为不定项选择题，考查学生对作家创作情况的了解情况，要求掌握作家主要作品，了解作品中的人物；第3、4题分别为简答题和论述题，考查学生对作品创作特点或人物形象的掌握情况；第5题为评论写作题，要求能够运用所学知识对课外作品进行分析评论。

考试命题改革的思路：我们在命题设计中力图体现出知识理论与作品分析能力并重、课内学习内容与课外延伸阅读相结合、基本技能与创新意识并重的原则。

采取措施：①加强对作品阅读量的考查；②加强对分析比较能力的考查；③注重对知识材料的辨析、整理能力的考查；④加强对创新意识与能力的考查。试卷中大约一半内容为考查教材之外的现代作家的相关重要作品。

四、成绩计算办法

课程总成绩由各类平时考核成绩（60%）+期末笔试成绩（40%）组成，满分100分。

平时考核成绩由课程预习汇报成绩（20%）+课堂讨论成绩（20%）+读书报告成绩（20%）+课程小论文成绩（40%）组成，满分100分。

期末笔试成绩满分100分。

五、成效分析

平时考核中，学生到勤情况良好，除了期末部分同学因学院举办晚会抽调彩排，其他均到勤。而且，由于每节课几乎都有学生活动环节，大家听课认真，参与热情都非常高。

每个活动小组（3人）分工合作，积极准备课程预习和读书报告，精心制作课件，认真讲解，让每一个同学都得到锻炼和展示的机会。经过一学年的锻炼，同学们提高了制作多媒体幻灯片的能力，文字由繁到简，配以合适的图画（图片），字体设计活泼多样。特别是选择资料、操作展示课件的能力大大提高，一开始很多同学将网页百科上的文字全数复制，照搬全抄，在经过几次指点之后，他们认识到了选择材料的重要性，对于材料源要有核查，不能出现知识性错误。通过课堂展示，还提高了同学们的表达能力，由低头照本宣科转为配合课件进行讲解分析，有所阐发。

通过上述措施，调动了学生的学习积极性，培养了学生的动手制作能力，特别是对现代文学的兴趣转浓，积极阅读经典，分析作品的能力有所提高。课程小论文中，有的学生能够对学习中发现的理论问题进行初步理论性分析，言之成理。

题　号	分　值	最高分	最低分	平均得分	得分率	
1	16	16	1	8.4	0.72	
2	10	8	0	3.4	0.44	
3	24	24	12	20.6	0.86	
4	30	30	8	24.2	0.81	
5	20	19	14	15.9	0.80	
合　计	100	90	49	78.6	0.78	
分数段	100~90	89~80	79~70	69~60	59~50	49~40
人　数	1	29	51	17	3	1
比　例	1.0%	28.4%	50%	16.7%	2.9%	1.0%
累计比	1.0%	29.4%	79.4%	96.1%	99.0%	100.0%

1.1 期末笔试成绩情况统计表

期末闭卷考试成绩得分率为78%，大多数人失分在第一、二题，表明学生对作家作品基本知识的掌握还比较缺乏，没有给予真正的关注；第二题是不定项选择题，得分率偏低，也在预计之中，但也表明学生对于基础知识的记忆与理解方面还有待加强。

经过对平时成绩与期末成绩按照6：4进行总评统计情况如下表：

分数段	90~100	80~89	70~79	60~69	50~59
人　数	2	88	11	0	1
比　例	2.0%	86.3%	10.7%	0	1.0%

1.2 期末总评成绩统计表

六、存在的问题

最大的问题是时间不足。由于本课程是2学分，每周只有2节课，加上新生开学迟且要进行军训，实际教学时间缩短，课堂上要开展以上活动，时间明显不够，有些想法、计划未能得到实施。我们将继续探讨、改进教学与考核的内容与方式，提高教学质量。

七、有价值的的经验及今后开展思路

1. 在上节课结束时指定学生利用图书馆和网络资源，了解下节课要讨论作家的创作情况，制作课件展示；

2. 安排学生阅读该作家的教材未选的另一篇作品，写作读书报告；

3. 对教学中涉及的某些论题进行讨论，让学生整理并以作业形式上交；

4. 撰写课程小论文；

5. 个人文学创作或者作品评论；

6. 建立网上交流群，组织课后讨论，并将其活跃程度与发表话题、讨论的质量作为平时成绩评价参考。

“课堂至上”：中国现当代文学教学观念创新的若干经验

方维保

我从事中国现当代文学教学已经有20余年了，感觉有些经验需要总结一下。尽管大学教育在很大程度上是一种文化氛围的熏陶，但在这种熏陶中，最核心的依然是“课堂”。课堂，尤其是第一课堂，是学校教育的基本形态，当然也是大学教育的基本形式。因此，我认为，中国现当代文学的教育和教学活动，应该确立“课堂至上”的原则。

首先，人文教育教学观念的“传统回归”问题。

在近20余年的发展中，高校的中文教育，越来越实用化了。中国现当代文学的教学，也有实用化的趋势。因此，要说教学观念革新的话，还是应该回到传统中去。具体来说，在人才培养模式上，要将以培养知识型人才为主的教学模式，调整为以培养学生的文学审美能力、语言交际能力和写作能力为主的能力型和素质型教学模式；在具体的现代文学教学上，要凸显中国现当代文学课程教学的文学性、人文性特点，尤其是培养学生的写作创新能力，培养学生分析评价文学现象、作家作品的能力，训练学生研究现当代文学的能力和写作学术论文的能力，培养学生的现代人文品格。这种人文意识的习得，看上去依靠其他的方式也能获得，但是，只有在大学的课堂上，学生才能够“感同身受”；教育才能不但达到“教”的目标，而且达到“育”的目的。

其次，“课堂至上”的教育教学原则。

教育教学，是一种人的交流行为。虽然现代电子工业发达，远程教育已经成为可能。但是，远程教育并不能代替大学的直接的面对面的课堂教学。最能体现人性化和人情味儿的就是大学课堂的面对面的教学方式。当代的教育方式可能多种多样，电化教育可谓风头正健。但是，学校，也包括大学的存在之道，在于课堂教育教学。所以，尽管教育教学的方式多种多样，但从来就没有哪一种能够取代以课堂教学为基本存在方式的大学教育。另外，从目前来看，大学内部的教育教学方式也多种多样，但课堂依然是大学实现教育和教学目标的最为重要和基本的途径。课堂教育教学，虽然看上去传统，但是，它依然有效。

第三，教学主体的“传统回归”。

在认识上，现在的教育教学观念，往往强调“学生是主体”。在这种片面的教学观念下，学生成了消费教学的上帝。我们必须正确认识教学活动中的主体问题，学生是教学活动的主体，这是没有错的。但是，在教育教学活动中，教师同样也是主体。在课堂教学中，学生是学习的主体，教师是讲授的主体。两个主体缺一不可。在整个教学活动中，教师主体甚至比学生主体更为重要。同时，这些年来教育教学管理部门对课堂教学的管理，从大纲，到教材，教学器具，教学语言，教学方式，考试分数的设置，及格人数的比率，作业的数量等，无不纳入条例，真可谓事无巨细。认识的片面和管理的过多过死，都导致教师虽然在课堂上讲授，但却毫无讲授的权利可言。在这样的体制之下，教师实际上成了知识传授器，教学个性缺失。因此，我们要把课堂的权利还给教师。

第四，在具体的课堂教育教学实践中，也要“传统回归”。

中国现当代文学的文化观念虽然是最当下，最活泼的，但活泼的是思想，而不是太过于花哨的教学形式。一些传统的教育教学思想，如“课堂教学”，应该得到继承和发挥。这是由语言文字教育的本性决定的。因此，我们要重视课堂教学，树立以课堂为本位的教学方式，以传统的教育教学方式为教学的基本风格。但是，回归传统的基本的教学风格，并不是要回到传统时代的私塾式课堂，而是要创造融合现代知识系统和思想观念、科技手段的，既传统又现代的，“以课堂为中心的发散型”的教育教学模式。

从课堂教育教学来说，其主体在于课堂讲授，同时，这样的课堂还应该包括教学、考试，以及相关知识的课外活动（与课堂活动紧密相关的“第二课堂”）。从这样的课堂教学的定义出发，这些年来特别是近年来，我有一些基本的做法与大家一起分享。

1.言传身教

教师要对课堂心存敬畏，努力讲好每一节课。在课程的讲授中，不但要将课讲好而且要讲活。特别是师范类本科生，将来都是要做教师的，大学老师的授课风格将影响到他们将来的授课风格。作为一个大学教师，要学会在课堂教学活动中，塑造一个开明、开放、有知识、善良公正、乐观积极的教育工作者形象。我们的形象，不但传达了知识而且熏陶了学生，这大概就是“教书育人”的意义之所在。教师将现代评价制度带入教学中，公平地对待每一个学生，善意地对待每一个学生。让学生在我的教学中，感受现代人文精神的光华，训练他们养成良好的行为习惯，培养他们的现代人格精神。将现代文学的人文精神带入课堂，注意对学生的人格美育；让学生既接受了知识，又受到人格熏陶。在教师的课堂形象中，通过语言、仪态，通过讲授内容的选择、理解，通过课堂教学的组织方式，展现现代中国文化和文学的精神。

2. 因“才”施教

每一个学生都是独特的个体，都有自己独特的知识结构和人格结构。因此，了解学生，了解他们的知识结构和情感需求，因“才”施教。不仅通过课下了解学生，更主要地通过课上了解学生。课下与学生交流，了解他们的籍贯、家庭状况，了解他们家乡的风土人情，以及他们兴趣和爱好；通过课堂交流，让他们讲述家乡的故事、亲情的故事，了解他们的知识背景。结合课堂情境，结合教学，结合讲授内容，让学生展现自己的才艺。针对不同的学生及其知识背景，制定不同的教学方案。有的学生木讷不善言辞，就给他/她制造各种发言的机会，让他/她逐步开朗起来；有的学生过分活泼，则鼓励他/她与课堂相关的行为和语言，对于他/她的跑题语言或行为，则适度控制（不鼓励）；有的学生多才多艺，在合适的教学内容里，让他/她展现；有的学生知识面很广，什么都知道，但是不专，于是就针对某个问题，单独布置作业让他做，再拿到班上来讨论。现在中文专业常采取大班上课模式，做到因“才”施教很难，因为学生太多；而小班做到这一点则相对比较容易。尽管大班比较难，但也要尽量做到。

3.进一步提高课堂教学的有效性,将科研成果带入课堂

任何课堂教学的目标，都在于学习者对知识的把握。但是，中国现当代文学教学有它的特殊性。一是当代文学自始至终处于进行时，二则现当代文学研究因为社会发展的原因，知识与话语更新得特别快；这二者都会导致教材经常跟不上。因此，我们要及时更新教学内容，将最新的知识、最新的观念带给学生。大学教师与中学教师不同的是，中学教师是将固定的课本知识传授给学生，而大学教师不但要传授一些基本的知识，还要传授给学生观察、分析、操作、研究的能力，因此，大学教师非是一个研究家不可。一个大学教师的课堂必须是研究的课堂。在大学的课堂上，中国现当代文学专业的教师，必须不断做好学生随时提出当下问题的心理和知识准备；而且，教师还必须带领学生不断地提出问题，尽管有的问题教师也无法解决，但可以带给学生思考的起点、研究的兴趣。

4.将传统教学方式与现代化教学方式有机恰当地结合

电子媒体出现了以后，大学里普遍地实现了多媒体教学。多媒体教学、课件网页等形式的应用，确实丰富了课堂教学方式，带给教师和学生以全新的课堂感受。但是，过多的五光十色的课件，冲淡了教学的主题，使得课堂教学成为一种炫技；而且，过于详尽的课件内容，使得教师的课堂讲授成为多余；同一课件的多次播放，增加了教师的惰性，其效果甚至不如过去的照本宣科。出现学生上课找课件而不听讲的现象；学生不上课，只要派同学将课件拍照，回去共享就可以了。语言文学，需要在一个相对传统的课堂上习得、感知。文字，只有用自己的手写出来才是美的；语言，只有用我们的口诵读出来才是美的。教师的课堂讲授，每一节都是新的；而物质化的课件显然做不到。任何现代科技都没有人的思考来得快。因此，我的经验是：呈现教学内容的课件，要简略；辅助的课件，如视频等，也需要，但是要适度节制。而传统的语言讲授、传统板书，在现阶段，应该是主体。一些过分声光电化的教学方法也应该受到遏制，因为我们是在教授语言文学，而不是广告设计。在课堂上，我会提醒学生就某个问题查阅百度，但绝不会允许学生自始至终地在网页上浏览。

5.将教师讲授与多种教学方式相结合

传统的讲授方法中，有一种传教式的教学方法在现在的电视媒体中很是盛行，但是一些过分花哨的演说式的教学应该得到控制，因为我们是在教学而不是传销。我们应该将多种教学方式带入课堂。我们要尝试多样化的教学方法，可以是讲座式教学，但更要将问题讨论式教学法、师生互动教学法、辩论式教学法等多种教学方法，结合到教学活动之中。大学生年轻、活泼、脑筋转得快，我们要尽可能提高学生主动参与教学、自发学习的积极性，培养学生发现问题、分析问题、解决问题的兴趣和能力。但是，活动的教学，并不是放任式的教学，我们要营构一个活泼而又有控制力的课堂。教师在上课中，可以卖关子，把握课堂节奏，形成自己的课堂叙事风格。但主题要明确：授课中概念定义要准确，阐述要有逻辑性，条理要清楚，语言要生动，还要形象直观。营造讨论式课堂，注重讨论，注重启发，诱发学生的求知欲。课堂也可以幽默，课堂也可以讲故事；课堂可以讨论，老师提问，一个学生回答问题，多个学生驳诘。利用现当代文学与现代生活的关联性，唱念做打，都可以进入课堂，增加学生的兴趣。同时，注重课堂控制，一方面学生回答问题，自由不受约束；另一方面，我始终把控局面，围绕课堂知识，可以宕开，但所行不远。形成既严谨又活泼的课堂。这样教师上课不累，学生学得也兴味盎然。

6.学生参与现代文学教学实践常态化

把一部分课堂让给学生：我经常让学生站到讲台上讲一段、唱一段、朗诵一段，让学生在实际的讲授中，体验教学，强化其对于现代文学的理解和认知，锻炼他们面对众人的表达能力。带领学生参与文学活动和创作实践：现代白话文具有很强的口语性和可诵读性，学生参与诸如诗歌朗诵会等活动，可以体会现代白话文之美；鼓励学生从事现代文的创作，体验文学的艺术技巧，结合现当代文学中的作品，提高文学写作技能，也感受到现代文学的艺术之美和思想情感之美。安排学生进行现代文学的批评：文学批评不但需要系统的文学知识而且需要系统的美学知识，以及美学感受能力，鼓励学生从事现代文学批评，可以有力地促进学生积极探究和学习文学知识，而且也能有力地促进他们运用知识大胆评价文学作品的能力的培养。在一个学期里，每一个学生都写了好几篇小评论，针对当前的文学和文化现象进行分析和评价。鼓励学生大胆地说出自己的阅读感受。有的同学，阅读一部作品，本来很有感触，很有想法，但是，当他/她一拿笔写作的时候，就开始依照作品的思路走，满篇都是故事。询问为什么出现这种情况。答曰：担心说得不对。针对这种情况，我鼓励他们跳出作品，大胆说出自己的想法，鼓励他们“只要有证据，你的评价就是对的”。也就是胡适先生说的“大胆假设，小心求证”。经过训练，大多数同学都丢掉了原作品的包袱，写出了不少有见地的好文章。

7、改革考核方法，将考试分化到平时的学习活动中

考试是课堂教学的延伸，对教师来说，考试不是目标，目标是通过考试检验学生的知识掌握情况，以便更好地教学。考试，不能如高考那样一考定终生，或者一考了之。要将近年来的教学研究成果及时转化为教学行为。我的做法，就是改变了过去的考试方式，加强了平时课堂提问、发言以及读书报告、文学创作和活动在期末成绩中的比重。通过改变考法引导学生改变以往的学法，将过程评价与终结评价并重，注重能力的培养，改变死记硬背的学习方式，激发学生学习兴趣；紧扣本课程教学培养目标，采取笔试、课程预习汇报、课堂讨论、读书报告、小论文等考核形式，将对理论知识识记的考查与文学作品的分析能力的检验相结合，对学生学习本课程的情况进行综合评价。课程成绩为过程性考核占50%，期终笔试占50%。根据现当代文学的特点，鼓励学生从事文学创作和文学活动，对于学生的文学创作或文学活动，可以根据质量给予一定的成绩并算入学期成绩之中。学生更加注重平时学习，注重对平时课堂的准备，而不是死记硬背，不是临时抱佛脚。考试的设计，反过来促进了平时的学习，增强了学生学习的积极性、参与性。让学生感到每天都在考试，他/她的每一个学习行为，都在进行考试。实践中收到了良好的效果。

总结20余年的教学实践，我感到，在课堂教学和所有的课堂实践中，教师既是演员又是导演，不但要有能力将知识讲授出来，让学生接受，又要自始至终控制教授的每一个环节；既是一个作家又是一个批评家，对于所授知识既要熟悉有研究，又要接受学生的驳诘讨论；既是一个老师又是一个家长，对于学生既要严肃又要亲和；不但希望学生成才，而且希望他们成人。总的来说，教师应改变有限性、机械性、灌输性授课模式，建构一种扩展型、快乐型和参与感受型课堂。

本科生现当代文学评论作业中常见的问题

张应中

“中国现当代文学作品选”与“中国现当代文学史”作为中文本科基础课程，一般安排在大学第一学年，在学习过程中，学生完成现当代文学评论的作业也是题中应有之义。因为缺少这方面的训练，学生的作业中出现不少问题，现就我本人多年的教学经验，略作总结如下。

一、关于标题

论文题目是一篇文章的主旨所在，意在提出观点或标明评论对象，犹如人的大脑乐队的指挥，不可或缺。写文学评论类作业时，本科生尤其是大学一年级的学生经常出现以下问题或不足。首先是标题不够简洁，句子拖沓，语义重复。如《论阿城小说写作中的人物形象及其分析》，“小说”当然是“写作”出来的，“论”也就理所当然地包含了“分析”，所以该题目可以简化为《论阿城小说中的人物形象》。又如《从作品中浅谈韩少功写作特色》，同样可以简化为《浅谈韩少功的写作特色》。又如《浅谈老舍建国后话剧创作的语言文字魅力》，在这里，“语言”“文字”同义反复，“文字”二字可以去掉。其次是正副标题不协调。一般来说，正标题标明主旨或观点，副标题点明评论对象。比如《唱一曲严峻的乡村牧歌——评古华的长篇小说〈芙蓉镇〉》，是比较规范的标题。标题混乱的情况比较常见，如一学生作业题目《读徐坤小说〈厨房〉——女权主义的悲喜剧》，正副标题位置颠倒了，应该互换。又如一学生作业题目是《中国市民小说中对传统道德的批判和继承——浅谈冯骥才〈俗世奇人〉中的传统道德》，观其文章内容，只谈冯骥才《俗世奇人》对传统道德的批判和继承，并没有涉及其他作家作品，所以正标题大而无当，可以去掉。

二、关于内容

作业内容方面出现的问题最多，大略有如下几种。

首先，抄袭现有的材料。按教学大纲的要求，一年级的学生重在基础知识的掌握和基本技能的训练，但这不等于说学生做作业可以抄书。我每次布置作业都强调，即使写不出新意也没有关系，但一定要自己阅读材料，用自己的语言写自己的感悟和思考。实际情况是，几乎每届都有个别学生偷懒抄袭。针对这样的学生，必须毫不容情地判作业为零分，并指出其危害性。一年级学生创新难度较大，但老师要有这个意识往这方面引导。一些学生虽不是抄袭，但机械重复教材上的观点，或蹈袭网络文章的意思，而不是由自己阅读思考得出结论。比如阐释冰心笔下“爱的哲学”，论赵树理小说民族化的特点，完全重复前人别人的现有成果。不少学生将作家的生平简介一类常识也抄进来了，更无必要。

其次，停留在现象陈述，少进一步的探究分析。比如有学生写了这样一个题目《浅析余华作品中的苦难精神》，全文只有苦难现象的罗列，没有“精神”分析，文章没有深度，缺乏意义。究其原因是学生缺少问题意识，只知是什么，没有追问为什么、要怎样。

再次，过于散文化。可能有些学生喜欢写诗、写散文，于是把评论写成散文了，语言很形象、很美，但没有理论深度，缺乏逻辑性，这是不符合评论文章的要求的。还有的学生受中学作文的影响，把文学评论写成了话题作文，评论对象变成了有感而发，大谈特谈自己的人生经历和社会现象，没有紧扣评论对象、围绕文章观点展开分析论述。

再次，论述只有点，没有面，没有做到点面结合。整体上评价某一个作家或某一种文学现象，最好有重点分析，又有面的介绍，做到点面结合。如果没有照顾到面，论文就变成对单个作品鉴赏或分析了。比如有学生论舒婷诗歌的艺术特色，翻来覆去只谈《致橡树》《神女峰》这两首诗，则有以偏概全的危险。又如《论史铁生作品中死亡的内涵》，只涉及《老海棠树》一篇小说，说服力便不足。

还有，有些学生的诗歌修养不足，对一些比较好懂的诗歌理解出现失误，理解能力亟待提高。如流沙河的一组散文诗《草木篇》，其中有一首《藤》：“他纠缠着丁香，往上爬，爬，爬……终于把花挂上树梢。丁香被缠死了，砍作柴烧了。他倒在地上，喘着气，窥视着另一株树……”该诗以物喻人，讽刺把幸福建立在他人痛苦之上的攀附小人，情感倾向一目了然。有学生竟然说该诗赞美了藤的韧性和进取精神，实在是误读。

三、关于概念

写文章难免要用某些概念，首先要把概念的意思搞清楚，避免盲目使用。有些同学分不清“情节”与“情结”，“意象”与“意境”，“题材”与“体裁”之间的区别，导致混用。还有“诗化”与“散文化”，“隐喻”与“借喻”，“拟人”与“拟物”，“负面角色”与“有缺点的人物”，“现代主义”与“后现代主义”等，有的学生也区分不清。一些常识性的错误简直是笑话，比如将“妓女”“姨太太”都当作“小三”，将“戏子”“歌女”“舞女”都当作“风尘女子”等。这就要求教师适当做些解释；学生一边学习文学作品，一边学习《文学概论》，搞清楚一些文学批评的基本概念。《论语》云：“工欲善其事，必先利其器”，写文学评论，宜掌握文学评论的一些基本术语。《文学概论》这门课最好也在本科第一学年开设，学生如果没有学《文学概论》，也可以先查阅工具书或向老师、同学请教，避免闹笑话。我以为，中文系的学生手边要有一本《现代汉语词典》和《古代汉语词典》，随时查阅，养成习惯。多读书，勤思考，这方面的问题基本可以解决。

四、关于形式

首先是文章格式规范问题。正规的文章有一定的格式要求，从完整性来看，要有标题、作者姓名、单位、摘要、关键词、正文、注释、参考文献等。其次是标点符号的正确使用，字体字号的大小，序号的标法等。学生要从大学一年级就开始养成论文格式规范的习惯，按照学术刊物的规范要求去做，这样到高年级写学年论文、毕业论文时就能够驾轻就熟，顺手多了。又如新诗的排列问题，有些同学引用新诗习惯居中排列，两边都参差不齐，不美观(除非原作就是居中排列的，如朱湘的《采莲曲》)。其次标点符号方面的问题也不少，有的学生从网上下载材料，标点不规范，没有改正；有的手写文章标点全以实心点代之；有的直接引文没有加引号；有的引用诗句横向排列，诗句之间没有划斜线；有的引号之中的引号没有变单引号，如此等等，不一而足。其他尚有排版校对问题，兹不一一举例说明。

中国现代文学作品选读课程教学策略与方法

朱菊香

在今天的高校，中国现代文学作品选读课程不仅是中文专业的基础课，而且是新闻、文秘、广告、对外汉语等相关专业的必修课，甚至是理工科专业的通识课。作为中文专业的文学作品选读课，它的目的不仅是通过作品的精讲培养学生的文学审美欣赏能力，还要培养学生的分析评判能力。作为素质教育的课程，它还应该通过对经典的阐释来指导学生的人生行为，培养学生爱国主义情感和人文思想。在教学中，教师还需利用现代教育技术，采用适当的方法，以科研促进教学。笔者从事中国现代文学作品选读课程教学多年，在实践中积极探索和改进，认为这门课有它自己的教学策略和方法。

一、重视文本阅读，培养学生能力

北大中文系教授温儒敏在谈到中国现代文学课程教学改革时强调，文学课应该“把文学感受与分析能力的培养放到重要位置”[①]。作为文学作品选读课，更应该把培养学生的文学感受能力和分析能力放在首位。正如有学者所说：“文学课教学的目的不仅仅在于教给学生文学知识，更在于使学生获得文学审美能力、文学想象能力以及写作能力。”[②]这些能力的培养，只有依靠大量文学作品的阅读和分析，才能在阅读实践中得以不断的深化。在学生阅读文本获得初步审美感受的基础上，教师再在课堂上仔细分析作品，才能既有利于师生间的交流，又能更好地培养学生的文学感受能力和分析能力。

在具体的教学工作中，我采取了多种措施来贯彻这种指导思想。首先，指导阅读。对于刚进校的大一新生，我列出相应的阅读书目，指导学生精读、泛读一些作品，并布置具体的阅读任务。因为，本科阶段仍是重要的基础学习阶段，对大一新生来说，培养良好的阅读习惯，打下坚实的文学阅读基础是很重要的。他们在未来的专业学习与研究中，不可能再有大学时代那么多的时间和精力去广泛阅读作品，而他们将要接触和掌握的各种文学理论和方法，必须有丰富的文学作品阅读的接受前提，否则就只能是凌空蹈虚，纸上谈兵。其次，课堂分析。在课堂教学中，在具体分析时针对具体

---

① 温儒敏：《现代文学课程教学如何适应时代变革》，《北京大学学报（哲学社会科学版）》2003年第5期。

② 王卫平：《师范大学文学课教学的困惑、问题与出路》，《北京大学学报（哲学社会科学版）》2003年第5期。

作品有选择、有重点地分析人物形象、思想意蕴、创作风格、语言特征、结构特点、叙事方式等，在授课过程中通过讲解、讨论、提问等多方式让学生知道理解和分析文学作品的一般方法，让学生得到切实的能力训练。再次，实践练习。在开学初的第一次课堂教学中，由学生自愿选择规定范围内的某一部作品，写一篇两三千字的小评论，在规定时间内上交，教师逐个点评，并抽取其中部分写得好的要求修改，教师看完修改稿后提出建议并要求做成多媒体幻灯片，学生做完后教师再次审阅。对于学生的评论，有的可以利用课前十分钟展示，有的需要利用两节课的课堂时间集中展示，让学生讲述自己的文学阅读感受及对作家、作品的评论与分析，教师再次点评。这种贯串一个学期的活动既能有效锻炼学生阅读、欣赏、表达、制作课件等多方面的能力，又能让老师适时发现学生的优点及存在的不足，迅速及时地指导并加以切实的训练。在具体的教学实践中，这种步步推进、贯串一个学期的“课堂展示法”起到了良好的教学效果。学生在课堂教学结束之后就直接反馈说这种教学方法效果很好，希望能给他们多一点机会。

二、发散学生思维，注重人格教育

“多元的视角和方法背后是思维的灵活和敏捷，是以宽厚容包的心态来理解世界和人生。这是创造性思维必须具备的优秀品格。”[①]大一新生的思维方式还多少带有应试教育的特点，难免固定，答案相对单一。因此，在课堂教学中，我积极引导学生发言，鼓励他们大胆说出属于自己的看法，然后加以分析和品评，打开学

① 陈俐：《中国现当代文学作品选读课程教学四环节》，《乐山师范学院学报》2005年第6期。

生的思维，多视角、多维度分析感受作品，不局限于一种。但同时，多元的分析方法中也需要比较和鉴别，需要方法的最优化选择。比如，在分析莫言的《红高粱》时，我事先布置阅读及同名电影的欣赏，并抽取几位同学用多媒体幻灯片展示自己的阅读感受。有人从人物形象着手，分析主要人物的性格特征；有人从战争历史着手，分析作品的民间视角；有人从叙事视角着手，分析形式上的先锋主义及作者的祖宗崇拜心理。尽管学生的分析并不透彻，但每位同学都既参考了别人的研究成果，又融入了自己的阅读感受及思考。学生讲完后，我再逐一点评并分析，课堂效果很好。当然，达到这样的效果对学生要求也比较高，中文和文秘专业学生基础较好，喜欢这种形式。大二学生阅读基础较好，在课堂上开展这种活动时学生踊跃参加。但大一新生的作品阅读情况不好，于是我循序渐进地布置阅读篇目，并以小作业的形式先进行能力训练，然后再鼓励学生参加活动，学生进步很快。另外，作为现代文学作品，尤其是近期出现的作品，作品问世时间不长，本身的经典性和规范性不够，很多作品还需时间的淘洗。因此，我在教学中特别鼓励学生敢于怀疑和批判的精神，引导他们排除各种因袭的见解，真正从文本出发、从内心出发，独立地进行鉴赏、分析和评判，而不是跟在老师或教材后面人云亦云。如在分析《青春之歌》时，提出林道静为什么不喜欢余永泽，为什么嫁给江华，由此分析出文本所写的50年代政治与爱情的时代特征，从而让学生更好地理解文学与时代之间的关系。

新时代要求我们注重培养学生的独立思考能力，但能力的培养必须与人格的培养结合起来，否则，就有可能培养出有才无德的危险品。朱自清曾说："文艺增进对于人生的理解，指示人生的道路，教读者渐渐悟得做人的道理。这就是教育上的价值。文艺又是精选的语言，读者可以学习怎样运用语言来表现和批评人生。国文科是语文教学，目的在培养和增进了解、欣赏与表现的能力，文艺是主要的教材。"[①]文学是人学，优秀的文学作品，涉及人生的各个方面，充满着人生多种经验的结晶。文学写的是人性、人情，它既描写人丰富的情感，又探索人的灵魂。文学写的是人，人是构成各种社会关系的载体，因此，文学能展示各种社会关系，揭露社会及人的阴暗与丑恶，同时，更能描绘人心所需要的温暖、柔软和美好。阅读经典的文学作品，既能教人一种胸襟、一种同情、一种悲悯，又能给人一双智慧的眼睛，指引读者思考各种问题。优秀的知识分子，作为"社会的良心"，其本身先进的思想和人格修养就是我们学习和借鉴的榜样。因此，在现代文学的课堂教学中进行人文精神和道德素质的培养可以说是重中之重，文学课就应该通过对经典的阐释来指导学生的人生行为，让学生从阅读中体悟人生、塑造人格、学会做人。由于学科本身的特点，这个方面的教育，几乎可以贯彻到每一堂课的教学中。如鲁迅的怀疑、反叛和启蒙精神，老舍的平民关怀和文化反思精神，巴金的真诚和反省忏悔精神，田汉的刚正和为民请命的精神，沈从文的勤奋和人性关怀，张爱玲的深刻和悲观，钱锺书的睿智和广博，海子的纯净和悲伤等。通过分析作家作品的各个方面，让学生辩证地理解和接受，从文学和作家身上汲取精华，提升自己的人生修养，培养自己的人格和情操。

---

① 朱自清：《中学生与文艺》，《朱自清经典大全集》第四卷，中国华侨出版社2011年版，第631—632页。

三、积极进行教学改革与实验，以科研促教学

教学是一门艺术，它需要教师本人丰厚的专业知识、独到的学术见解，也需要教师积极进行教学改革与实验，提高课堂效果，培养学生能力。在高校课堂，一般老师都非常注重自己的专业知识，但不太注重教学方法的运用。大学低年级的不少学生在应试教育的压力下，并没有形成良好的阅读习惯和学习习惯。因此，教师在大学低年级课堂上适当运用教学方法，是必需的。在具体的教学实际中，我结合学生的特点，适当运用讲授、讨论、提问、小论文、课堂课件展示、课后班级线上交流群解答等多种方式，将课内与课外结合起来，将理论与实践结合起来，在教学改革与实践中不断摸索出最行之有效又适合自己的教学方法。如前文所说的贯串一个学期的“课堂展示活动”就是我长期实验与摸索的结果。

在具体的课堂教学中，我结合自己女性文学研究的成果，从性别角度，以女性主体性为标准，重新诠释鲁迅、茅盾、巴金、老舍、曹禺、冰心、丁玲、萧红、张爱玲等现代名家的作品，分析男作家的性别观，阐释女作家的性别意识，并将男女作家进行适当的比较，从女性视角重新解读经典作品。这种新的解读视角不仅对女生有较大影响，也同样为男生打开了一个全新的思路，令他们感觉新颖，并解决了不少生活中的交往问题与困惑。而且，在教学中，我始终以自立、自强、自尊、自爱、人格平等、精神独立为标准，拨开世俗的迷雾，培养女大学生的独立精神和人格。应该说，这样的课堂教学起到了发散学生思维，注重人格教育的教学效果。

由于我教授的现代文学课一直开在低年级，在长期的教学实践中，我感觉学生特别渴望与老师的直接交流。因此，在每年新生开

始上课时，我都适当了解学生对大学的理解、对本专业的理解、对我所授课程的理解，并逐步加以引导。在课堂实践中，开展讨论课、展示课，为学生创造一定的机会，在课下准备，在课上展示自己对文学的理解，然后加以分析，既进行了师生交流，又提高了学生的实际能力。在开学第一周时，我都会留下自己的手机号、邮箱和QQ号，为师生交流创造机会，利用课间、课余时间主动与学生交流、沟通，了解他们的学习和生活，学生也会主动与我交流。我自己也非常喜欢这样的教学氛围。

另外，教师不仅可以利用丰富的网络资源促进自己的教学，还可以指导学生的自学。当然，网络的诱惑力也是惊人的，在高校校园，学生在电子阅览室打游戏、聊天、看大片是很常见的现象，因此，教师在指导学生阅读网络资料时，要慎重一些，最好是直接推荐网站。许多专门的文学网站办得非常好，如“文学殿堂”“中国诗词网”“梦远书城”“天涯在线读书”“新浪读书网”“黄金书屋”“中国文学”“书香门第”“文学城”“榕树下”等。还有“中国期刊网”“超星电子图书馆”等检索平台，教师也可以指导学生利用。

个人的观点终究带有一定的片面性，而人本身是丰富复杂的，文学更具有丰富性和复杂性，不同的教师对文学的理解不尽相同，对文学课的讲授方法也会不同。我谨以此文，希望与同行能在共同的学习和交流中互相汲取经验、取长补短，从而优化课堂教学。

阅读·阐释·写作

——中国现代文学作品选读课程互动式教学的探索与思考

朱菊香

中国现代文学作品选读是高校中国语言文学专业的基础课程，也是汉语国际教育、秘书学等专业的基础课程。这门课程以中国现代文学史上出现的优秀作品为讲解对象，分析阐释作品的优秀之处、思想艺术上的魅力及文学价值与意义，让学生更深入更全面地了解现代文学史上的优秀之作，以丰富学生的精神世界，提高学生的文学欣赏与写作能力。由于作品本身的经典性、故事性、趣味性等特征，一般学生都很喜欢这门课。但在教学过程中，也出现了诸多问题。如不少学生不提前阅读原著，只等着课堂单纯地听；有些学生用看同名电影的方式代替阅读原著；有些学生将文学作品当故事听，只满足于情节等。为了拓宽学生的视野，让学生真切地体会到文学的美妙，切实培养学生的能力，我在课堂上极力避免一言堂，变讲授为接受，采用多种方式进行互动式教学。

课前布置阅读任务，教给学生阅读方法。《中国现代文学作品选读》这门课一般都开在大一，部分新生，由于受到应试教育的影响，还不会有效安排自己的课内学习与课外阅读，只有老师布置的任务才会真正认真去做。除了课堂学习外，刚进校的学生，还有许多各种类型的活动必须参加，业余时间并不多，想阅读的古今中外作品又很多，一时不知从何读起。在这种状况下，教师布置具体的阅读任务是必需的，也是指导学生有效阅读的途径之一。在开学第一节课，老师就全面讲解这门课程的性质、教学内容，不仅布置具体的阅读任务，还指导学生可行的阅读方法。在读现代作家作品时，先从经典的读起，从作家的代表作品读起，从自己最喜欢的作家作品读起。如读鲁迅时，就先从他的小说读起，再适当读一点他的杂文和传记，对于研究专著，有时间就读，没时间可放在高年级读。对于一些暂时无法理解的作品，不要硬读，暂时放下，读自己能读懂的东西，以后回头再读时，问题自会迎刃而解。对于自己未读懂但又特别想读懂的作品，可以借助网络及相关图书资料帮助理解。

课堂上多角度多方法阐释欣赏作品。阐释欣赏作品是《中国现代文学作品选读》这门课程的授课主体。“对这种文学作品解读能力的培养和重新阐释其新的人文精神，应该成为大学文科文学教学的出发点”[①]。对于文学作品的理解，可以说见仁见智、多种多样。但有些理解肤浅浮泛，有些理解独到深刻，有些理解背离创作

① 杨洪承：《阅读与阐释:现当代文学课程教学理念的反省——兼谈高等学校人文学科教育的现状与面临的问题》，《海南师范学院学报（社会科学版）》2004年第5期。

初衷，有些理解富有时代新意。为了更好地发挥学生在课堂上的主体作用，教师需要避免一言堂，用自己的观点遮掩学生的理解，尝试着用多种多样的方法和富有激情的讲解激发学生的思维，让互动式教学的优势在课堂上充分发挥。为了更好地发挥互动式教学的优势，教师可以尝试着采用多种多样的方法，如提问与讨论法、多角度分析法、情景表演法、影视与文学对比分析法、配乐诗朗诵等等。

提问与讨论是课堂常用的一种互动式教学法。在讨论课开始之前，教师提前布置具体讨论篇目及相关话题，布置阅读和思考任务。比如在学习鲁迅的《伤逝》时，可以利用一节课的时间开展课堂讨论，设置具体的讨论话题：子君之死，谁之错？围绕这个话题，让学生自由讨论。在讨论过程中，学生的回答可能富有新意，也可能没有抓住本质，教师在这过程中要及时引导和激发，适时地掌控课堂。在学生的观点比较分散时，要及时用问题来引导。如子君爱涓生的什么？涓生爱子君的什么？他们之间的爱是否具有平等关系？婚姻的物质基础与精神爱恋是否牢固？在面对外界阻力时，他们各自的态度是怎样的？在由爱情进入婚姻后，他们各自又有怎样的变化？在遇到经济困难时，各自的表现又是怎样的，为什么？在涓生说出了真实的内心话语时，子君为何会郁闷而死？她是否有别样的出路，该怎样走？在逐步深入讨论的过程中，再提炼出鲁迅对于爱情与婚姻的理解。婚姻需要经济基础，爱情需要更新、生长和进步，社会解放是个性解放的前提等。同时指出涓生看重社会生活，漠视家庭日常生活；子君的进步具有不彻底性，误将爱情作为生命的全部。在谈到爱情这个话题时，也可联系玛格丽特·米切尔的《飘》、张洁的《爱，是不能忘记的》、张爱玲的《爱》、弗洛姆的《爱的艺术》等作品，谈论爱情与金钱、精神恋爱、婚姻与责任、爱情与缘分等相关话题，从而进一步让学生从优秀的文学作品及经典理论中去认识爱的本质、爱的奉献特征。在学习《阿Q正传》时，也可利用一节课的时间开展课堂讨论：阿Q性格的形成，谁之责？在分析阿Q精神胜利法的具体特征如自欺欺人、自轻自贱、妄自尊大、欺软怕硬、麻木健忘时，思考这些性格特征不仅在阿Q身上有，在我们自己身上也有，在今天很多中国人身上同样有。那么，鲁迅所揭示的国民劣根性是怎样形成的呢？是人性的固有根性？还是社会环境形成的？或是中华文化的劣根性？这些特征在美利坚民族、日耳曼民族、大和民族身上是否也有？我们该如何去克服？由这些问题的逐步展开和深入讨论去思考鲁迅所指出的“国民劣根性”，“以引起疗救的注意”，从而去领会鲁迅思想的深刻和艺术的独特。

多角度分析同一部作品。同一部文学作品，学生从不同的角度出发会读出不一样的审美感受，甚至会出现完全相反的结论，但恰恰是在这种不同或者针锋相对的观点中，我们看到了优秀作品的审美魅力，也在争论或争议中厘清了真理和文学的本质。比如曹禺的《雷雨》，可以从社会历史学视角分析其封建大家族腐朽衰落的主题，周朴园作为封建地主和资本家的两重性；可以从人性的角度分析周朴园虚伪自私又良心未泯的复杂人性、蘩漪的性格悲剧、鲁侍萍的命运悲剧；可以从宗教的角度分析曹禺的宗教救赎情怀；可以用原型批评理论分析其对“痴心女子负心汉”模式的改变与发展。这样的具体分析能让学生明白阐释文学作品的多种可能性，也更明确地认识所谓的“一千个读者就有一千个哈姆雷特”的真正含意，从而用开放包容、兼收并蓄的心态去面对阐释文学作品的多种可能。又比如，在讲解莫言的《红高粱》时，由于此前已在课堂上实践了从不同角度去阐释文学作品的具体例子，因此在此次教学实践中可以让学生以《红高粱》为例，尝试着从不同角度去分析同一部作品。为了提高效果，教师需要提前布置阅读和思考，让学生以《红高粱》为评论对象，从自己认为比较好的角度去阐释欣赏这部作品，准备课堂发言。在课堂上，教师鼓励学生积极发言，并适当点评，然后再分别从对作品的人物形象、主题、结构、感觉性的语言、儿童的叙事视角、同名小说与电影的对比等角度分析该作。当然，由于课堂时间有限，这么多角度不可能面面俱到，也不需要面面俱到，对于没有讲到的部分，老师可以作为思考题让学生课后思考。并适时指出，优秀的文学作品具有阐释欣赏的多种角度多种可能，只要言之有理且能自圆其说，都是可以的。而且，优秀的文学作品也恰恰是在一代又一代人的“众口铄金”中才成为经典的。另外，陈忠实的《白鹿原》也可以在课堂上进行多角度分析。

文学与影视的对比分析。自从20世纪五六十年代以来，现代文学史上很多优秀的作品都被改编成了电影或电视连视剧，而且，随着影视艺术的发展，优秀的影视作品越来越受学生的欢迎，有很多学生是先看电影后才阅读文学作品的，有些学生干脆以看改编的电影来代替阅读原著。但文学是文字艺术，以文字为表达媒介，能引起读者丰富的联想和想象；影视是视听艺术，以声音、色彩、画面为表达媒介，直接刺激人的多种感官，接受起来非常轻松，但不具有文字的联想性。文学与影视具有一定的互动促进作用，但又是两种不同的艺术形式。导演在改编文学作品时，基本上都是艺术再创作，是根据自己的阅读感受用声音色彩和画面来重新阐释作品的。因此，观看电影决不能代替阅读原著。为了让学生明白文学与影视之间的关系，更清楚地理解文学与影视之间的区别，我有意选取一些影视片段在课堂上进行影视与文学的对比分析。如在分析《骆驼祥子》中的虎妞形象时，我先让学生谈谈虎妞的看法。少数学生认为虎妞虽丑但是位受压迫的强者，敢于反抗父权，主动追求爱情；大多数学生认为虎妞是位泼妇，强悍、泼辣、霸道。讨论完后，我播放电影《骆驼祥子》中虎妞与刘四吵架一段，观看完后，刚才认为虎妞仅仅是位泼妇的同学全都改变了看法。在此基础上，教师再重新阐释虎妞融泼辣、强悍、女权主义者为一体的悲剧形象，以及老舍的女性观。祥子是个悲剧形象，虎妞又何尝不是？借此，教师进一步阐明文学与影视的联系与区别，建议学生区分文学与影视这两种不同的艺术形式。在讲小说与同名电影《红高粱》时，学生更加真切地体会到文学与影视的区别，尽管电影拍得很好，但小说比电影的内容要丰富得多，复杂得多。

情景表演。为了让学生更好地去阅读并体会作品的深层内涵，也为了激发学生的学习兴趣，教师可以选取适当的作品让学生进行情景表演。有些提前做一点准备，有些属即兴表演。如在讲《雷雨》时，可以事先在学生自愿的基础上挑选五位同学，分别饰演周朴园、蘩漪、周萍、周冲、四凤，演绎第一幕中周朴园逼迫蘩漪喝药那一段。之所以选这一段，一是因为第三幕已被选入中学语文教材，学生对周朴园与鲁侍萍客厅会面时体现出的人性的复杂性已有所了解。喝药一段更多地体现周朴园的专制蛮横的封建家长制作风及蘩漪压抑无爱的生活环境。演绎这一段既能增加学生对人物的理解，也能活跃课堂气氛，激发学生的学习兴趣。在讲《受戒》时，可以让四位同学即兴表演明海受戒后，小英子接他回家那一段。学生们即兴表演时，和尚山东腔的骂人话逗得同学们哄堂大笑，小英子的大胆示爱与明海的羞涩回应既准确地表现了少男少女情感的自然纯朴，又大大活跃了课堂气氛。学生们对这种方式表示很欢迎，读旁白和扮演山东和尚的同学都是主动站出，扮演小英子和明海的同学也在同学们的鼓动下半羞涩半主动地站出，课堂效果很好。当然，老师也需适时说明这只是表演。

配乐朗诵。诗歌的教学重在欣赏，而朗诵又是欣赏的一种好方式，且是与学生互动的一种好方式。在诗歌教学中，教师在适当讲解后，可以请学生朗读，并为学生配乐。为了做好这一互动环节，教师可以在网上查找《回答》及《神女峰》的有背景音乐及文字画面但没有朗诵的视频，也可以自已选取其他音频文件作为相关诗歌朗诵的背景音乐。在学生朗诵之前，先就诗歌本身提出朗诵的相关要求。在朗诵完之后，适当点评，以表扬为主，委婉地指出不当之处，提出建议。

课后加强写作训练，切实提高实践能力。《中国现代文学作品选》课程的教学，除了阐释与欣赏文学作品外，必须进行切实的写作训练，提高学生的实践能力，否则难以真正提高学生的能力及水平。这里的写作训练，包括两方面，即文学作品的创作和文学评论的写作。在每学期开学第一节课，教师需将这两项训练的具体要求和时间安排告诉大家，然后按计划实施，并要求交电子稿，以便于网络交流。文学作品的创作体裁不限、字数不限，但必须原创。文学评论的写作要求选择本学期所讲的现代或当代范围内的作品，不一定是课堂所讲作品，挑选自己感兴趣的篇目作为评论对象，写一篇千字短评。对于学生交上来的作业，教师需认真批改，并给每份作业都留下评语。对于文学创作，特别优秀的作品可以推荐发表。笔者曾经推荐发表过两篇学生习作，这对学生应该是一种鼓励。对于文学评论，教师可从中挑选写得较好的数篇，提出具体的修改意见，让学生修改后做成多媒体幻灯片发给教师，以检查幻灯片内容与格式。一般在每学期的第十二周或第十四周，教师再利用两节课的课堂时间，集中让学生上台演讲，展示自己的阅读与欣赏成果。演讲完后，教师再逐个点评。这种方法笔者已连续实践多年，效果很好，既能锻炼学生的文学欣赏与写作能力，又能培养学生的口头表达能力，还能提高学生制作多媒体幻灯片的能力。

互动式教学需要教师提前引导学生的阅读和思考，预设课堂，高效地利用课堂，全面把握课堂，及时反思教学效果并加以改进，在教学相长中提高教师的教学技能，也培养学生的多种能力。而且，互动式教学也可以有选择性地运用到中国现代文学史的课堂教学实践中，以文学作品的互动式解读帮助学生更准确地把握作家作品、文学思潮、文学流派等的特点，从而以点带面、逐步纵深地掌握文学发展的历史和规律。在智能手机普及的大学生群体中，网络化、碎片化阅读已日益侵占学生的阅读时间，教师在课堂上利用有效的方法让学生通过现代文学作品的阅读、阐释、欣赏，在“作家的现实人生际遇中得到某些启发，修养自己的人格，锻造自己的品性，恰是中国现代文学这门课程的精髓所在”[①]。

① 陈佳冀：《讲授到接受：中国现代文学课程“互动式”教学的再思考——兼及现代文学教学改革新路径的探析》，《无锡职业技术学院学报》2013年第6期。

影视艺术通识课程教学探究

叶永胜

近年来，中国电影产业发展迅速，每年有五百多部影片产出，而且开始收获百亿票房；另外一些电影爱好者也拿起数码摄像机拍摄，制作微电影。影视艺术已成为社会主要娱乐消费对象。然而，这种繁荣只是表象，既有娱乐性又有思想性的影片太少，大多跟风拍摄，喜剧（搞笑）片、恐怖片、古装片蜂拥而上，粗制滥造；另一方面，一些优良的、有特点的小制作却不能进入院线，因为观众的欣赏水平与趣味都被好莱坞大片形塑了，剧院经理从票房考虑，不敢冒风险。为了中国影视行业的良性发展，需要培养良好的受众素养，增强他们的选择意识与鉴别能力，这样才能取得良好的传播效果，良性循环。而且，影视艺术也不仅仅是娱乐，它的发展直接影响着大众的人文素养、社会进步与精神文明建设。现代社会需要人们具备现代化的影视艺术素养，但传统的影视教育仅仅局限在个别专业艺术院校，并且是以技术教育作为基本要求，专业化程度高而文化内涵不足。笔者结合自己的教学实践，通过探讨在普通高等学校开设影视艺术通识课程的目标定位、内容设置、教学手段及评价方式问题，研究影视艺术通识课程的内涵建设，揭示影视艺术素养教育的可行性与重要意义。

一、正确的课程定位

90年代以来，随着文化产业的快速发展，影视产品的数量呈爆炸性态势增长；而各种影视传播方式的出现，受众可以自由地选择。然而，这种自由选择也带来了问题。影视艺术作品具有双重效应：一方面，影视作品的海量传播满足了受众的不同需求，拓展了视野，丰富了知识；另一方面，在收视率与票房为指标的商业利益驱动下，影视作品中出现大量的低俗、有害内容，如色情、暴力，传播错误的价值观念，污染、误导受众。而且，大量的作品，加上生活的快节奏，导致受众浏览式的“浅度观看”，长此则使受众对影视艺术作品的理解能力下降。戏剧家魏明伦就曾针对青少年的影视艺术素养低下尖锐地指出：“年轻人的欣赏观正在由‘审美’变为‘逐臭’；由‘蝴蝶化’变为‘苍蝇化’！”[①]因此，我们需要对受众的欣赏趣味、选择意识、鉴别能力进行引导、培育，养成良好、健康的影视艺术素质，增强免疫力与批判审美能力。

应该说，这是一项全民性的媒介素养教育，但是，就受众的年龄层次与现行教育体制来看，在大学阶段进行这种教育是比较合理、恰当的，具有现实性和可操作性。进入大学之前，有家长的监

① 樊苏华等：《是迎合还是引导?》，《文艺报》2006年3月28日第4版。

护，学生观看的影视作品相对单纯，而且中小学阶段，学生大量时间精力投入到升学考试当中，即使在这一阶段开设课程，学校、家长、学生都不会重视。而到了大学阶段，学生能够自由地选择影视观看，我们必须对他们进行这方面的教育、引导；大学生学习压力也较之以前要轻，可以安排时间对之进行专门教育，而且他们也拥有了良好的感觉经验的储备与其他相关知识的积累。当然，由于专业教学任务，大学生影视教育不可能采取立体、全方位的方式，只能作为通识课程开设，对广大非影视专业的学生进行影视艺术素养的通识教育。

通识教育（general education），是1945年由美国哈佛大学《自由社会中的通识教育》这一报告提出的，它强调克服大学教育的过分专业化倾向，加强学生人文科学、自然科学和社会科学方面的学习，使人能有效地思考、交流思想，做出适当的判断并区别不同的价值观念；它注重广泛的、非专业性的、非功利性的基本知识、能力、态度和价值的教育，目的是养成健全的个人和负责任的公民，赋予人们在生活中必备的各种知识、能力、思考、信念、修养等，培养情感和智力全面发展的人。它是相对于training（训练）而言的，这是一种博雅型的人才培养模式，其观念由专业教育向“全人”教育转变。后者指为今后职业做准备的专门系科训练。

目前，我国大部分的高等院校已经开设了影视艺术课程，一部分是专业型的，教育对象狭窄，不能达到国民影视艺术素养普及教育的效果；一部分是选修、讲座型的，面向更多学生，但是授课内容简单，主要是影视鉴赏，分析影视作品的主题，进行心理、情感、品格教育，达不到影视艺术素养教育的目的。

针对这种现状，笔者认为，需要在高校进行影视艺术通识教育。作为通识课程，它面对不同年级、不同专业学生，教学不能采取专业教学内容与模式的简单移植和机械照搬。作为通才教育、素养教育，它不能局限在知识传授层面或者专业训练、职业准备层面。因此影视艺术院校专业的教学模式不能沿袭、照搬过来，需要科学设置教学内容，采取灵活的、多样化的教学方式，着重对艺术欣赏与批评能力的培养。

二、科学的课程内容设置

在现行的高校教育体系中，通识课程安排的课时较少，因而不可能对影视的相关知识进行广博的专业性教学，其教学也不是简单介绍影视专业知识，而是要突出人文精神、艺术素质的培养，通过对影视艺术基础知识的掌握，形成对作品的理解鉴赏能力，进行影视文化批评，从而提高学生的影视艺术素养。笔者所开设的通识课的教学内容主要包括以下几个方面：

1.影视艺术的文学性

这是一般大学生观看影视作品所关注的，也是他们一般能够尝试把握的。它包括影片的故事——情节、结构、主题等因素。（1）通过分析影片的剧情模式，提炼影片的主题，思考主题开掘是否深刻、符合逻辑以及是否具有思想性、严肃性；也可以将同类题材影片放在一起进行比较，分析不同影片对于题材处理的差异与高下，以此提高学生正确评价影片的能力。（2）分析影视作品如何通过情节与细节的设计来讲述故事，通过不同时期影视作品、类型片与艺术探索片对于相同相似故事的不同讲法，了解影视艺术丰富多样化的叙述形式。（3）影视作品的叙事结构有两类：传统戏剧式叙事结构与非常规叙事结构。前者按照传统戏剧的因果关系逻辑展开叙述，分为开头（建制部分）、发展（复杂行动+发展部分）、高潮、结局（尾声）几个叙事板块，影片按照时空顺序组织和安排故事情节；后者摒弃了传统的直线性、因果性、逻辑性叙事方式，采取段落式、复式结构，以对事件的不同层面、不同角度的反复叙述或者对不同故事的联结来凸显“叙述”本身的深层意蕴。笔者在教学中重点介绍后一种叙述结构形式，它通常是学生理解的难点。对于很多探索影片来说，这种叙述结构与作品表现主题有密切关联，“形式就是内容”。通过对非传统叙事结构的把握，引导学生在观看影视作品活动中超越故事层面，更深入地体悟作品的深层蕴涵，提高艺术欣赏能力。

2.影视艺术特性

任何一门艺术都有自己独特的艺术语言或曰表现元素，上文所说的只是影视艺术与文学艺术相通的部分，即它的剧本因素。影视艺术是视听结合的艺术，通过剪辑（蒙太奇手法）构成一个整体，因此它的表现元素是影像、声音与蒙太奇，本质特性是声画造型与蒙太奇组合技巧。在观看影视作品时，没有受过训练的思维只注意人物的言行，关注影像与声音所传达的故事信息，而对于其特有的造型表意功能则不能领悟。一些学生能看懂画面，但对于画面组合却理解困难，对于影像的构图、色彩、光亮、镜头角度所具有的表现意义更难以领会。从视听语言上去发现意义，并不是一件容易的事。视听元素在运动的时空序列上的结构，形成了一个复杂的表意系统，其构图、光线、色彩、摄像角度和镜头运动、音响、音乐、声画结合、演员表演等提供了丰富的表现手段。影视作品中，除了叙事性蒙太奇组合段落，还有表现性蒙太奇段落，它对于影片的情感基调、氛围、情绪、意蕴的表达更为重要。因此，笔者在教学中主要加强学生视听语言能力的培养。影视视听语言已经成为一种重要的语言，我们需要掌握这种语言的表达方式与技巧，并为使用影视语言、制作影视作品打下基础。

3.影视艺术批评

能够看懂故事，理解影视表现元素的作用，这只是观赏影视作品的第一步：获得审美感受。教学中最为重要的是引导学生对所获得的艺术感受进行理性的分析和价值评判，建立批评反应模式，引导审美情趣，提高理论修养、思维能力和审美能力。首先，培养学生健康的审美情趣，减少“误读”，能够穿透故事表层的信息，解构、思辨故事情节背后所蕴含的深层意涵。其次，养成审美再创造的能力，不仅引导学生了解影视作品内容，更要让他们欣赏影视艺术的独特美学形式，培养他们对影视艺术本体特征的把握，感受作品的结构、节奏、气氛及视听造型表意、剪辑技法等艺术美感。第三，培养学生在影视艺术接受过程中感悟美、鉴赏美、享受美的能力，提高选择、判断、辨别的水平，能自觉抵制影视艺术传播中的错误影响和思想腐蚀，养成正确、良好的影视欣赏习惯。这样才有助于学生有选择性地接受影视作品，减少接受过程中的盲目性和被动性。教学过程中，还简要地讲授一定的批评理论，引导学生知道可以从哪些角度对作品进行分析，如何分析，并尝试写作影视评论，锻炼艺术思维，提升理论修养、分析问题能力与写作表达能力。

影视艺术通识课程的教学内容安排，既要有宽度，也要有深度。笔者认为，通过以上三个方面的知识学习与能力培养，能够形成通识课程的学科骨架，它的主要任务是提高学生的影视艺术鉴赏能力，培养良好的影视欣赏习惯，养成正确的人生观与道德观。

三、灵活多样的教学形式

影视艺术通识课教学的最大难点是如何在有限的课时里让学生学会运用影视知识分析影视作品，切实提高影视欣赏水平。笔者认为课程教学应根据教学对象特点，改变单一的课堂教学形式，借助于现代媒介手段以及讲座、活动等形式，开展灵活多样的教学形式。

1.课堂教学

教师在课堂上讲述与传授相关媒介素养、艺术鉴赏等基本知识与技巧，仍然是主要形式。不过，要改变填鸭式教学方法，采取师生互动模式，激发学习主体的能动性。由于课时少，需要掌握的知识和能力培养的内容多，采取主题探究式教学方法比较有效。笔者根据课程教学内容，限定学习主题的范围，明确学习目的，组织学生分组协作，利用网络、图书馆搜集有关资料，制作课件汇报。笔者认为，课堂教学中教师要发挥组织指导作用，既引导学生自主学习，团结协作，又要有对课堂的操控能力，发现问题，及时地用简练的语言准确地答疑解惑，针对学生对影视作品的“误读”，要正确地引导。

对于多数学生来说，理论的学习很抽象、枯燥，为了激发学习兴趣，同时也是为了加深对影视鉴赏理论的理解，教师要精心选择一些影视文本、图像和视频片段，提供给学生课前观看。课堂上，教师再结合专题学习的理论内容进行分析，通过参与式、体验式的教学方式，多角度、多层面的分析与探讨，师生、学生之间的深层互动，积累、提高艺术素养。学生影视艺术素养的形成，更多得借助于直接观看影视作品，因此，只有普及视觉经验，增加观片数量，才能提高审美情趣，切实提高影视鉴赏的能力。

2. 讲座与协会活动

影视艺术教学不应该仅局限于第一课堂，还应该通过与第二课堂的联动，形成互联互补的生动格局。我们在教学中，结合世界电影节的举办、新近影视作品的上映、播出，在校园中举行影视艺术讲座；在学生中成立大学生影视艺术协会，定期主办如优秀电影展播、影评征文比赛、影视沙龙、影视知识竞赛等活动，传播影视文化，普及影视知识，提升审美能力和人文艺术素养。总之，通过丰富多样的“第二课堂”活动拓展深化“第一课堂”的教学内容。

3. 现代传播媒介

影视艺术通识课程的教学还可以借助于现代传播媒介，延伸教学时空，补充和丰富课堂教学。我们利用校园网FTP服务，上传影视作品文本、视频材料，供学生在线或下载观看。还在大学生BBS论坛上开设影视艺术通识教育板块，以发帖的形式开设相关专题的讨论，学生跟帖参与讨论，反馈学习心得；建立影视讨论专区，推荐经典作品，组织学生讨论；建立影视网站链接，提供学习资源。我们几个任课教师还开通了个人博客，发表自己的影评以及教学日记等，邀请学生访问，跟帖讨论。此外，还向学生介绍校外名师教学资源，开展远程网络教育，实现校际、课际资源共享。

总之，影视艺术通识课程要在教学方法运用上更生动活泼，以提高学生的学习兴趣，强调把课内课外紧密结合起来，注重通过多渠道指导学生的鉴赏实践活动，使学生更广泛、深入、有效地学习，以求达到教学的最优化。

四、开放多元的评价体系

根据课程定位及教学指导思想，本通识课程不能单一地采取传统的试卷考试方式，应制定开放、多元的评价方式，注重影视分析和批评能力的考核。

1.形成性评价与终结性评价结合

传统的课程评价主要是终结性评价，评价依据主要是试卷成绩，考查内容主要是知识性的，而对学生的学习方法、学习过程、学习效果等因素不够重视，尤其是对知识的能力转化的考查比较欠缺。形成性评价是一种过程性评价，贯穿于学习的全过程。在内容上，它不仅评价学生掌握基础知识和学习内容的水平，还评价个体的兴趣、态度、策略等在学习过程中的发展和改进；在评价的主体上，变单一的教师评价为教师评价、学生自我评价和学生互评（如主题探究式教学活动中的小组协作）相结合，使学生由被动受试者变为主动参与者。"形成性评价中一些任务的完成过程，就是学生获得知识和形成能力的过程，能够真实地反映出学生的进步情况，使学生在学习过程中得到激励，学生通过参与评价可增强对学习的责任感；通过对自己学习过程的适当监控和反思，掌握并调整适合自己的学习策略，增强学习能力，提高学习效果。"[①]终结性评价注重分数，而形成性评价侧重态度、方法、能力，我们在学生成绩评定中将二者结合，就使量化与定性评价结合在一起，能够较为立

① 张琳：《论大学英语教学中的形成性评价》，《山西财经大学学报》2009年第1期。

体、全面地对学生的学习作出客观的评价，而且能将学生单纯对分数的追求转变为对能力的重视。

2. 多样化的考评形式

具体来讲，我们在教学中采取开卷考试、书面作业、问卷调查、活动记录、撰写影评或课程小论文等评价形式。开卷考试、书面作业、撰写影评或课程小论文，可以考查学生对知识、理论的转化、运用能力。问卷调查可以作为辅助、补充性的手段，了解学生学习的效果。活动记录包括学生在主题探究活动中的自主学习情况、小组协作精神，理论课的到勤及课堂发言情况，学生在BBS论坛上的发言（跟帖、发帖）情况，观影笔记等，大部分是第二课堂内容，它也占有相当比重。此外，我们还鼓励学生进行微电影创作，将之作为加分条件。总之，通过建立开放多元的评价体系，对学生进行多种形式的考查，全面了解、评价学生的学习情况。它将知识与能力、课内与课外、传统纸质化与现代数字化、客观化与主观化、量化与定性等内容与方式结合起来，体现了现代教育精神。

影视艺术素养教育不仅是高校素质教育的有机组成部分，更是一项国民素质教育。我们必须高度重视，采取科学的教育方法，引导学生掌握影视艺术的基本特征，深入认识影视艺术传播的形塑功能，提高学生审美能力和鉴赏水平，提升艺术品位，培养具备健康影视艺术素养的现代受众，形成影视艺术传播的良性互动。

“十七年文学”红色经典的教学问题

——小说《青春之歌》教学调研引发的思考

杨　惠

《青春之歌》作为中国当代文学史上著名的长篇小说，多年来一直是许多高校中文专业必修课程《中国现当代文学作品选》的必选篇目。笔者作为从事中国现当代文学教学十多年的教师，对于这篇小说的讲授，有一些自己的思考和体会。对于《青春之歌》这部“十七年”时期的红色经典文学作品，在进行课堂教学时，一方面要注意小说的文学特色和文本特质，另一方面也要适当考虑接受群体的时代特征和阅读期待，以便最大程度地与当代大学生的精神境界相契合。

笔者所在的安徽师范大学《〈中国现当代文学作品选〉课程教学大纲（2008年修订）》关于这部小说的教学要求是：（1）杨沫小说创作简介。（2）《青春之歌》是当代文学史上第一部反映青年学生运动的长篇小说。小说主人公林道静是一个由20世纪30年代的小资产阶级知识分子成长为无产阶级革命战士的典型。这个形象高度概括了新民主主义时期我国知识分子的成长道路，具有较高的思想价值。卢嘉川、江华、林红是林道静成长道路上的三个引路人。(3)《青春之歌》的修改与争鸣。要求用2个课时完成以上教学内容，以教师讲授为主。

一、教学大纲与课堂教学

教学大纲第1条“杨沫小说创作简介”是常规要求，是对作家生活经历及其创作过程的简单介绍，这一“知人论世”式的由作家介绍带动作品分析的教学程序，具有一定合理性，有点类似于韦·勒克和沃伦在其著名的《文学理论》一书中提出的文学的“外部研究”方法。

关于是否需要对作家进行介绍，笔者认为应当视不同情况而定。具体到《青春之歌》所归属的《中国现当代文学作品选》课程（该课程主要研究对象是当代作家作品，主要授课对象是大一新生）而言，对于那些在当代文坛比较活跃的作家，学生相对来说比较熟悉，作家简介部分可以适当缩减，只介绍最重要的作品和近年来的创作状况即可。以王蒙为例，王蒙是笔者所在学校文学院“中国诗学研究中心”的顾问，他多次来校讲学，师生尤其是中文系学生对王蒙的创作状况比较了解，课堂上可以不必再进行全景式梳理。而对于学生不太熟悉的作家，则相对需要详细介绍。以杨沫来说，杨沫生卒年是1914—1995年，其最重要的作品《青春之歌》写作于20世纪50年代，与当代大学生的成长环境相隔甚远，而像《青春之歌》这样带有一定自传性质的作品，更需要详细介绍作家生平与创作历史。

大纲第2条共4句话，其实包含3方面内容。第1句话实际上是指出《青春之歌》在中国当代文学史的地位和意义。这个知识点主要涉及中国当代文学“十七年”时期（1949—1966）小说创作的题材选择问题。众所周知，“十七年文学”中，有两类小说大量产生，一是革命历史小说，二是农村题材小说。农民以及农民出身的战斗英雄在这两类小说中成为主角，知识分子则不能作为主要人物进入文学创作。而《青春之歌》则是当时仅有的以青年知识分子为主要人物和正面人物的长篇小说。交代清楚这一文学史背景，小说的历史地位和认识意义自然凸显。但应注意到内容分量的把握，不能过多牵涉文学史内容，否则就会把文学作品解读变成文学史知识介绍，把“当代文学作品选”课程变成“当代文学史”课程。

第2、3句话涉及林道静以及与其成长有关的三个共产党员的形象，这是本课程讲授的重点。关于林道静的“三段论式”人生轨迹和形象定位早有定论，这里不再赘述。

教学大纲的第3条谈“《青春之歌》的修改与争鸣”。教师要讲清楚这一知识点，就必须介绍《青春之歌》出版以后的各种意见、杨沫本人对这些意见的吸收以及《青春之歌》的修改等。鉴于这一点虽然部分属于作品的接受研究，但主要则是文学史实的介绍，可不必占用太多时间。

在讲授完教学大纲要求的内容后，通过对教学进度安排的协调，笔者安排了一次讨论课程。结合同学们的讨论内容，笔者补充了部分内容，主要有三点：一是关于成长小说的知识介绍，而《青春之歌》中林道静的人生就是一个不断寻求自我价值实现的过程，这是一部典型的成长小说，可以借此拓宽学生知识面；二是关于林道静与余永泽、卢嘉川、江华这三个男人的关系的再解读，从革命与爱情的关系以及当代文学的政治取向来认识林道静最终感情归宿的必然性；三是林道静与余永泽不同人生选择的再思考，即献身国家民族与潜心学术研究这两种不同的人生选择在一个正常的社会环境与文学语境下究竟应怎样看待。

二、问卷调查结果分析

课程结束后，笔者制作了一份调查问卷，旨在了解本次课程的教学效果，从而改进今后的课堂教学。问卷共设计了15个问题，分别涉及学生的阅读情况、课堂教学内容的接受程度以及小说中主要人物的受欢迎程度等不同方面。全班共66人，当天有2人请假，因此发放问卷66份，收回问卷64份，有效问卷64份。由于不限制答案的选项数量，一个问题可能有多个答案同时被选择，因此每道题最后的统计数据总和不一定是100%。

对调查数据的分析，可以看出以下特点：

第一，对《青春之歌》这样的"红色经典"，大部分同学多多少少有所了解，小说里的主人公或英雄人物也能够获得当代大学生的理解，在阅读中有"同情的理解"。

问卷调查了本次课程开始前和开始后学生对小说原著的了解情况，结果显示，课程开始之前有8人完整地看过小说原著，36人部分地看过小说内容，19人虽然没看过但听说过，只有1人完全不知道这部小说，分别占接受调查人数的14%、56%、29.6%和1%；而本次课程开始后，完整和部分地阅读过小说原著的人数分别上升为12人和48人，分别占全班总人数的18%和72.7%，两者人数之和几乎覆盖全班。由此可见，“90后”大学生的阅读兴趣经过课堂教学等适当方式的引导，完全可以得到一定程度的提升。

问卷还调查了小说中人物的受欢迎程度。结果显示，在受欢迎的人物里，选择林道静的有20人，选择卢嘉川的有38人，分别占接受调查人数的31%和59%，即使林红这样惊鸿一瞥的人物，也有3人喜欢。由此可见，小说中的人物形象只要塑造得有血有肉，感情丰富，就可以赢得“90后”大学生的喜爱。

第二，“90后”大学生的国家民族意识较为强烈，爱国主义感情非常浓厚。在关于林道静的人生道路、情感取向、启示意义和读者理解程度等问题上，学生们的倾向是非常明显的。

问卷调查了学生对林道静与余永泽、卢嘉川和江华三人不同的爱情关系的接受程度，结果显示，选择林道静与余永泽的有16人，占接受调查人数的25%；选择林道静与卢嘉川的有43人，占接受调查人数的67%；选择林道静与江华的有8人，占接受调查人数的12.5%。由此可知，全班大多数同学认为林道静与卢嘉川的爱情最为合理，既有民族大义又有个人感情，是最值得接受和同情的爱情关系。

问卷调查了主人公林道静受读者欢迎的原因，结果显示，有16人选择“始终保持着对国家民族命运的关心”，占接受调查人数的25%；有43人选择“始终有一股青春朝气，追求理想坚持不懈”，占接受调查人数的67%；有24人选择“对当代青年的人生选择有启发和借鉴作用”，占接受调查人数的37.5%。由此可见，对于林道静追求革命，多数学生持认同态度，他们认为个人追求应符合民族国家利益。

第三，“90后”大学生相对来说思想比较开放，对某些问题能够有自己的看法，不完全拘泥于教学大纲的结论。

问卷调查了学生对教学大纲指定内容的接受状况。结果显示，对于愿意接受的部分，选择A项“关于林道静的成长道路和形象分析”的学生有24人，占接受调查人数的37.5%；选择B项“关于林道静的感情经历”的学生有13人，占接受调查人数的20.3%；选择C项“关于小说艺术描写的缺陷争论”的学生有15人，占接受调查人数的23.4%；选择D项“师生之间关于小说的讨论部分”的学生有27人，占接受调查人数的42.1%；选择E项“授课教师的补充内容”的学生有10人，占接受调查人数的15.6%；选择F项“其他（由学生自由写内容）”的学生有2人，占接受调查人数的3%。其中有2人同时选择了A、B、C、D、E五个选项。而对课堂教学中不愿意接受的部分，有10人选择A，占接受调查人数的15.6%；分别有16人选择B和C，分别占接受调查人数的25%；有5人选择D，占接受调查人数的7.8%；有2人选择E，占接受调查人数的3%；有14人选择F，接受调查人数的21.8%。

以上调查结果表明，在所有教学内容中，最受欢迎的是大纲要求之外让学生自由发表意见的讨论内容，比较受欢迎的是“关于林道静的成长道路和形象分析”，两项合计人数几乎覆盖全班。由此可见，良好的教学效果能够促进学生们发表自己意见的愿望。而在他们所不喜欢的内容中，选择B和C的学生人数最多，两项合起来占到接受调查人数的一半；选择F的学生比例也超过20%。对于B的反感反映出当代大学生具有基本的道德底线，即使以革命的名义多次更换恋爱对象也是令人难以接受的行为。而选择F的理由则五花八门，其中有5人回答没有不喜欢的内容，3人未写理由，2人不赞成大纲对余永泽形象的分析结论，1人不认同大纲对林道静的“小资产阶级知识分子”称呼，1人不喜欢林道静对余永泽的态度，1人不喜欢小说开头对林道静一身雪白装束的肖像描写。

通过问卷还调查了课堂讨论内容的信息反馈情况。有10人选择“同学对小说艺术成就的批评部分”，占接受调查人数的15.6%；有21人选择“同学对小说人性描写的批评部分”，占接受调查人数的32.8%；有12人选择“同学对林道静形象的肯定部分”，占接受调查人数的18.7%；有28人选择“同学对余永泽形象的肯定部分”，占接受调查人数的43.7%；有10人选择“授课教师的补充内容”，占接受调查人数的15.6%。从这组数据可以看出，课堂讨论内容给同学们的印象很深，以至于每一部分都有较高的支持率。在自由发言中，获得认同程度较高的，首先是“同学对余永泽形象的肯定部分”，其次是“同学对小说人性描写的批评部分”。这表明，同学们在基本接受教学大纲内容的同时对小说有自己的理解，很多同学不能接受对余永泽带有丑化意味的形象定位，认为余永泽自有其可爱和无辜之处。这其实透露出新时代大学生爱情观中宽容的一面，当爱已成往事，不应该以诋毁对方来为自己的背叛行为辩解。而小说中人性刻画的粗疏也使其艺术价值大打折扣，不能帮助学生更好地理解人物形象，不能满足学生的阅读期待。

三、关于该课程教学的思考

通过以上调查结果可以看出，对类似于《青春之歌》这样的“红色经典”的教学，应注意适当改革，以便让“90后”大学生更好地理解并接受其中所蕴涵的艺术价值和精神力量。

首先，对于“十七年”时期产生的大量文学作品，应选择人性描写较为深刻、具有持久的艺术魅力的作品进入大学课堂，而相应地去掉那些政治话语过多、政治色彩过浓的作品。毕竟文学作品欣赏课不是政治理论课，也不是中国当代文学史课，首先必须要让学生学会欣赏文学作品。

笔者认为所在学校教学大纲所选择的篇目是合理的。以小说部分为例，在“十七年文学”中，选择的是茹志鹃《百合花》、杨沫《青春之歌》和王蒙《组织部新来的青年人》。《百合花》是“十七年文学”中难得一见的艺术奇葩，是一束“清新俊逸”的百合花[①]，不论哪个时代的读者都会喜欢。《组织部新来的青年人》是在“双百方针”鼓舞下“作家积极干预生活，勇于揭示社会生活矛盾的一个尝试”[②]，它在“十七年文学”中以选材的大胆和目光的犀利而入选。而《青春之歌》则“不仅延伸了‘五四’以来知识分子题材的作品题旨，而且在民主革命结束以后，对青年人生道路的探索，仍然不乏启迪意义”[③]。因此，《青春之歌》是为数众多的革命历史题材长篇小说中最适合大学生阅读的文本，它提出了知识青年该如何处理爱情和革命、个人与国家之间关系的重大问题。因此笔者认为所在学校教学大纲在篇目选择上是比较合理的，而本次调查问卷的结果也证明了这一点。

问卷的最后一题：“你还阅读过中国当代文学‘十七年’时期

---

① 茅盾：《茅盾论创作》，上海文艺出版社1980年版，第344页。

② 陈思和：《中国当代文学史教程》，复旦大学出版社1999年版，第100页。

③ 丁帆、朱晓进：《中国现当代文学》，南京大学出版社2007年版，第279页。

（1949—1966）的哪些文学作品？与《青春之歌》相比，你更喜欢哪一部？为什么？”通过问卷这最后一题，旨在调查学生对“十七年文学”的阅读现状。结果显示，共有21人未回答此题或直接写上“不喜欢、没有看”，其余答案中被列举的除了上面提到的3部作品外，还有《林海雪原》《创业史》《红旗谱》《野火春风斗古城》《山乡巨变》《保卫延安》《红日》《红岩》《龙须沟》和《茶馆》共13部作品，阅读数量和范围都偏少偏窄。其中，有23人选择《百合花》，人数最多，但也还不到接受调查人数的一半；有9人更偏爱《青春之歌》；有7人选择《红旗谱》；有7人选择《林海雪原》；选择其他篇目的有2人。由此可见，当代大学生通过自己并不丰富的阅读体验，已经感觉到“十七年文学”中某些政治氛围过于浓厚的作品与他们的文学欣赏口味不相符合，在情感倾向和兴趣爱好上比较排斥。在此情形下，如果还选择一些没有多少艺术价值和人性魅力的文学作品来对学生进行强硬灌输，不但不能起到教育作用，反而会越发远离教育的初衷。因此在篇目的选择上首先必须注意以艺术价值和人性原则为主，在此前提下兼顾思想意义。

其次，对已经选入教学大纲的篇目，在教学内容的设计和结论性话语的确定上，还需要仔细斟酌，那些意识形态痕迹过浓的、明显不符合时代潮流及文学的本质精神的政治话语应该剔除。

以《青春之歌》为例，教材中关于林道静和余永泽形象的结论明显带有20世纪五六十代政治话语的痕迹。学生们能够理解并赞赏林道静选择的革命道路，对这一点问卷调查的总体结果已经毋庸置疑地表明了；而对余永泽形象，则分歧较大。部分同学认为教材对他的评价过于苛刻，余永泽不过是个一心想要做学问、性格有些懦弱的知识分子，林道静可以不爱他，但何必强加给他一个“自私、落后”的帽子？由此可以看出，学生在阅读中有自己的看法。

正是基于此，笔者认为教学大纲需要进行微调，如关于小说中的人物形象及其意义，应该考虑吸收近年很多学者新的研究成果。关于《青春之歌》，程光炜、王彬彬、宋建华、李杨等著名学者都已经有过非常新颖、精辟、中肯的批评，大学课堂应该吸收这些优秀学者的研究成果，以更新课堂教学内容，让学生了解文学研究的多重路径，而不是一成不变地延续多年来的陈旧话语。

本次问卷中关于“学生对课堂补充内容的接受和喜爱程度”的调查结果显示：18人选A项“关于成长小说的知识介绍”，占接受调查人数的28.1%；16人选B项“关于林道静与三个男性的感情关系的再解读”，占接受调查人数的25%；41人选C项“关于林道静与余永泽不同人生道路选择的再思考”，占接受调查人数的64%。可见，只要引入的教学内容适当，学生们还是很感兴趣并依据兴趣而接受相关内容。而对于类似于“关于《青春之歌》的修改与争鸣”这样的知识点，鉴于其主要内容属于文学史范畴，可以考虑将其调整到文学史课程中，从而将更多时间和重点放在文学作品的解读上。

关于小说《青春之歌》的教学和调研结果不但对这一作品的教学有反思作用，或许还可以提供某种契机，推而广之，促使我们思考中国当代文学中“十七年文学”的教学问题。在一个逐渐“告别革命”的和平年代和文学语境下，对类似于《青春之歌》这样的有强烈时代烙印的“红色文学”，面对当下的大学课堂，究竟采用什么样的策略和方法才能够像其他许多文学经典一样被普及和接受，从而真正做到让“红色经典”走进大学校园。这是一个值得探究的课题，而其中理解和尊重文学的某些普世价值（如人性价值和艺术价值），应该是一个必须遵循的基本原则。

总而言之，所有关于本课程的思考和努力，都是为了让《中国当代文学作品选》课程更加贴近当代大学生的接受心理和阅读期待，从而使该课程更加完善，使优秀文学作品更好地被学生理解、接受、喜爱，让学生学会欣赏优秀文学作品，提高文学素养。

[原载于《西南农业大学学报》(社会科学版)2011年第3期]

“十七年文学”教学新探

郭传梅

“十七年文学”，一般指第一次全国文代会召开（1949）至“文化大革命”（1966）前中国大陆特定时期的文学现象。由于缺乏了解和语境的陌生，学生往往认为十七年文学太“革命”了，是封闭、僵硬、教条的代名词，对之感到隔膜，甚至加以排拒，从而加大了其教学的难度；对于教师而言，由于缺乏整体意识及重返文学现场的自觉，也常将之视为主流意识形态的传声筒，以单一的政治评判来代替客观、公允的评价，这就使得它在20世纪中国文学的教学中显得相对薄弱。但是，十七年文学的价值却又不容忽视，它在20世纪中国文学中处于不可替代的中间位置。基于此，笔者感到有必要重新探讨十七年文学教学，把握其“工农兵”文艺建构与超越的特质，即文学思潮的交替演进、认同与焦虑的作家心态以及革命性叙事的建构与超越，此乃教学的关键。希望就此观点求教于方家，并聊作抛砖之笑。

一、文学思潮的交替演进

在20世纪中国文学中，“十七年文学”既是联系和发展的时间链条的重要一环，又具有自己独特的空间特征。为了准确定位其坐标，在教学中，我首先注意把握“十七年文学”的思潮流脉。从“联系”和“过程”的角度来看，“十七年文学”并非孤立的文学现象，它由五四“人的文学”——左翼“革命文学”——解放区“工农兵文学”发展而来，同时是“‘文革’文学的准备”，并为“以后的新时期文学作更大、更长远的准备”。[①]作为这样一个历史的中间环节，十七年文学甫一发端，便把延安革命文学所代表的方向指定为自己的方向。周扬在《新的人民的文艺——在中华全国文学艺术工作者代表大会上关于解放区文艺运动的报告》中指出：“毛主席的《在延安文艺座谈会上的讲话》规定了新中国的文艺的方向，解放区文艺工作者自觉地坚决地实践了这个方向，并以自己的全部经验证明了这个方向的完全正确。”[②]这一方向，实际上也就是文学“旨在为政治服务、为工农兵服务的方向”[③]。

随着文学“新方向”的确立，一套高度规范化的话语形态也逐

---

① 谢冕：《关于董之林的五十年代小说研究》，董之林《追忆燃情岁月：五十年代小说艺术类型论》，河南人民出版社2001年版，第3页。

② 周扬：《新的人民的文艺——在中华全国文学艺术工作者代表大会上关于解放区文艺运动的报告》，《文学运动史料选》（第5册），上海教育出版社1979年版，第684页。

③ 杨匡汉，孟繁华：《共和国文学50年》，中国社会科学出版社1999年版，第75页。

步形成，它规定了文学的生产和组织方式，包括文学应配合政治、歌颂革命生活和新人，艺术形式要通俗易懂，以及文本生成与流通鉴赏各个环节须组织化等。在推进文学“一体化”的进程中，文艺界开展了频繁的批判运动，如关于电影《武训传》的讨论与批判、对俞平伯《红楼梦研究》、对胡适的批判、对胡风集团的批判、文艺界反右派运动、对丁玲和冯雪峰“反党集团”的批判以及“文革”前夕在文学理论与创作上展开的批判运动等①。如此这般，以期对知识分子进行思想改造，清除其所受的资产阶级和小资产阶级思想的影响，剥离其精神层面独立、自由、多元的要求，并将其思想、情感和立场改造到工农兵方面来，从而在艺术上更好地为工农兵服务。但在批判和改造的间隙，作为“十七年文学”“直接源头”与“渊源”的两种主要资源和传统，即解放区“工农兵文学”与“五四”“人的文学”的裂隙却不可避免地暴露出来。以解放区文学为正宗的“十七年文学”一直试图打压以个体为本位的“人的文学”，但后者却或隐或显地发出质疑的声音，理论方面表现为对现实主义、人性等问题的探讨，创作方面出现了“干预生活”和表现人情、人性的作品，同时政策方面也曾有所调整。这就使“十七年文学”在规范与质疑的矛盾与冲突中交替性演进，文坛局势也相应地呈现出周期性震荡，即：50年代初期“紧”（三大文艺批判）、50年代中期“松”（“双百”）、50年代后期“紧”（“反右”扩大化）、60年代初期“松”（文艺政策调整）、“文革”前夕“紧”（文艺界再度整风）。

另一方面，为政治和为工农兵服务的任务，落实到创作方法和

① 洪子诚：《中国当代文学史》，北京大学出版社1999年版，第36—38页。

艺术规范上，则由倡导社会主义现实主义发展到鼓吹“两结合”，即“革命的现实主义和革命的浪漫主义相结合”。因为“社会主义现实主义”一直又被称为“革命现实主义”，因此，提出“两结合”，实际上强调的是浪漫主义，这体现了革命现实主义在十七年间的发展轨迹。而与之存在冲突的胡风所代表的批判现实主义，则受到批判和清理。由此，在文学“新方向”的指引之下，革命现实主义为“十七年文学”提供了新的创作和批评准则。这一准则后来在与以江青为代表的更为激进派的理论的冲突中，又逐步走向形式主义的极端，演化为“文革”中的“根本任务论”和“三突出”创作原则。

二、认同与焦虑的作家心态

文学发展总是与创作主体及其心态息息相关，而作家心态受时代语境影响，并作用于文学思潮与文本面貌。因此，在“十七年文学”教学中，我有意识地对作家心态进行了探究。从整体上来说，中国的文人一般受儒家文化经世致用观念的影响而具有入世情怀。正是出于知识分子的角色认知和道德要求，出于其有着深远儒学渊源的对于国家、民族的责任感、使命意识及担当精神，在20世纪四五十年代之交的社会政治转折中，大部分作家都选择了自己的祖国，他们怀着建设现代民族国家的理想和热情，决心投身于新中国的文化建设，但在新的文学规范与生态环境之下，十七年的文坛格局发生了“结构性”变化。“五四”新文学传统中成长的作家由“启蒙者”向“被改造者”的身份转换，使其不得不远离熟悉的题材领域和创作方法，结果大多“失语”；而继承延安文学传统的作家则成为“新的人民的文艺”的代言人。创作主体更迭的背后，有其独特的心态内涵，大致说来，双方均认同建构现代民族国家的宏大叙事，却又为如何实现这一目标而焦虑。前者经历了身份的焦虑与转型的艰难；后者虽能较快适应主流话语的要求，但在塑造理想的具有卡里斯玛意义的“社会主义新人”典型上，也不同程度地存在焦虑之感。

先来看“五四”新文学传统中成长的作家的心态构成。他们大都高度认同新生政权及其思想、文化，这与毛文体或毛话语作为“一种和西方现代话语有着密切关系，却被深刻地中国化了的中国现代性话语”[①]对中国现代知识分子的吸引力不无关系。这些跨代的知识分子作家希望与共和国歌哭与共，不愿被抛弃，因而，面对“为工农兵”的文学询唤，作为知识分子的身份转换至关重要。他们必须由国民的改造者转向否定旧我，向灵魂比自己“干净”的工农兵群众学习，接受工农兵群众对自己的改造。但是，其基于政治认同基础上的思想改造与创作转向大多并不成功，时常“在新文学传统身份和新的文学身份之间徘徊”[②]，这就使得他们在认同新的意识形态的同时伴随较为强烈的身份焦虑，并且不能适应新的时代要求及其高度规范化的话语形态。例如：革命作家郭沫若、茅盾不再是昔日为人所称道的诗人和小说家，前者为自己写不出好诗而悲哀——“我的那些分行的散文，都是应制应景之作，根本就不配称为是什么‘诗’”[③]；后者则转向文学批评领域，并且在批判运动

① 李陀：《丁玲不简单——毛体制下知识分子在话语生产中的复杂角色》，贺桂梅《转折的时代：40—50年代作家研究》，山东教育出版社2003年版，第14页。

② 贺仲明：《转型的艰难与心灵的归化：“十七年文学”的政治认同问题》，《天津社会科学》2009年第4期。

③ 陈明远：《劫后诗存》，世界知识出版社1988年版，第323—335页。

的风潮中，仍然感到困惑与苦恼，有时甚至称病逃避。进步作家巴金虽努力转型，但在十七年时期建树不大；曹禺也为自己创作力的衰退而深感焦虑；老舍虽取得一定成就，但代表其建国后实绩的并非“为工农兵”之作，而是与时代政治保持距离并回归“人的文学”的《茶馆》与《正红旗下》(未完篇)。相较于革命作家与进步作家，自由主义作家对新的民族国家同样不乏政治认同，但他们为自己所曾经持有的超阶级的观念以及与政治所保持的距离却不无忧虑，因而在彷徨之后大多选择了转向。例如：沈从文就在私下里明确表示过“但使一个现代人信仰当前的党的一切领导，没有丝毫困难”[①]，但他还是怀着难以言喻的苦恼与忧伤离开了文坛，寄兴于民俗文化研究和历史文物整理；出于依恋故国而回国的萧乾，则有意识地放弃了新闻、评论工作，也放弃了长篇小说创作计划，而转向风险较小的翻译和对外宣传工作，但尽管如此，还是难逃被打成右派劳动改造的厄运。

如上所述，“十七年文学”的创作主体发生了分化，“五四”新文学传统中成长的作家被边缘化，而继承延安文学传统的作家，则作为创作的主要力量居于文坛的中心位置。与前者相比，后者的政治认同感更为强烈，他们能较快适应革命话语的需要，为以往的革命斗争及正在进行的社会主义革命与建设事业激情高歌，但在作品创作、修改乃至批评过程中却不同程度地表现出英雄询唤的焦虑。例如：周而复在《上海的早晨》的创作中，对工人汤阿英形象反复地进行修改，其简洁化叙事的过程也是人物形象逐步趋向符号化的

① 吴福辉，钱理群：《沈从文自传》，江苏文艺出版社1995年版，第311页。

过程，从中可见作者询唤工人英雄的焦虑；柳青在《创业史》中塑造了梁生宝这一社会主义农村新人形象，围绕这一形象所产生的争论，体现了作家和批评家询唤农民英雄的焦虑。严家炎指出梁生宝形象塑造上的“三多三不足”：写理念活动多，性格刻画不足；外围烘托多，放在冲突中表现不足；抒情议论多，客观描绘不足。[①]柳青则回应称：“我要把梁生宝描写为党的忠实儿子。我以为这是当代英雄最基本、最有普遍性的性格特征。”[②]基于此，柳青把有些属于无产阶级先锋战士但不属于农民的特征也赋予了梁生宝，流露出了作家意识深处的“英雄焦虑”。从批评家的角度来说，严家炎当时批评梁生宝形象的出发点也并非为破坏革命话语体系的完整性，相反，却是为英雄“模塑工艺”提出改进方法，以缓解其“英雄焦虑”。碧野反映太原战争的长篇小说《我们的力量是无穷的》，原本是抱着歌颂目的来写作的，结果却被指责为“歪曲了解放区”，这种粗暴批评让碧野沉默了两年，并导致其之后的创作也束手束脚。与上述“工农兵”题材创作相比，当作家探索的笔触伸向“主角”以外的人物描写时，其焦虑感又会更甚。例如：《青春之歌》虽然是一部反映知识分子与工农兵相结合的成长小说，主人公林道静也并不是作为启蒙者形象予以正面表现，而是作为革命的追随者和被改造者出现的，但由于其取材以知识分子而非工农兵为主体，在创作即将完成之时，作者杨沫在带有私密性的日记中流露出了自己的忧虑：“一九五六年就快完了，不知明年此时，我的心情如何？我写作的情况又如何？那本可怜的书（指《青春之歌》——

① 严家炎：《关于梁生宝形象》，《文学评论》1963年第3期，第13—22页。

② 柳青：《提出几个问题来讨论》，洪子诚编选《二十世纪中国小说理论资料》（第5卷），北京大学出版社1997年版，第471页。

引者注）可以见世面了么？人们看了，将如何评论它？会不会批它在美化小资产阶级知识分子？是不是批它丑化了共产党员？”①后来它也果真遭到这样的批判，杨沫也随之对作品做了重大修改。出于谨慎，在修改时，她并没有认真考虑茅盾、何其芳等艺术行家从人物描写、结构和文学语言等方面所指出的缺点，而是特别注重郭开等工人的意见，从三个方面改叙知识分子形象，即删改林道静小资产阶级感情的描写、强化林道静与工农相结合的主题、突出林道静入党后的作用，尽可能将林道静塑造成被工农化的革命英雄，一名无产阶级先锋战士，以接近主流意识形态的叙事成规。

总之，十七年期间，无论是“五四”新文学传统中成长的作家，还是继承延安文学传统的作家，其心态构成都具有认同与焦虑的特点，只不过在程度和表现方式上不同而已。

三、革命性叙事的建构与超越

在“十七年文学”教学中，我不仅注意探究其思潮流脉和作家心态，还从文本细读入手来归纳其叙事类型。大致说来，“十七年文学”作品主要有两大叙事类型：一类成功建构了革命叙事，但多有形象单一、缺乏深度的不足；另一类则超越了革命叙事意图，以其矛盾性特征成为这一时期的文学经典。

众所周知，新中国建立，百废待兴，更需要凝聚人心。经过新旧社会的对比，作家们由衷地感到这是一个值得歌颂的时代，因而，其作品基本上带有颂歌体的艺术格调。其中，成功建构革命叙事的作品大多以革命斗争为主题，呈现出遵照政治指令的一体化风貌，但也多为政治所拘囿，以致作品人物形象单一，缺乏深度。例

① 杨沫：《杨沫文集》（第6卷），北京十月文艺出版社1994年版，第27页。

如：《保卫延安》描写人民解放军几次正面对敌战斗的场面，歌颂革命的最终胜利，但由于缺乏情感等感性内容的描绘，作品人物形象不鲜明，可读性不强；《红日》同样描写我军的战局转折，在战争描写的间隙，作者有意识地将笔触深入人物的内心世界，相较于《保卫延安》，它显得张弛有度，但人物刻画的深度仍不够；反映地下党狱中斗争的小说《红岩》，不同于海明威《老人与海》给人以悲壮感，它给人一种崇高感，江姐、许云峰、齐晓轩、成岗等主人公都具有必胜的信念、顽强的意志和不畏牺牲的精神，但其个性特征并不鲜明，以致人物形象类型化，彼此之间可以互换姓名。江姐作为女性，与男性英雄的性别差异也并不明显。此外，描写解放军小分队剿匪斗争的小说《林海雪原》，以其传奇性的情节、有趣的土匪黑话、纯洁的爱情和优美的传说，吸引读者的眼球，但英雄人物性格单一，反面人物也被做了类型化处理。

“十七年文学”的第二大叙事类型主要体现在以个体和社会主义改造为主题的作品中。它们在感性叙述层面辅助政治的宏大叙事并不断被规范的过程中，超越了原有的叙事意图，表现出矛盾性特征，并因此被列为经典。其中，以个体改造为主题的作品，主要体现在革命历史题材的“成长”小说中，但由于文本内在的矛盾性，主人公未能完成最终的“成长”。例如：《青春之歌》反映知识分子林道静的自我改造历程，她先后与余永泽、卢嘉川及江华三位男性的情感故事，暗含了中国知识分子从接受资产阶级人道主义到理解马克思主义再到实践马克思主义的成长道路。但梳理林道静对爱情的选择指向，我们发现，林道静最初选择余永泽，有着自身处境的无奈，带有少女的盲目性和冲动性；她最后选择江华则是出于革命理性的自我要求，而非情感需要；唯有处于中间阶段与卢嘉川朦胧、浪漫的情感波澜，是她真正听从了自己内心的声音，这时的她既非幼稚少女，也非历经考验的共产主义战士，而是一位不安于琐碎家庭生活、追求革命的知识女性，她将卢视为革命的引路人，并将最真挚的爱停留在令人遐想的内心，因而这份处于主人公成长中间而非最后阶段的情感最能充分地打动我们，作者所预设的“成长”主题也就因此没能尽如人意地完成。不同于《青春之歌》以知识分子为主人公，《红旗谱》主要反映农民朱老忠的成长历程。但由于朱老忠的性格一成不变，缺乏逐步成长的过程，作者所预设的成长主题同样得不到明显体现。比较而言，倒是严志和、老驴头形象的塑造以及运涛、春兰的爱情、滹沱河畔的风物、集会与脯红鸟事件的描写更能打动读者。

“十七年文学”中，反映农业合作化和城市资本主义工商业社会主义改造运动的作品也以其对革命叙事意图的超越而表现出矛盾性特征，并成为经典。赵树理《三里湾》是第一部反映农业合作化运动的长篇小说，在显性文本层面上，作者写出了“合作化的现代性允诺；而在隐性文本层面上，又流露出对权力话语粗暴干涉农民自主选择生产生活方式的深深困惑”[①]。文本的这种分裂症候成为主流意识形态叙事的不和谐之音，使历史的宏大叙事在建构的同时又被内在地解构。周立波《山乡巨变》同样反映农民对合作化道路的选择，但也写出了农民入社前的顾虑以及个别单干户入社是为形势所迫。另一部同题材的史诗性巨著《创业史》，也有着高度理念

① 赵卫东：《〈三里湾〉隐性文本的意义阐释》，《学术月刊》2005年第1期。

化的主题，它“要向读者回答的是：中国农村为什么会发生社会主义革命和这次革命是怎样进行的”[①]。这一主题被作者演绎成一部“生活故事”，即“梁三老汉草棚院里的矛盾和统一，与下堡乡第五村（即蛤蟆滩）的矛盾和统一”构成了《创业史》的主要内容。其中，梁生宝集体发家与继父梁三老汉及蛤蟆滩“三大能人”个人发家道路的“矛盾”，被表现得比他们之间的“统一”要生动。而尤为生动的，则是对梁三老汉与生宝冲突的描写。并且，梁三老汉的落后被写得很充分，其形象的生动远远超过了作为新人的梁生宝，这就使得后者所代表的集体发家道路相对概念化，因而，作品真正成功的不是其预设主题的表达，而是作家出于对农民命运的关注而表现出来的现实主义的真实，并以此超越了合作化运动本身的偏颇。反映城市改造运动的代表作是周而复《上海的早晨》。小说描写上海1949—1956年社会主义改造的历史，但由于作者对资本家所代表的浮华的暗恋，文本最终呈现的并非革命对浮华的改造，而是革命与浮华的并置。这在某种程度上体现了作者改造主题的失败，但文本的裂隙之处，却成就了小说的精彩之笔，并还原了历史的真实。

综上所述，在教学中，笔者视“十七年文学”为20世纪中国文学的重要环节，并尽可能重返文学现场，认为它在受到政治意识形态规约的同时，又蕴涵了自身所特有的精神超越性品格。

[原载于《西南农业大学学报(社会科学版)》2012年第12期]

① 柳青：《提出几个问题来讨论》，洪子诚编选《二十世纪中国小说理论资料》(第5卷)，北京大学出版社1997年版，第470页。

冲突是如何形成的？

——以《雷雨》的教学为例

张　华

一般认为，戏剧冲突是建立戏剧情境的基础，是塑造人物性格、推进剧情发展的重要手段，以至于在我国戏剧理论与批评界长时间流行一种说法："没有冲突就没有戏剧"。在戏剧创作中，冲突的外在表现主要是以人为中心的"矛盾与争斗"，它源于人与世界（包括命运与自然、他人与自我等）之间复杂的互动关系。在戏剧文本的解读层面，我们可以说，理解戏剧冲突是把握一部剧作的关键所在；进而在戏剧教学中，引导学生领会戏剧冲突的形成动力和各种呈现方式就显得非常重要。

在《雷雨》剧作的诸多教学案例中，对该剧戏剧冲突的解读往往立足于并局限于"人与人的冲突"，具体表现为"周朴园与蘩漪、周朴园与侍萍、周朴园与鲁大海"等各组人物之间的冲突，其中，周朴园与蘩漪之间的冲突被很多人看成该剧戏剧冲突的中心。由此，以周朴园为代表的专制资本家和以蘩漪为代表的“受新文化影响的旧女性”之间的斗争一度成为人们阐释《雷雨》的主要切入点和归宿。最关键的是，这种“争斗”形成的原因在实际教学中缺乏正确的考察和引导，而往往被简单地归结为“人与社会”的矛盾。

矛盾是形成戏剧冲突的基础，然而并非所有的矛盾都可以成为戏剧冲突。《雷雨》的核心戏剧冲突是什么？学界上尚存在争议，这也不是本文关注的重点。本文立足于教学实际，从戏剧冲突的基本特征出发，分析显现在《雷雨》中以人为中心的几组主要矛盾与戏剧冲突形成和推进之间的关系，进而为在教学中把握作品的精神内涵和艺术特征提供参考。

一、人与命运

正如曹禺自己在《〈雷雨〉序》中所言，剧中的每个人都是“可怜的动物”，他们“带着踌躇满志的心情，仿佛自己来主宰自己的命运，而时常不能自己来主宰着”。在某种神秘力量的笼罩下，剧中人分别以自己的方式开始挣扎，尽管这种挣扎是徒劳无果的——剧中人绝大多数都走向近乎毁灭的结局。这样看来，剧中人之间复杂的冲突最终离不开阻挡在他们面前的巨大的深渊——命运（这在《〈雷雨〉序》中被描述为“不可知的力量”）。

这要求我们在教学中带领学生熟读《〈雷雨〉序》，结合作者的生活经历和求学经历（比如说作者南开大学西洋文学的专业背景、对古希腊命运悲剧的情有独钟等）认识作者创作该作品的精神动机，并借以进一步阐明，作家的生活学习经历与创作之间存在密不可分的联系。在解读作品时注意从剧中出场人物（重点如蘩漪、周冲等）的文字介绍和日常言行中找寻“命运”的烙印；同时引导学生在人物的冲突、挣扎中发现无可挣脱的“命运”的影子。这样，我们就可以引导学生认识到，该剧中每个人的生存悲剧都不是偶然的，他们之间矛盾的积累尤其是戏剧冲突的形成与爆发均受制于“命运”的无情影罩与推动。

二、人与社会

在《雷雨》的教学中，人与社会的矛盾容易被直接理解成个体与以“专制和腐朽”为表征的封建社会之间的矛盾。顺着这样的思路，作者好像是通过这种矛盾的展示，着意批判封建传统社会。事实上这样的理解是不全面的。曹禺是成长于“五四”时代的中国知识分子，他背负着因袭的重担，见证着传统体制对于人生、人性的摧残，这使他无法也不想回避传统。结合《日出》《北京人》等剧的创作，我们可以看到，曹禺在消解封建秩序的过程中，仍然保留着对于传统中国的某种依恋。“传统”话剧情境的设立毕竟先入为主地注解了剧作家的生活和情感经验，作家的任何“观念”飞得再高，也不可能脱离传统这根风筝线。

由此，在教学中需要注意提醒学生的是，《雷雨》特殊的戏剧情境中，人物之间的矛盾与冲突虽伴随着作者对封建社会的批判，却并非完全因传统秩序而起，因为在不变的人生和人性面前，社会体制只是一种偶然性、象征性的事件。关于这一点，教师要引导学生结合阅读分析曹禺的其他同时代剧作，帮助学生提炼概括出作者创作的整体精神气质和风貌，引导学生结合作者的生活和情感经验解读各种戏剧冲突，尤其要明确作者对传统秩序的真实态度和运用过程，并在此基础上体会作者对现代自由精神强烈的追求意识。

三、人与他人

在人类自身命运和社会体制的作用下，剧中人之间的各组矛盾终于显现出来并成为教学中备受关注的重点。人与他人之间的矛盾在一定意义上是人与社会、家庭之间矛盾的延伸，它既有“命运”的成分（比如人与人之间的相遇与纠葛离不开某种“神秘力量”的参与），也有时代的因素——任何现实矛盾不能完全脱离时代的规定性。

这要求我们在教学中解读各组戏剧冲突时不能孤立地分析，要加强探索它们之间的内在关系，以及相互推动的可能性与实现方式。比如周朴园与蘩漪、周朴园与侍萍这两组冲突就要联系在一起看待：后者产生的时间虽先于前者，但在发展的过程中是纠缠在一起的，并相互推动。周朴园对两位女性虽表现出不同的态度，但在性格的多面性和情感的复杂性上显示出一致性。从周朴园的个体角度来看，他的选择既是“合理”的又是痛苦的；而从两个女人的角度来看，她们的悲剧直接源于与同一个男人的现实关系，并在挣扎中显示出一种“受害者”的无辜性。他们之间的压迫或抗争来源于观念与现实处境的不平衡，而这种不平衡正是戏剧冲突形成的必要基础。在戏剧情节的推动上，这两组冲突虽有主次，但是缺一不可。同时，这两组还与其他各组冲突（如周朴园与鲁大海、周萍与蘩漪等）一起，相互生发、促进与影响，层层交织和纠缠，共同引发了“雷雨”的总爆发。

四、人与自我

在《雷雨》的实际教学中，剧中人的内心冲突（即“人与自我”的冲突）往往重视不够，或者注意到了，但没有将人物现实的内心挣扎与戏剧冲突的形成发展的过程结合起来考察。事实上，剧中人的自我挣扎是形成戏剧冲突的最直接推动力，因为戏剧冲突离不开行动力，而行动力最主要的来源正是人物的内心。

正如曹禺的说法，剧中人“泥鳅似的在情感的火坑里打着昏迷的滚，用尽心力来拯救自己”。通过剧本分析我们可以看到，在人物的心理状态上，蘩漪的“阴鸷”和面容苍白表明其内心涌动着即将爆发的暗流，周萍对他成长环境的痛苦回忆表明他有着“冲动和敏锐”的内心，周冲的内心则在“退缩”“迷惑”和“受辱”中一点点被撕裂等；在行为层面，不管是蘩漪拼命抓住周萍还是周萍拼命抓住四凤，都是源于人物内心的恐惧感与“求生欲”，而他们各自的现实选择和各自的毁灭性结局都最大限度地表现了人物内心冲突的悲壮。诚如李健吾所说：“人和命运的冲突是一个伟观，人和人，尤其是和自己的冲突也是一种奇迹。”

当然，显现在《雷雨》人物身上的各种内心“奇迹”最终不是作者的笔力所在，它们更多是被作为戏剧情境营造的基础，是戏剧情节得以成功推进的重要手段，也直接成为戏剧冲突的发端与爆发最可靠的原动力。

第四辑

中国现当代文学本科教学与语文教育教学

教师比教法重要

——谈叶圣陶“爱的教育”理念

王 中

近年来围绕语文新课程标准和课程改革争论的声音很多，这固然是一件好事。但论者以为，语文教育不能永久地停留在观点争鸣的层面上，自上而下的改革虽然必要，如教育目标如何制定、教法如何改革、教材如何编写、教学环境如何改善、考试机制如何转型等，最终都要取决于教育的两个主体——教师与学生。语文教育与其他学科的教育一样，从根本上说，是人的教育，其中心在于“人”。再好的课程标准、教材教法，如果缺乏教师的具体、灵活的实践，那只能是空话。因此，要解决当下语文教育中的某些难题，关键点还在于教师。课标与课改只是提供解决问题的一个方向性的建议，是否具有普遍的可行性，需要依赖于教师的具体实践。这就对教师的素养提出了要求。当下中小学教师的职业化与专业化已经初具规模，教师的数量较之以前成倍增加，但教师是否都具备良好的教育素质和坚定的教育信仰，恐怕很难说。这就产生了很多现实性的问题：如教师生活待遇及社会地位的有待提高、教师素质的培养、教师对基础教育的忠诚度及教育信仰的形成等。这不是当下才出现的新话题，历史上叶圣陶、朱自清、夏丏尊等教育家都曾经遇到这样的问题，并提出过一些具有建设性的意见，在今天仍然经得起审视与思考。

一、语文教师的角色：职业与修养

在所有学科教学中，语文教学是最为重要的，也是最为艰难的。梁启超曾经这样感叹："在今日学校各项课程之中，最为重要者，固属国文；而同时教授最感困难，教师最感缺乏，学生除有生性特别嗜好外，最感觉干燥而无生趣者，亦惟国文。"[①]语文教学难在何处？原因在于它不仅承载着知识与技能的训练，还更多地承载着思想与文化以及行为习惯的养成。对于后者，不像数理化教学那样，有公式可循，成绩以分数来衡量。语文教学的成绩不能仅凭试卷和分数来衡量，而要凭据受教育者实际应付生活的能力。因此，就某种程度上说，教师比教法更重要。一切教法都是训练，而如果没有一个好的教师的指引，是无法培养学生终身受用的语文修养的。

对于语文学科性质的这一特殊性，叶圣陶曾强调指出："国文是各种学科中的一个学科，各种学科又像轮辐一样辏合于一个教育的轴心，所以国文教学除了技术的训练而外，更需含有教育的意

① 梁启超．王森然：《〈中学国文教学概要序〉序》，《〈饮冰室合集〉集外文（中）》，北京大学出版社2005年版，第1040页。

义。”[1]其言下之意就是语文教师的角色不仅是“教书”，而且还要“教育”。“教书”只是手段，“教育”才是目的。何为“教育”？按叶圣陶一贯的理解，教育就是“给学生好的影响”和“养成好习惯”。[2]但长期以来教育者对于教育的认识，还是停留在“教书”的层面。而要提高教育和教学的质量，首先要提高教师的思想。

1941年，叶圣陶发表《如果我当教师》一文，表明自己如果做小学、中学和大学教师所应采取的三种态度。在该文中，他指出，如果当小学教师，“将特别注意，养成小朋友的好习惯”。并将“养成好习惯”视为小学生语文教育的主要目标。在这一目标下，教识字和教读书不是小学教育的终极目的，而“只是手段，养成他们语言的好习惯，也就是思想的好习惯，才是终极的目的”。如果当中学教师，他决不将这一行业叫作“教书”，而是“帮助学生得到做人做事的经验”。在这一目标下，他不向中学生盲目灌输抽象的道德理念，不教学生做有名无实的事情，“不专作讲解工作”。他认为：“国文教师的工作只是待他们自己尝试之后，领导他们共同讨论：他们如有错误，给他们纠正；他们如有遗漏，给他们补充；他们不能分析或综合，替他们分析或综合。”如果当大学教师，也不盲目教书，而是传授“心得”，“帮助学生为学”。[3]总之，教师的主要目的不在于“教书”与讲解，而在“教育”这个总目标。教师的角色在于帮扶学生成长。

---

① 叶圣陶：《国文教学的两个基本观念》，《叶圣陶集》（第13卷），江苏教育出版社2004年版，第42页。

② 叶圣陶：《小学教师的工作》，《叶圣陶集》（第11卷），江苏教育出版社2004年版，第258、259页。

③ 叶圣陶：《如果我当教师》，《叶圣陶集》（第11卷），江苏教育出版社2004年版，第129—140页。

叶圣陶在这里所强调的，是语文教师的职能转换问题。在过去："教师的职务便是教书，而教书的方法便是不间歇地对学生讲演"，而一个称职的语文教师应该剔除教书职业的"匠"气，不断提高自身的修养，以帮助学生完成知能的转换，实现教育的目的。而"修养"的有无，决定着教育事业的成败。他认为"教师欠缺修养功夫，教育事业的根本就得了病"①。"教师的手段全仗他的修养，教师若没有修养，便同没有技术的工匠一样，对着机械只好瞪着眼看，不知道如何使用。"②

在教师的修养构成中，最重要的一环是责任心。叶圣陶说："讨论教学技术，无论如何精当，若是教师不负责任，不肯干，也是枉然。……教师得先肯负责，才能谈到循循善诱，师生合作。"③而教师的责任心来自对教育事业的忠诚，或者说是教育的信仰。正如朱自清所言："教育者先须有健全的人格，而且对于教育，须有坚贞的信仰，如宗教信徒一般。他的人生的理想，不用说，也应该超乎功利以上。所谓超乎功利以上，就是说，不但要做一个能干的，有用的人，并且要做一个正直的，坦白的，敢作敢为的人！"而要做到这一点，朱自清指出："第一先须有温热的心，能够爱人！须能爱具体的这个那个的人；不是说能爱抽象的'人'。能爱学生，才能真的注意学生，才能得学生的信仰；得了学生的信仰，

① 叶圣陶：《今日中国的小学教育》，《叶圣陶集》（第11卷），江苏教育出版社2004年版，第12页。

② 叶圣陶：《今日中国的小学教育》，《叶圣陶集》（第11卷），江苏教育出版社2004年版，第18页。

③ 叶圣陶：《国文教学的现状和理想》，《叶圣陶集》（第13卷），江苏教育出版社2004年版，第111—112页。

就是为学生所爱。”[①]

当然，侈谈责任心与教育信仰还是不够的，教师要完成教育的使命，还必须不断提高自身的业务素养。叶圣陶忠告青年教师：不要“以为当了教师，就可以只管‘付出’，不必讲求‘收入’了；结果往往会感到拮据，能‘付出’的不够充裕，工作做不好，事业心也不免因而动摇。……在不断‘付出’的岁月里，同时要源源不断的谋求‘收入’——就是说要努力进修。‘收入’越丰富，工作越能左右逢源。”[②]

此外，叶圣陶还将教育的普及与教师培养联系起来，认为教育的普及必须要“质”“量”并重，同步发展。学校规模的扩大与“量”上的繁荣，如果没有教师队伍的“质”的提高，前景堪忧。20世纪20年代，他就指出：“普及教育的办法有多端，我想，我现在要说的教师问题应该是其中的重要一项。……教师问题，不单讲有没有，还该讲好不好，能不能胜任。教师是好的，胜任的，我们才可以说有了教师。否则，即每城每乡每村都有学校，学校里都不缺少教师，我们只能说没有教师，普及教育的目的仍然很渺茫。”[③]

在教育法上，叶圣陶的重要观点在于：一切在于“人”。他认为我们不能被道尔顿制、设计教育法等名词所蒙蔽，就说教育发达的地方的教师都是很合适的。“教育的重要，而且永久重要，不论世界主义或国家主义的时代都是一样，因为人总是人，做人总是要

① 朱自清：《教育的信仰》，《朱自清全集》（第4卷），江苏教育出版社1990年版，第143页。

② 叶圣陶：《小学教师的工作》，《叶圣陶集》（第11卷），江苏教育出版社2004年版，第257—258页。

③ 叶圣陶：《教师问题》，《叶圣陶集》（第11卷），江苏教育出版社2004年版，第43页。

做。……我们固然要很多的学校，要新鲜的教育法，但尤其需要的是在水平线以上的教师。教师不一定要是大学问家，但必要是超出于水平线的人。”[①]因此他强调教师首先要正当地做人，才能够胜任教师这一职业。

事实明摆着，无论怎样高明的理论，如果没有可以使之变成现实的教师队伍，提高教学质量只能是空话一句。同样，没有积极参与的学生，教学目标也不可能实现。

“爱的教育”思想或许能提供另一种思路，它是中国传统的教育理念与现代教育制度结合而成的一种教学思想，可能会成为现代教育的润滑剂。

二、语文教育的理想模式——“爱的教育”

叶圣陶、朱自清等人对教师修养的重视，在于将“教书”与“教人”整合起来，将教育的目标指向“人”。这是他们一贯的思想，即：语文教育不是把学生教成读死书的书呆子，而是培养学生成为活泼的“人”。然而“育人”的办法多种，棒喝是一种，关爱是一种。叶圣陶等人认为，以情感为媒介的“爱的教育”是现代语文教育的理想模式。

“爱的教育”最初是由夏丏尊在白马湖春晖中学任职时提出来的。1920年，夏丏尊将意大利作家亚米契斯的一部儿童小说《心》翻译成中文，中文译名先是《感情教育》，后因与福楼拜的小说同名，更名为《爱的教育》。这部小说以儿童视角，来叙述他生活中的“亲子之爱，师生之情，朋友之谊，乡国之感，社会之同情……

---

① 叶圣陶：《说话训练——产生与发表的总枢纽》，《叶圣陶集》（第13卷），江苏教育出版社2004年版，第24页。

虽是幻想，使人读了觉到理想世界的情味，以为世间要如此才好。”这本书是写给儿童阅读的，而夏丏尊觉得对成年人仍然有很多启示。而对于30年代机械僵化的中学语文教育而言，该书提出了一个新的教育命题：爱的教育。

夏丏尊在《〈爱的教育〉译者序言》中说：“学校教育到了现在，真空虚极了。单从外形的制度上方法上，走马灯似地更变迎合，而于教育的生命的某物，从未闻有人培养顾及。好像掘池，有人说四方形好，有人又说圆形好，朝三暮四地改个不休，而于池的所以为池的要素的水，反无人注意。教育上的水是什么？就是情，就是爱。教育没有了情爱，就成了无水的池，任你四方形也罢，圆形也罢，总逃不了一个空虚。”[①]他认为当时的语文教育缺乏灵魂，师生之间缺乏沟通，忽视了语文教育环节中最核心的成分：爱。而“爱”的缺失，导致了语文教育将学生由“人”异化成了“物”，严重摧残了学生的身心。

夏丏尊“爱的教育”思想的提出与实践，得到了叶圣陶、朱自清等人的认同。朱自清说，“夏丏尊先生是一位理想家。他有高远的理想，可并不是空想……他办教育，也是理想主义的。”“夏先生是以宗教的精神来献身于教育的”，他将“教育和宗教打成一片。这也正是他的从事教育事业的态度。他爱朋友，爱青年，他关心他们的一切。”和李叔同一样，他们“都在实践感化教育，的确收了效果。”[②]叶圣陶则说：“夏先生当教师，没有什么特别的秘诀，用

① 夏丏尊：《〈爱的教育〉译者序言》，《夏丏尊论语文教育》，河南教育出版社1987年版，第16—17页。

② 朱自清：《教育家的夏丏尊先生》，《朱自清全集》（第3卷），江苏教育出版社1990版，第414页。

两句话可以概括：对学生诚恳，对教务认真。”因此，“爱的教育”理念虽然由夏丏尊提出，但实际上是经过“白马湖”作家共同完成的。

“爱的教育”理念旨在解决中学语文教育中长期存在的问题。在传统的语文教育模式中，师尊生卑，教师是以俯视的态度来教学生，而学生则是被动接受教育。教师与学生之间唯一的联系是教材，教师通过教材将知识传授给学生，而学生记诵教材上的知识，教学过程就算完成。而爱的教育则以爱为媒介，教材的媒介作用降到其次。爱的教育以尊重学生的主体为前提，这样就将传统教学的“授受”模式转换为“对话”模式，让教的人与学的人处于平等的地位上交流，从而达到教学相长，充分激发学生的学习自主性及思维能力。

“爱的教育”倡导教师要关爱学生、呵护学生，但其内涵不是让所有教师都去当保姆，而在于尊重学生的主体性，教师以朋友甚或亲人的方式，以“爱”为媒介来引导学生读书作文；以“爱”替代“法则”培养学生的道德情操。教师要打破与学生之间的尊卑观念，不要滥施权威，强制或苛责学生。因为“权威是冷的，权威所寓的法则也是冷的；它们最容易造成虚伪与呆木的人。”[①]

具体而言，“爱的教育”思想主要有两个方面的创见：

1.就教学目标而言，爱的教育强调“自主学习”

“爱的教育”倡导教师、家长乃至社会的关爱给不堪重负的中小学生营造一个轻松快乐的学习氛围，培养他们的身心。夏丏尊

---

① 朱自清：《教育的信仰》，《朱自清全集》（第4卷），江苏教育出版社1990年版，第144页。

说："中等学校教育的课程，只是一种施行教育的材料，从诸君方面说，是借了这些材料去收得发展身心能力的。诸君在中学校里，目的应是受教育，不应是受教材。重视书册，求教师多发讲义，囫囵吞枣似地但知受教材，不知受教育，究是'买椟还珠'的愚笨办法。"[①]叶圣陶颇为赞同夏丏尊的看法，认为他本身就是一个自主学习的榜样。他说：夏丏尊"对于社会人生的看法，对于立身处世的态度，对于学术思想的理解，对于文学艺术的鉴赏，都是从读书、交朋友、面对现实得来的，换一句说，都是从自学得来的。他没有创立系统的学说，没有建立伟大的功业，可是，他正直的过了一辈子，识与不识的人一致承认他有独立不倚的人格。自学能够达到这个地步，也就是大大的成功了。如果有怀疑自学的人，我们要郑重的告诉他，请看夏先生的榜样。"[②]同时，他还提出"教是为了不需要教"的观点："教任何功课，最终目的都在于达到不需要教。假如学生进入这样一种境界，能够自己去探索，自己去辨析，自己去历练，从而获得正确的知识和熟练的能力，岂不是就不需要教了吗？而学生所以要学要练，就为要进入这样的境界。"对教师的要求是："给指点，给讲说，却随时准备少指点，少讲说，最后做到不指点，不讲说。"[③]与夏丏尊的自主学习是一致的。

2.就教学方法而言，爱的教育重视"不言之教"

"爱的教育"所寻求的是一种潜移转化的教学效果，让学生在

---

① 夏丏尊：《受教育与受教材》，《夏丏尊论语文教育》，河南教育出版社1987年版，第20页。

② 叶圣陶：《夏丏尊先生逝世》，《叶圣陶集》（第12卷），江苏教育出版社2004版，第240页。

③ 叶圣陶：《为了达到不需要教》，《叶圣陶集》（第11卷），江苏教育出版社2004年版，第263页。

教师潜移默化的指导下，身心得到全面健康发展。因此，尤其注重教师的人格魅力。夏丏尊认为“人格恰如一种魔力，从人格出发的行为自然使人受到极大感化”，教师“有极高的人格，被教者才能心悦诚服，只靠规矩是靠不住的”，提出应该“当教师”，不要“当教员”。“如果教育者只是教员，而不是教师，一切问题就无法解决。”

叶圣陶则以“不言之教”来阐明夏丏尊的这一观点，他说：“口头讲说诚然是一种重要的办法，可不是唯一的办法。……让学生作自觉的斗争，在日常生活里自动地合乎标准和规范，这种‘不言之教’是一种有效的办法。还有，教师以身作则，教师本身的行为就是标准和规范，也是一种极有效的‘不言之教’。”[①]叶圣陶提出的“身教”正是“爱的教育”的最好体现。教师不仅要重“言教”，且更要注重“身教”，行不言之教。从这一层意义上说，“爱的教育”本质上是一种行为教育。

朱自清也认同叶圣陶的观点，他认为：“‘做人’是要逐渐培养的，不是可以按钟点教授的。所谓‘不言之教’，‘无声之诲’，便是说的这种培养的工夫。”同时，教师要以真诚的关爱去感化学生，“这样的爱是须有大力量，大气度的。正如母亲抚育子女一般，无论怎样琐屑，都要不辞劳苦的去做，无论怎样哭闹，都要能够原谅，这样，才有坚韧的爱；教育者也要能够如此任劳任怨才行！这时教育者与学生共在一个‘情之流’中，自然用不着任法与

① 叶圣陶：《教师怎样尽责任》，《叶圣陶集》（第11卷），江苏教育出版社2004年版，第224页。

尚严了。”[①]同时，在爱的教育中，教师要“教”“育”并重，不歧视学生，尤其是差等生。他说：有些教师“说到学生品性不好的时候，总是特别摇头叹气，仿佛这是不应有的事，而且是无法想的事。其实这与学业上的低能一样，正是教育的题中常有的文章；若低能可以设法辅导，这也可以设法辅导的，何用特别摇头叹气呢？要晓得不完足才需来学，若完足了，又何必来受教育呢？学生们既要学做人，你却单给以知识，变成了‘教’而不‘育’，这自然觉得偏枯了。”[②]

除叶圣陶、朱自清和夏丏尊外，还有不少教育家和作家都指出了“爱的教育”的重要性。如陶行知提出“谁不爱学生谁就不能教育好学生”，冰心则更是认为：“爱是教育的基础。爱祖国、爱人民、爱人类的未来，对这一切的爱是老师们教育力量的源泉。”[③]

叶圣陶等人的爱的教育理念对当下语文教育产生了一定的影响。语文新课标指出：新型的师生关系是一种充分体现尊重、民主平等、和谐和发展精神的关系。这正是“爱的教育”思想的呈现。同时，在当前的教育语境下，推行爱的教育，对缓解应试教育给学生造成的身心压力，培养他们语文学习兴趣，促进他们人格与能力的全面健康的发展，不失为有意义的一种尝试。

---

① 朱自清：《教育的信仰》，《朱自清全集》（第4卷），江苏教育出版社1990版，第143页。

② 朱自清：《教育的信仰》，《朱自清全集》（第4卷），江苏教育出版社1990版，第142页。

③ 冰心：《应当尊敬的人》，《冰心全集》（第7卷），海峡文艺出版社1994版，第684页。

中学生的语文程度总是差吗?

——谈围绕中学语文教育的三次大讨论

王　中

“新课标”推行以来，语文课改和文学教育逐渐成为社会热门话题，各种思想和方案都应运而生。但其实这并不是一个新问题。“五四”白话文运动的成功，打破了原有的文言文教育的目的、内容和方式，使现代语文教育得以运行。同时问题也随之而来。白话文运动后逐渐确立起来的现代语文教育制度，在其萌蘖、发展过程中一直伴有争论、质疑之声，至今不休。比如20世纪30年代至40年代关于“中学生国文程度”“抢救国文”诸问题的讨论；50年代对苏联《红领巾》教学模式、“汉语、文学”分科的讨论；70年代末吕叔湘等人对“文革”后语文教育问题的抨击；90年代至今对语文教育各方面如教材、教学方法、教育目标等，都有较激烈的争论。可见语文课改虽是时下热点问题，实则也是一个普遍长久的问题。但规模较大、影响较深远的讨论大致有三次。这三次大讨论大多集中在对中学生语文程度的质疑及课程标准的设置等问题上，它们多是社会变革或文化转型的后续或余波，但也呈现了中学语文教育的一些本质问题。

一

关于国文程度的讨论，早在废科举、兴新学之后，就已在新派和旧派之间开始了。20世纪二三十年代，新文化运动初始，就有论者指出学生语文素养普遍下降的现象，“白话做不好，文言也做不好”。民国二十四年，针对这种社会现象，《中学生》杂志组织了一次“中学生国文程度的讨论”。

叶圣陶可算得上是这场讨论的发起者。1935年底第49期《中学生》上，叶圣陶作为编辑在“卷头言”提出“中学生的国文程度低落吗？”的疑问。在该文中，他指出：“对于中学生国文程度的低落，久已有人叹息的了，直到现在也并未衰竭。究竟低落到什么情形？从前中学生的国文程度怎样，现在又怎样？低落的现象是普通的还是特殊的？其原因又何在？对于这些，似乎还少有人作过精密的研究，给过仔细的说明。”[①]带着这样的疑问和探讨，同期刊发的还有一篇学生来信，题为《谁使得我们国文程度低落的——中小学文言文运动中的一个学生的抗议》，署名吴大琨。这篇文章是针对汪懋祖《中小学文言文运动》中的观点，汪文认为中小学国文程度低落的原因是教多了白话的缘故。吴文则认为恰恰是教多了文言的缘故，他认为“各大学历届的国文试题中的国文题目，古文命题占

①叶圣陶：《中学生的国文程度低落吗？》，《叶圣陶集》（第13卷），江苏教育出版社2004年版，第32页。

据了百分之八十七”，因而导致了中学生国文程度的低落，表现为：思想不通；文字既不像文言，又不像白话。因而他呼吁“完全废除文言文，彻底改革中学国文教授法”。在这一期上，还发表了当时在浙江第六中学担任国文教员的尤墨君的《你们能写出些什么》，否定中学生的写作能力。

第51期、54期、55期又有关于“低落”问题的专辑。共发表十来篇论文。作者大部分是学生，只有少数教师。文章大致分为两方面的内容：一种是不认为“低落”，为中学生语文目前状况进行辩护。另一种观点是承认“低落”，但认为不是中学生自身的原因，并为这种“低落”指出补救办法。从这些文章中可以看出，学生的态度非常激进，中学生语文程度是否低落的问题最终归结到是否要“学习文言文”的争论。另外文章当中提出的一些问题现在依然存在，比如应试作文、阅读的重要性等。有些文章也令人惊奇地提出了很好的建议，对当下仍有启示意义。比如认为阅读与写作要切近现实生活，写作要“言之有物”，国文科的目标在养成阅读能力和写作能力等。

相对于这些学生的激进的观点，叶圣陶则客观冷静得多。他毕竟站在一个较高的角度，见解要相对深远。叶圣陶分别就发表文章作卷头言：《读了〈中学生国文程度的讨论〉》《再读〈中学生国文程度的讨论〉》《欢迎国文教师的意见》等，对所发文章进行点评和总结。总的来说，他对“五四”以来语文教学的成绩感到不满，认为中学语文教学非但没有取得理想的成绩，甚至是没有成绩。但他也并不认可中学生语文程度“低落”的悲观论，而是认为“前途的光明似乎并不微弱”，而中学生国文程度的低落原因很多，衡量其国文程度的标准也不统一，因而主张“把国文程度低落的叹息看作一个课题，精密地仔细地加以考核，徒然叹息是没有意义的，听人家叹息而不给肯定或者否定也是不足为训的。”[①]叶圣陶此时站在学生的角度，认为提出“低落”论的主要是复古派如上海“存文会”人。另外，他认为衡量中学生国文程度也应有恰当的标尺。1942年《国文杂志》发刊辞上，叶圣陶又再次谈到了这个问题，这次口气较激烈，“现在的感叹家早也一声‘国文程度低落’，晚也一声‘国文程度低落’，好像从前读书人的国文程度普遍的‘高升’似的。其实这哪里是真相？通文达理的是极少数人，大多数人一辈子不能从读书达到通文达理。知道了这个真相，就会相信从前读书人的国文程度并没有普遍的‘高升’了。”[②]

40年代初，由于1939年高校毕业生考试成绩发榜，引发了新一轮的“低落”论战。朱自清重拾叶圣陶组织的那场讨论，认为“可惜参加的人不多，讨论得不够详细、切实”，因此又写了两篇文章接着讨论。在《中学生的国文程度》一文中，朱自清认为近年的国文程度低落分两种情况，低落的只是文言的写作，“单就中学生的文言写作而论，五四运动以来，确有低落的情形，我承认这个。”但朱自清认为文言写作已无需再教再学了。白话还是有长足的进步，但也有毛病，主要原因是阅读太少，表现为“技术拙劣、思路不清”。思想不清更体现在应用文的写作上。朱自清与叶圣陶一样，非常强调应用文的写作：“现在的学生只知注重创作，将创

---

① 叶圣陶：《中学生的国文程度低落吗?》，《叶圣陶集》（第13卷），江苏教育出版社2004年版，第34页。

② 叶圣陶：《认识国文教学——〈国文杂志〉发刊辞》，《叶圣陶集》（第18卷），江苏教育出版社2004年版，第126页。

作当作白话文唯一的正当的出路；就是一般写作的人，也很少着眼在白话应用文的发展上。”[①]

似乎觉得这篇文章否定文言文的态度过于激烈，朱自清又接着写了《再论中学生的国文程度》，认为应用的文言文写作可以取消，但文言文的学习不可少：“我可还主张中学生应该诵读相当分量的文言文，特别是所谓古文，乃至古书。这是古典的训练，文化的教育。一个受教育的中国人，至少必得经过这种古典的训练，才成其为一个受教育的中国人。”中学生“读解古书，欣赏中国文学名著之能力”欠缺，要增强这方面的训练。[②]此后在1944年，朱自清又写《怎样学习国文》一文，再次强调了上文的观点，如文言文的低落、增强应用文和议论文的写作能力，以及加强阅读问题，认为中学生读的功夫是太差了。

1942年底，西南联大中文系教授罗根泽参加了高等文官考试的国文试卷评阅，对其中反映出来的大学毕业生国文程度之低感到吃惊，于是在1943年7月15日《国文杂志》第二卷第一期上发表了《抢救国文》一文，认为“抢救”行动必须从中学开始。文章发表后引起了很大震动。9月15日《国文杂志》发表了陈卓如的《从〈抢救国文〉说到国文教学》，对这次文官考试的国文试题逐一进行批评。

叶圣陶写了一篇长文《读罗陈两位先生的文章》（后改名为《读了“抢救国文”的呼吁》），全面总结了国文教育存在的几个问

---

① 朱自清：《中学生的国文程度》，《朱自清全集》（第2卷），江苏教育出版社1988年版，第30页。

② 朱自清：《再论中学生的国文程度》，《朱自清全集》（第2卷），江苏教育出版社1988年版，第36页。

题。他吸纳了朱自清的一些观点，首先认为“阅读能力”尤其是文言文的阅读问题必须要重视。对于一般文言文的阅读能力，一个受过教育的现代青年必须要养成。其次是阅读的材料，这是国文教材的编选问题。叶圣陶认为国文教材有示范和供给材料的作用，所以选择教材，必须要考虑到“是不是切要”“会不会消化”“会不会发生坏影响”等实际问题。叶圣陶的这篇文章可以说是对三四十年代国文程度讨论的一个总结。

二

“文革”期间，语文教育模仿苏联“红领巾”模式，将文学与汉语分开教学，尤其是语文教育中出现的政治化倾向，背离了语文教学的基本目标，割裂了语文与学生的实际生活，产生了很多问题。这些问题在“文革”十年之后再次被提出。1978年3月16日《人民日报》刊登吕叔湘《当前语文教学中两个迫切问题》，指出“中小学语文教学效果很差，中学毕业生语文水平低，大家都知道，但是对于少、慢、差、费的严重程度，恐怕还认识不足。”[①]这被教育界誉为“一声惊雷”。此后吕叔湘在《中小学语文教学问题》《关于中学语文教学的种种问题》诸文章中都谈到了中学生语文程度问题。

在《中小学语文教学问题》中，吕叔湘指出：“为什么中小学生都没有达到应该达到的水平呢？原因很多，教学的方法不对，是其中的一个原因。还有，譬如师资问题。……这里也有客观原因，

---

① 吕叔湘：《当前语文教学中两个迫切问题》，《人民日报》1978年3月16日。

是学校发展得很快，教师培养赶不上。”[①]1979年，他又在《关于中学语文教学的种种问题》一文中进一步指出：“现在社会上有一种看法，认为学生的语文没有学好，少、慢、差、费，老师要负责。我看，当然不能说教师没有责任，有一部分老师是有责任的，但主要责任不在老师，而在制度方面，习惯方面。”[②]

1978年3月21日，叶圣陶在北京地区语言规划座谈会上作了长篇发言《大力研究语文教学 尽快改进语文教学》，响应吕叔湘的看法，认为“语文教学的实践者是教师，因此研究语文教学如何改进，语文教师责无旁贷”[③]，并呼吁“语文教师和语言学科的工作者通力协作研究语文教学，做到尽快地改进语文教学”[④]。同时叶圣陶提出了他的著名观点：“教是为了不教”，强调学生的能动性，以及教师的“启发”作用。

此后直到80年代中期，中学语文教育仍旧问题多多。1981年，《中国青年》发表《来自学生的呼声》，控诉“升学率”对学生身心的损害。此时叶圣陶已是耄耋之年，在长卧病榻之余，还奋笔疾书《我呼吁》，反对片面追求“升学率”之风，直言“升学率大小不是教育办得好不好的唯一标准……凡是片面追求升学率的种种做法，如分设‘快班’‘慢班’，给毕业班指派‘把关’老师并规定

① 吕叔湘：《中小学语文教学问题》，《吕叔湘论语文教育》，河南教育出版社1995年版，第36页。

② 吕叔湘：《关于中学语文教学的种种问题》，《吕叔湘论语文教育》，河南教育出版社1995年版，第69页。

③ 叶圣陶：《大力研究语文教学 尽快改进语文教学》，《叶圣陶集》（第13卷），江苏教育出版社2004年版，第203页。

④ 叶圣陶：《大力研究语文教学 尽快改进语文教学》，《叶圣陶集》（第13卷），江苏教育出版社2004年版，第203页。

'指标'，尽量多发复习资料，无休无歇的种种考试，尽量提早准备高考的时间，等等，奉劝你们一律停止，为的是保护学生的身心健康。"[①]五届人大四次会议上通过的《政府工作报告》，高度评价了叶圣陶的文章："在中学教育方面……同时要注意保护学生的身心健康和关心他们学业上的成长，不能片面追求升学率。最近，叶圣陶代表发表了题为《我呼吁》的文章，词意恳切，表达了学生、教师、家长和广大人民群众的心声。希望有关各方面认真注意这个问题，切实加以改正。""《我呼吁》对于中、小学教育方法的改革，对于职业中学的发展，都产生了深远的影响。"[②]1981年底的教育部座谈会上，叶圣陶再次呼吁大家关心并解决单纯追求升学率的问题，并提出了两个解决的意见，一是端正教育思想，认清学生为什么要受教育，教育的目的是什么，要纠正社会上的错误认识，即学生受了普通教育，以后唯有考大学的路子可走。其次是改进教学方法，减轻学生和教师的负担，采取那些不至于过劳而的确有效的教学方法，达到教师从容不迫、学生身心健康的境界。叶圣陶的呼吁尽管有影响，但很显然的，在推广过程中收效不大，这从以后的语文教育大讨论中就可以看出来。

到1984年，吕叔湘在《语文教学要变被动为主动——写在〈语文学习〉创刊五周年之际》一文中，再次强调现在的中学语文教学总体上是不能令人满意的："多数中学毕业生对于语文工具不

① 叶圣陶：《我呼吁》，《叶圣陶集》（第11卷），江苏教育出版社2004年版，第320页。

② 商金林：《叶圣陶传论》，安徽教育出版社1995年版，第766页。

能运用自如，有的学生差得很远，这是无可否认的事实。”[①]其症结在于语文教学的指导思想不明确。过去的教学模式中，“学生的学是被动的，教师的教也是被动的，都是为了‘完成任务’”[②]，而要改变这种现状，则要求语文教学的指导思想变被动为主动。让学生主动地学，教师主动地教。首先要学生主动去阅读，教师要做好辅导工作。同时“要考虑学生将来生活和工作中的需要，给他们介绍各种读物，不限于文学作品，要跟他们讨论问题，当然也要帮助他们排除语文方面的障碍”[③]。除阅读外，写作教学也要变被动为主动。“教师要想办法引起学生作文的动机，并且指导他搜集材料并加以剪裁组织”。[④]也就是说，在主动教学中，一切以学生为主导，教师从旁辅助、指导。同时，吕叔湘对当时语文教学中的应试模式也提出了批评。他认为：“现在的语文教学，特别是毕业班的语文教学，一切以迎接高考为指归。作文则集中精力猜题并准备宿稿。……语文知识测验则广泛搜集题目，多多益善，让学生死记硬背。……这样的语文教学，即使应付高考能奏效，对提高语文能力却不是康庄大道，而况应付高考也未必奏效呢？还不如我行我素，……以培养学生自学能力为主的原则进行教学。如果能够做到主动学，广泛学，在高考卷子上‘丢分’也不会多，不会影响录

① 吕叔湘：《语文教学要变被动为主动——写在〈语文学习〉创刊五周年之际》，《吕叔湘论语文教学》，山东教育出版社1987年版，第100页。

② 吕叔湘：《语文教学要变被动为主动——写在〈语文学习〉创刊五周年之际》，《吕叔湘论语文教学》，山东教育出版社1987年版，第100页。

③吕叔湘：《语文教学要变被动为主动——写在〈语文学习〉创刊五周年之际》，《吕叔湘论语文教学》，山东教育出版社1987年版，第101页。

④ 吕叔湘：《语文教学要变被动为主动——写在〈语文学习〉创刊五周年之际》，《吕叔湘论语文教学》，山东教育出版社1987年版，第101页。

取，而语文实力远为雄厚，一生受用。要知道人是要生活和工作好几十年的，高考只是一个插曲而已。”[①]因此，吕叔湘主张“教学的目的首先是培养自学能力，让每个学生的学习潜力能够充分发挥出来”。[②]这与叶圣陶所主张的“教是为了不教”的思想不谋而合。

三

当叶圣陶、朱光潜等教育大师们陆续离开这个世界后，中国语文教育虽然离开了大师们自上而下的注视和关怀，但它并没有离开千千万万个望子成龙、望女成凤的家长的关注。非常巧合的，在“文革”结束二十年之后，由于中国社会情势发展的日新月异，中学语文教育再次被推到风口浪尖。但这次讨论是自下而上的，由关心语文教育的教师和家长引发，将矛头直接指向当前的教育体制，且一发而不可止。它更广泛而深入地表达了整个社会对语文教育的忧虑。

这次讨论是由三篇文章引起的。《北京文学》1997年第11期以《忧思中国语文教育》为总题，刊登了王丽的《中学语文教学手记》、薛毅的《文学教育的悲哀——一次演讲》、邹静之的《女儿的作业》三篇文章，从而引发了对语文教育的广泛批评和研究。

王丽的《中学语文教学手记》从个人的教师经历谈起，抨击语文教材陈旧、试题僵化。指出高一语文教材中28篇课文，“竟没有一篇是反映当代社会生活、议论精辟、文字精彩的作品。仿佛使用

---

① 吕叔湘：《语文教学要变被动为主动——写在〈语文学习〉创刊五周年之际》，《吕叔湘论语文教学》，山东教育出版社1987年版，第102页。

② 吕叔湘：《语文教学要变被动为主动——写在〈语文学习〉创刊五周年之际》，《吕叔湘论语文教学》，山东教育出版社1987年版，第102页。

这本教材的老师和学生不是生活在20世纪末，而是生活在五六十年代的人!”[①]

邹静之的《女儿的作业》质疑当今语文教学，包括试卷出题的合理性，以及作文作法。作文已成为“八股文”，文中写道：“我的曾写过‘圆珠笔在纸上快乐地蹭痒’这样句子的女儿，开始为作文编造她的故事，她非常熟悉表扬稿和思想汇报那类的文体。她的作文几乎是假话，假感想，假故事大全。”“好像是文化提高了，好像是上学的儿童很多了，但我们看到的只是一个模子里走出来的孩子。”不仅女儿厌学，身为父亲的作者也讨厌这样的学习法，“我一直把家里深夜了还有一个在写作业的学生，当成是这个家庭的灾难……我真是对她的那些毫无意义的作业深恶痛绝。我已经多次地怂恿她不写那些东西，就是不写，那实在是对人的智力的侮辱。”“很多人已经把文学看成是一个附属的令人厌倦的东西了。这与使人生厌的语文教育是分不开的，我坚信如果按教科书中的方法来写作或欣赏文学作品，那将离文学越来越远。”[②]

《文学教育的悲哀——一次演讲》是薛毅在师范大学的一次演讲，指出当前的中学文学教育体制比较僵化，中学教师只能凭教科书和教学参考书上所规定的内容讲授，“没有多少自由发挥的余地，也不需要什么文学感悟力、想象力”，这一现象致使文学教育没有趣味、没有生命，实际上已经扼杀了文学的魅力。他指出：“几十年来，文学教育变成了这么一种东西，它在使人的心灵变得越来越简单、狭窄，越来越教条、刻板。”[③]在这一基础上，作者进

① 王丽：《中学语文教学手记》，《北京文学》1997年第11期。

② 邹静之：《女儿的作业》，《北京文学》1997年第11期。

③ 薛毅：《文学教育的悲哀——一次演讲》，《北京文学》1997年第11期。

一步思考：文学教育的目的是什么呢？在于“新人”。我们以往的文学教育，重视的是文学的思想性，而忽视了文学性，甚至将文学性作为传递思想性的手段。在这一体制下，教师在讲授文学作品时，往往千篇一律地揭示其思想主题及表现方法和修辞手段，而对文学的美感避而不谈。其症结点在于“文学教育在文学之上，建立了一套顽固、强大的阐释体系。它刻板、教条、贫乏、单一，它把我们与文学的联系隔开了，它取代了文学，在我们这个精神已经极度匮乏的社会里发挥着使其更为匮乏的作用。”[①]而如果要做好一个文学教师，不能完全被现有的文学教育体制所控制，而要在现有的体制许可的范围里，讲一些真正有文学意味的内容，进而培养学生的精神趣味和情感教育。

《中国青年报》《光明日报》《中国教育报》《文艺报》等报刊都转载了这三篇文章，并就相关问题如语文教学、现行语文教材等展开了大量的讨论。参与讨论的人有专家、学者、中小学教师、学生以及学生家长，视角也不尽相同，但总的来说，他们都表达了对现状的忧思，认为语文教育是民族文化科学素质的根本，不正视和解决其中存在的若干问题，将不利于学生的综合素质培养和民族的文化传承。同时，中央电视台《实话实说》栏目也就语文教育问题组织了讨论，并邀请王丽等人做嘉宾。王丽自己后来在文章中谈到，上海的一位市民将《中学语文教学手记》和《女儿的作业》寄给当时的副总理李岚清，由此引起中央领导的重视，“李岚清副总理批示教育部对语文教育问题进行调查；教育部基础教育司立即将我的《中学语文教学手记》全文复印发给有关人员，并召开有关会议，

---

① 薛毅：《文学教育的悲哀——一次演讲》，《北京文学》1997年第11期。

邀我出席。"[①]可见，这场"语文教育大讨论"声势规模之大，涉及的范围之广，参与者人数之多和讨论的深入，都是语文教育史上前所未有的。直到进入21世纪之后，讨论也没有完全停止。

这次讨论的集大成者是1998年出版的《中国语文教育忧思录》，编者就是这次讨论的发起者王丽。书中不仅收录了这一时期有关语文教育讨论中的代表性文章，还专门采访了当代一些著名学者和文学大师，如钱理群、王元化、王富仁、郑敏、施蛰存等人，传达了学术界对语文教育的建议和反思。其中有一些非常独特的个人见解和思考，对关心语文教育的人来说，这本书极具参考价值。

最近的一次中学语文教学大讨论是《教师之友》杂志发起的。2004年，《教师之友》杂志第1期以"审视中学语文教学：新生代向三大名师发难"为专题刊发了一组文章。包括蔡朝阳的《魏书生：技术主义和权威人格的末路》，景诵、白尘的《于漪：一个曾经的偶像》以及卢军的《钱梦龙：方格之内的圆融》等。

这次讨论关注的焦点在于语文教学中的人文性问题。蔡文认为审美教育应该成为语文教育的中心环节，也是语文教育的终极目标。一个优秀的语文教师应当懂得文学，而不仅仅是教学技术或教学方法。由此，他向特级教师魏书生的教学观念提出质疑。认为"魏书生从教的技术手段越是花样迭出，越是无所不用其极，则其培养臣民、顺民的效果就越显著。""它的那一套，只是为应试教育而发明的授课技术，其目的旨归，只在于考试分数。什么诗意、什

---

① 王丽：《我的教育梦——代序》，《中国语文教育忧思录》，教育科学出版社1998年版，第3页。

么美感，统统毫无踪影。”[1]

景诵、白尘的文章强调语文教学思想性与人文性的关系。认为“更多的时候，于漪是以道为先的，有时甚至牺牲文，以文祭道。”认为“将语文还给语文，可能是重要最务实的事”。[2]文章作者认为，应当全面认识“人文”的内涵。人文性不只是当前语文教育中的思想、道德和情感教育。

卢军在文章中则指出钱梦龙的所谓“‘三主三式导读法’……基本上还是属于传统教法的范畴，还是几十年来语文教学重视基础、讲深讲透讲实的技巧化的翻版。”认为语文教学不仅仅是语言文字能力的训练，“语文教学肯定不是培养注解家、阐释家、探幽家，而是为了培养会思考、敢质疑、能创造、善表达、有批判精神和沟通能力的人。”该文还认为当前语文教育改革应将教法与教材乃至评价方式综合起来考虑，认为“从目前的现状看来，只有考试评价方式发生了革命才能真正救中学语文教学于水火。”[3]

这次讨论可以视为1997年语文教育大讨论的余波，同时也是针对2001年以来语文课改以来对人文性关注的一个直观反映。

四

早在1964年，吕叔湘就指出：“在今天的中学和小学里，语文课的教学是一个比较严重的问题。现在有一个相当普遍的意见，认为多数青年人在学校里没把语文课学好，使用语文的能力差，不能

---

① 蔡朝阳：《魏书生：技术主义和权威人格的末路》，《教师之友》2004年第1期。

② 景诵、白尘：《于漪：一个曾经的偶像》，《教师之友》2004年第1期。

③ 卢军：《钱梦龙：方格之内的圆融》，《教师之友》2004年第1期。

适应工作上的需要。……其实这不是一个新问题，至少已闹了三十多年了。闹了三十多年还没有很好解决，可见这个问题十分复杂，因素很多，需要好好地调查研究一番。”①时至今日，应该算是一个闹了近一个世纪的问题了。这三次讨论，可以说是各阶段讨论的总爆发。

比较一下这三次讨论，可以发现，它们有各自的侧重点，而这些侧重点来自于当时时代背景下产生的核心问题，同时也都从不同方面折射出中国现代语文教育体制中存在的一些永久性问题，这些问题值得关注。

第一次讨论实际上是“白话文运动”的余波，是“文白之争”的不断反复。这次讨论发生的背景是新文化运动以后国文课程标准的建立。讨论的侧重点在于国文课程教学目标、教学内容及国文能力的评价标准等方面。讨论的结果是否定了以往文言教育的体制，肯定了白话文教育。同时将语文教育的目标放到学生阅读能力与写作能力的培养上来，明确提出让学生有自由发展思想的能力，能作文法通顺的文字。对于文言经典，只要求学生能够读懂某些浅显的文言文即可，并不要求学生能以文言写作，也不将文言写作水平作为衡量学生国文能力高低的标准。重点在于让学生熟悉语体文，能够运用语体文阅读与写作。同时纠正了中学语文程度的评价标准的偏差。当时人普遍将中学生的国文程度与学生的写作程度相等同，尤其是等同于学生的文言写作程度，而忽视了与写作程度同等重要的阅读程度。对此，朱自清一方面提出学生可以不必学习文言写作，认为文言写作不足以评断学生国文程度的标准；另一方面，又

① 吕叔湘：《关于语文教学问题》，《人民日报》1964年2月17日。

指出了学生白话文写作方面的缺陷。而叶圣陶则进一步指出，学生的白话文写作之所以存在这些缺陷，在于学生的阅读能力没有养成，因此，他认为“写作程度有迹象可寻，而阅读程度比较难捉摸。……然而阅读是吸收，写作是倾吐，倾吐能否合于法度，显然与吸收有密切的关系。单说写作程度如何如何是没有根的，要有根，就得追问那比较难捉摸的阅读程度。”①

实际上，这次讨论的焦点问题早在20年代初就已经提出，只是未能得到很好的实践。在1923年叶圣陶编写的《新学制初级中学国语课程纲要》中，明确提出初中国文教学的目的。即“使学生有自由发展思想的能力”，“能看平易的古书”，“能作文法通顺的文字”，“发生研究中国文学的兴趣”等。这表明，初中国文课程应以练习运用本国文字的能力为目标，具体地说，就是要养成阅读能力和写作能力，在能力养成的基础上涵养中学生的文学趣味。而国语课程的教学应以明白浅显、易于接受的语体文（白话文）为主，并兼顾难度较大的文体文，循序渐进，由浅入深。

为了实现这一目标，《纲要》提出在教材编选上，应以浅显易懂的语体文为重。其“说明”部分强调：“选文注重传记、小说、诗歌，不但可以涵养文学趣味，文章法式也自然包括在内。”“参阅的书籍，仍以兴趣为主，学术等文次之。因为少年期的学生，正在心性活动的时候，读有兴趣的文章，方可以引之入胜。”《纲要》在各年级选文的范围上有明确的规定。在初中三个学年中，第一学年精读选文要求：“语体或与日报中记事议论小说相当的文体文。语

---

① 叶圣陶：《国文教学的两个基本观念》，《叶圣陶集》（第13卷），江苏教育出版社2004年版，第44—45页。

体文占四分之三。”“传记、或小说、或诗歌、或古文译作、或杂文。以传记小说诗歌为主。”[①]第二阶段精读选文则要求：“语体或与《桃花源记》程度相当的文体文。语体占四分之二。”“仍以传记小说诗歌为主。”第三阶段精读选文则要求：“语体或与《项羽本纪》程度相当的文体文。语体占四分之一。”“仍以传记小说诗歌为主，加语体文译作。”

同时，对于中学生国文程度的评价标准，《纲要》则要求：（1）阅读普通参考书报能了解大意者。（2）作普通应用文，能清楚达意，于文法上无重大错误者。（3）能欣赏浅近文学作品者。主张阅读与写作并重，语文知识与语文能力并重的评价方式。

第二次讨论实际上是对五六十年代语文学科“泛政治化”的反拨。“1958年废止了文学、汉语分科，经过3年‘大跃进’的折腾，提出了‘反对把语文课教成政治课’和‘不要把语文课教成文学课’，此后，‘语文是工具’的观念逐渐深入人心。十年‘文革’大破坏结束后，经由德高望重的叶圣陶和吕叔湘先生的强调和肯定，‘工具说’几乎成了定论。从语文教学大纲给学科性质的定位，到课本的编写体例，从课堂教学的重点到大小考试的内容，无不受着‘工具说’的影响甚至是支配。”[②]在第二次讨论中，用语体文阅读与写作已成定局。因此，这次讨论关注的焦点是教育思想的革新与语文教学方法的问题。吕叔湘认为：“语文课的主要任务是什么？是教会学生使用现代语文，主要是读和写现代文。文学和语

① 叶圣陶：《新学制初级中学国语课程纲要》，《叶圣陶集》（第16卷），江苏教育出版社2004年版，第4页。

② 李树：《中学语文教学百年史话》，山东人民出版社2007年版，第209页。

文比较，语言是主要的，文学是次要的。……现代文和文言文比较，现代文是主要的，文言文是次要的。……语文运用和语文知识比较，语文运用是主要的，语文知识是次要的。”

第三次讨论则由于应试教育的过度发展，语文教学由于过多的题海战术、知识量堆积，其应有的审美熏陶、人文教育严重缺失而导致大众对语文教育的普遍不满。因此，这次讨论发生的背景是90年代讨论的人文性转向，关注的焦点是应试教育与素质教育的问题。

尽管这些讨论中所折射出来的语文教学问题各有侧重，但一个最根本的问题在于，语文教学不能做到学以致用。过去及当前的语文教学，都将重点放在讲解与训练上，说白了就是讲语文，而不是用语文。以致于学生在学校里学的是一回事，而在生活中用的又是另一回事。语文教学与实际生活相脱节的现象，是造成中学生国文程度低的根本原因。而要解决这一根本问题，就必须要改变现在的语文教学模式，使语文教学不仅要以“学”为目的，更要以“用”为目的。而这正是叶圣陶、吕叔湘等现代语文教育中坚者长期以来的教育思想，只是这些教育思想由于种种原因，到目前为止还没有得到应有的重视。

综观这几次讨论，突现出现代语文教育过程中长期存在的一些根本性问题。主要体现为：教育的体制，教育的目标不明确，教育的方法不适当及教学评价标准，等等。就教育体制和社会意识而言，中学生的国文程度低不能仅归罪于教育者或语文教师。人们评价中学生的国文程度低，大多着眼于阅读和写作能力的低下，然而究其标准，往往是带有功利性的。一般家庭及社会意识以为，中学生受教育是为了升学，而不是为了提高生活的素养。从应试制度而言，中学生的国文程度的确很低下。

20年纪末以来，语文教学虽然经历了多次课改，但由于应试教育体制没有从根本上得以解决，事实上短期内也不可能根本解决，叶圣陶等人所担忧的问题在今天依然以各种方式存在。而他在争论中看待语文教育的姿态，以及一些具体解决问题的理念与方法，对今天语文课程改革仍然有借鉴的价值。因此，有必要对他的教育思想做进一步地深入探索，以期为当前语文教育的发展寻找一些可资借鉴的依据，避免走弯路。

“谋生论”还是“素质论”

——谈叶圣陶的语文教育目标观念

许　德

在现代语文教育走过的百年历程中，语文教育的目标是受到普遍关注的一个焦点。很多教育家都曾经对此提出过自己的看法，其中叶圣陶提出的“谋生论”更为值得关注，也得到社会的普遍认同。在叶圣陶看来，语文是一种工具，语文教育的终极目标不是为了应付考试，而是为了“应付生活”。语文教育旨在培养学生的阅读能力与写作能力，其目标是应付各种生活之需，这是语文教育的根本，也是贯串他整个教育思想的核心。从应付生活出发，语文教育不仅要注重知识的传授，更要注重技能的培养和习惯的养成；从应付生活出发，语文教育不仅仅是能力的训练，还是思想素养和文化素养的教育；从应付生活出发，语文教育不只是个体的读写能力的培养，还是人与人之间的交际的养成。因此，叶圣陶提出的“应付生活论”，以及从应付生活的角度来确定语文学科的性质，不仅是现代语文教育与旧式语文教育的分水岭，而且也是对百年语文教育史上长期存在的应试教育模式的反拨。当前语文教育界争论不休的很多问题，如语文学科的性质，中学生语文程度的低下，语文的工具性与人文性的纷争，语文技能的训练与语文素养的教育以及语文课改与高考制度之间的矛盾等，都可以从叶圣陶的这一教育思想中得到很多启示。

一、叶圣陶的语文教育目标：谋生论

叶圣陶的“谋生论”是针对旧式教育的弊端而提出的一种朴素而实用的语文教育理念。就本质而言，旧式语文教育是与科举制度联系在一起的，它是一种古典主义的文学教育和利禄主义的功利教育。其教育的目标是帮助少数人获取功名，而“不是发展个人生活上必要的知能，使个人终身受用不尽”。[①]而在叶圣陶看来，现代语文教育应当是一种惠及全民的教育，读书写作不是为了科举考试，不是为了升官，而是为了普通社会公民的实际受用。因此，旧式的语文教育模式显然不足以应付现代社会人们的生活需要，必须要进行改革。而改革的起点，首先应当是要确立一种正确的语文教学的认识。事实上，科举制度废除多年之后，一直到40年代初，现代语文教育模式中仍然存在着旧的科举教育意识，这种意识首先必须加以改变。当时，语文教学仍然没有取得理想的成绩，叶圣陶认为其主要症结在于没有革除旧式教育的精神。他提出：

“学校里的一些科目，都是旧式教育所没有的，惟有国文一

① 叶圣陶：《认识国文教学》，《叶圣陶语文教育论集》，教育科学出版社1980年版，第87页。

科，所做的工作包括阅读和写作两项，正是旧式教育的全部。一般人就以为国文教学只需继承从前的传统好了，无须乎另起炉灶。这种认识极不正确，从此出发，就一切都错。旧式教育是守着古典主义的：读古人的书籍，意在把书中内容装进头脑里去，不问它对于现实生活适合不适合，有用处没有用处；学古人的文章，意在把那一套程式和腔调模仿到家，不问它对于抒发心情相配不相配，有效果没有效果。旧式教育又是守着利禄主义的：读书作文的目标在取得功名，起码要能得‘食廪’，飞黄腾达起来做官做府，当然更好；至于发展个人生活上必要的知能，使个人终身受用不尽，同时使社会间接蒙受有利的影响，这一套，旧式教育根本就不管。因此，旧式教育可以养成记诵很广博的‘活书橱’，可以养成学舌很巧妙的‘人形鹦鹉’，可以养成或大或小的官吏以及靠教读为生的‘儒学生员’，可是不能养成善于运用国文这一种工具来应付生活的普通公民。”[①]而这样的“国文教学既然继承着旧式教育的精神，它不能取得成绩，不能使学生的国文程度普遍的‘高升’，正是当然的结果。”[②]

由此，他认为，当时普遍存在的中学生国文程度的低落现象，其原因在于缺乏语文教学目标的认识。而“必须有正确的认识，国文教学才会有成绩。而达到正确的认识的先决条件，就是抛弃旧式教育的古典主义和利禄主义。”[③]此后，叶圣陶在不同场合连续发表

① 叶圣陶：《认识国文教学》，《叶圣陶语文教育论集》，教育科学出版社1980年版，第87页。

② 叶圣陶：《认识国文教学》，《叶圣陶语文教育论集》，教育科学出版社1980年版，第88页。

③ 叶圣陶：《认识国文教学》，《叶圣陶语文教育论集》，教育科学出版社1980年版，第88页。

文章，如《“教育的目标”的问题》《受教育跟处理生活》《教育改造的目标》《自己受用》等。积极倡导树立正确的教育目标，革除旧式教育的利禄主义，倡导“教育谋生论”的思想。

在1934年《中学生》上发表的《“教育的目标”的问题》中，叶圣陶反驳社会上流行的教育意识和观念，指出“一般社会意识把现在教育和从前的科举，认为名异实同的两件东西：教育的目标差不多只是分数和文凭。教育要和每人的整个生活发生交涉，教育要为生产劳动而设计呀，这些都被看作几个教育论者的梦呓。这样的意识支配着教者和学者，即使都教得好，学得好，其成绩也不过像从前那样，造成一些‘八股’的好手和‘五言八韵’的名家罢了。”[①]并认为中学教育的目标应与学生的生活能力相关。教育是为了培养学生生活的能力和实际工作的需要，而不是读死书。1935年发表的《受教育跟处理生活》更进一步明确了这一主张，认为“中等教育的目标不外乎给与学生处理生活的一般知识，养成学生处理生活的一般能力，使他能够做一个健全的公民。”一句话，受教育就是为了能够“好好地处理我们的生活”。并且指出“教育是不能离开了种种的社会关联而独立的”，“教科书的本质只是各种科目的纲领”，现行的教学做分离的教育方式并不是“顶妥当的方法，而只是不得已的办法”。想不出更好的办法，只有暂行这种教育体制。[②]到了1945年，他又在《教育改造的目标》中再一次强调：“现代教育的最后目标在养成一个个的自由人，在建立一个民主的

① 叶圣陶：《“教育的目标”的问题》，《叶圣陶集》（第12卷），江苏教育出版社2004年版，第50—51页。

② 叶圣陶：《受教育跟处理生活》，《叶圣陶集》（第12卷），江苏教育出版社2004年版，第81—82页。

自由社会。”“不足以养成自由人，建立民主的自由社会为目标的教育，都是广义的奴化教育，广义的皇帝时代的教育。”[①] 1947年在《自己受用》中，他又再一次强调：“我们求各种知识，练各种能力，是为了供自己受用。……上学的目标不是为分数，不是为文凭，不是为某级学校毕业生的名目，却为的充实自己的生活。这才是正当的学习态度。”明确这样的教育目标之后，“学习必然与生活关联在一起。”[②]

在谈到具体的作文教学时，叶圣陶强调“学生为什么要练习作文，对这个问题，老师必须有正确的认识。练习作文是为了一辈子学习的需要，工作的需要，生活的需要，并不是为了应付升学考试，也不是为了当专业作家。如果说考试，人在一生中要遇到不知多少次的作文考试，写信，写通知，写计划，写总结，写报告，等等，全是作文考试。如果升学考试通过了，写封信却辞不达意，按实说，这个人的作文考试还没有及格。从广义的考试来看，升学考试的次数极其少，一生中只不过几回，而别种考试却天天碰到，并且成绩的好坏，不但关系自己，还跟别人有关，甚至关系到整个社会。”[③]

叶圣陶“应付生活”的教育观某种程度上受到杜威的“教育即生活”实用主义教育观的影响，但更多的是发展了陶行知等人的“生活即教育”思想。美国教育家杜威“教育即生活”的思想传到

① 叶圣陶：《教育改造的目标》，《叶圣陶集》（第12卷），江苏教育出版社2004年版，第227页。

② 叶圣陶：《自己受用》，《叶圣陶集》（第12卷），江苏教育出版社2004年版，第332—333页。

③ 叶圣陶：《中学作文指导实例·序》，《叶圣陶论语文教育》，河南教育出版社1986年版，第207页。

中国后，被陶行知反其道而行之，改造成“生活即教育”。所谓“生活教育”，“从定义上说，给生活以教育，用生活来教育，为生活向前向上的需要而教育。从生活与教育的关系来说，是生活决定教育。从效力上说，教育要通过生活才能发出力量而成为真正的教育。”[①]陶行知认为，生活本身就具有教育意义。教育要以生活为中心，生活决定了教育，而教育则反过来改造生活。生活是教育发挥其作用的媒介。他提出：“是生活就是教育；是好生活就是好教育，是坏生活即是坏教育，……不是生活就不是教育。……过什么样的生活，就要受什么样的教育；要想受什么样的教育就要过什么样的生活。”[②]应该说，陶行知的生活教育理论关注的是一种教育的本体论。其“生活即教育”主要包含三个层面的含意，首先是生活本身具有教育意义，生活就是教育；其次是教育必须改造生活，要在生活中发挥作用；最后是生活是教育活动的中心，一切教育活动都需围绕生活展开。“生活即教育”理论的提出，解决了长期以来教育与生活、教育与人生相脱节的现象，避免了旧式教育中读死书、死读书乃至读书死的弊病，在现代语文教育变革中产生过很大影响。而叶圣陶的“应付生活”论，则是对这一教育思想的继承与发展。他将陶行知的“教育必须改造生活”的观点进一步具体化，将之运用到语文教育中来，提出语文教育是为了应付生活、为了自己受用的观点，并将之作为语文教育的总目标。他认为，就教育的目标而言，生活教育“希望受教育者成为人，自然要把他们当人看

---

① 陶行知：《谈生活教育——致一位朋友》，《陶行知全集》（第5卷），湖南教育出版社1985年版，第476—477页。

② 中央教育科学研究所：《陶行知教育文选》，教育科学出版社1981年版，第109、164页。

待，独立不倚的人，不比任何人卑微浅陋的人”，“希望受教育者成为人，自然要把他们当人看待，自然要把培养能力启发智慧作为教育的任务，自然要竭力使他们长成新血液，新骨肉。”①此外，陶行知生活教育思想中关于“教学做合一”的思想，也被叶圣陶所吸收。认为：“陶行知主张的‘做、学、教’的教育，在做的时候学，在做的时候教，唯有这样的教育，对青年、对国家社会才会有益处。”在教学法方面，陶行知主张将“教授法”更名为“教学法”，也呈现在叶圣陶的教育思想中。陶行知提出的“好的先生不是教书，不是教学生，乃是教学生学”的观点，也是叶圣陶“教是为了不教”语文教育思想中的一个重要组成部分。如果说，陶行知的“生活即教育”是为现代教育提出的一个总的理念，那么叶圣陶的“教育谋生论”则是对这一理念的具体实践。同时，叶圣陶的“谋生论”还影响了当代语文教育家。如顾黄初在1980年代曾提出“语文教学的改革，关键在贴近生活”②的观点。

为了更好地实现“应付生活”的语文教育目标，必须先要明确语文学科的性质。在叶圣陶看来，语文是一种工具，是人们表达思想、交流思想的工具。因此，语文能力的养成，不仅是关乎个人生活能力的问题，也是关乎全民生活的问题。从某种程度上说，叶圣陶提出的“应付生活”的语文教育总目标，是基于他的语文工具性基石之上的。因此，有必要对他的“工具论”思想进行一番梳理。

叶圣陶一生，在不同的场合发表过“工具论”的思想。每次的

① 叶圣陶：《“生活教育”——怀念陶行知先生》，《叶圣陶集》（第6卷），江苏教育出版社1989年版，第246页。

② 顾黄初：《语文教学要贴近生活》，《语文教育论稿》，人民教育出版社1995年版，第1—2页。

侧重点都不一样，有时是从说话（言语）的角度，有时是从语言的角度等等。很多人将“工具论”视为叶圣陶教育思想的根本。其实不然。叶圣陶的“工具论”是与其语文教育的“实用论”联系在一起的，换句话说，只有将“工具论”与“实用论”，即实际生活联系在一起，才有意义。

叶圣陶最早提出“工具说”，是在1924年的《说话训练》。在谈到儿童的说话训练时，叶圣陶指出：“儿童的情感正被培养，同时要使他们能利用适当的工具来表于外，感受满足的快适……所谓适当的工具，当然语文独占重要，因为它最能把人与人的心联锁起来。”① “训练儿童说话实在是一个总枢纽，要他们内面产生得出，又要向外面拿得出来。外界的事势虽是万变，而这是一种应付事势的万应的工具。获得了这工具，而且会使用，岂不是已满足了普通教育的期望了么？”②1934年，他在《专供应用的书籍》中说：“教学的时候利用语言和文字做工具，也无非为着便利，其总目标却在发展学生的知能；所谓知能包括思想和行动，也就是整个的生活。”而对语文工具的具体阐释，则是在1942年发表的《认识国文教学》中。在这篇文章里，他明确提出：“国文，在学校里是基本科目中的一项，在生活上是必要工具中的一种。”③新中国成立后，在《关于语言文学分科的问题》中，他再一次强调：“语言教育的一个主要任务是让学生认识语言现象，掌握语言规律，学会正确地

① 叶圣陶：《说话训练》，《叶圣陶集》（第13卷），江苏教育出版社2004年版，第18页。

② 叶圣陶：《说话训练》，《叶圣陶集》（第13卷），江苏教育出版社2004年版，第22页。

③ 叶圣陶：《认识国文教学》，《叶圣陶集》（第18卷），江苏教育出版社2004年版，第124—125页。

熟练地运用语言这个工具……语言是形成思想的工具，是认识世界的工具。……语言是吸收各门科学知识的工具……"[①]到了60年代，叶圣陶在《认真学习语文》中，将语文"工具论"进一步发展，首次从应用的角度突出语文的工具性。他说："语言是一种工具。工具是用来达到某个目的的。工具不是目的。……我们说语言是一种工具，就个人说，是想心思的工具，是表达思想的工具；就人与人之间说，是交际和交流思想的工具。"[②]"学语言为的是用，就是所谓学以致用。经过学习，读书比以前读得透彻，写文章比以前写得通顺，从而有利于自己所从事的工作，这才算达到学习语文的目的。"1978年，在《大力研究语文教学尽快改进语文教学》中，他又指出："语文是工具，自然科学方面的天文、地理、生物、数、理、化，社会科学方面的文、史、哲、经，学习、表达和交流都要使用这个工具。要做到个个学生善于使用这个工具（说多数学生善于使用这个工具还不够），语文教学才算对极大地提高整个中华民族的科学文化水平尽了分内的责任，才算对实现四个现代化尽了分内的责任。"[③]在1980年的中学语文教材编辑座谈会上，叶圣陶再次强调指出："语文是人与人交流和交际必不可少的工具，不善于使用这个工具，就无法工作和生活，甚至可以说就不能做人。"将语文工具性与做人联系起来，避免了对工具性僵化理解。

从叶圣陶对语文的工具性质不厌其烦的阐释中，其核心体现于

---

① 叶圣陶：《关于语文文学分科的问题》，《语文学习》1955年第8期。

② 叶圣陶：《认真学习语文》，《叶圣陶集》（第13卷），江苏教育出版社2004年版，第180页。

③ 叶圣陶：《大力研究语文教学 尽快改进语文教学》，《叶圣陶集》（第13卷），江苏教育出版社2004年版，第202—203页。

两个方面：就个人方面说，语文是思维的工具；就社会方面说，语文是交际的工具。这两者是相辅相成、不可偏废的。语文教学就是通过语文这种工具培养生活的能力、学会做人的修养。这决定了语文教学应当以“人”为中心，以“实践”为手段，与学生的实际人生紧密联系。学习语文这种工具，是为了更好地使用语文这种工具，为谋生这个目标服务。这使得叶圣陶的工具论具备了更深意义上的内涵。

二、“谋生论”与“素质论”的关系

叶圣陶的“谋生论”教育观中，集中体现了他的“平民教育”观念和“群育思想”。他提出的语文教学目标，并不单纯指向纯粹的语文教学，而是将语文教育视为全体公民必备的一项基础教育，是培养对社会有用，促进文化、文明进步的现代公民。他说：“尽量运用语言文字并不是生活上一种奢侈的要求，实在是现代公民所必须具有的一种生活的能力。如果没有这种能力，就是现代公民生活上的缺陷；吃亏的不只是个人，同时也影响到社会。”①

在这里，叶圣陶注意到了教育的现代性。所谓现代公民，与一般所认为的“五四”的个性解放不同，他强调个体的“公益性”，个体对群体的适应性。教育培养的应该是这种能让个体适应群体的好习惯。而不是当下个体所呈现出的漠然、自私、自我的一些素质。

在《高等教育所要养成的好习惯》中，他指出：“教育就是养成好习惯”，“个人身心的发展必须和人群相适应，尤其必须对于人

① 叶圣陶：《略谈学习国文》，《叶圣陶集》（第13卷），江苏教育出版社2004年版，第93页。

群有利而无害。因此，兼就人群说，凡和人群相适应的，尤其是对于人群有利的，便是好习惯。""分开来说，普通教育的目标是养成一般人当公民的好习惯，高等教育的目标是养成一些人做专门人才的好习惯。"但所谓的"好习惯"，叶圣陶强调必须要是：一、足以发展自我身心；二、与人群相适应；三、最重要的，是要对人群有利。以此观照当下社会，会发现叶圣陶的先见之明。

从叶圣陶以上的阐述中看，社会已经出现了后来所倡导的素质教育的雏形。所谓素质教育，就是全面发展教育。除了培养基本的知识技能之外，还要重视培养学生的文化和道德修养。素质教育的提出始于80年代中期，到90年代形成讨论的热潮。它主要是针对我国基础教育中长期存在的片面追求升学率的"应试教育"现象提出的。1993年颁布的《中国教育改革和发展纲要》中明确提出："中小学要由'应试教育'转向全面提高国民素质的轨道，面向全体学生，全面提高学生的思想道德、文化科学、劳动技能和身体心理素质，促进学生生动活泼地发展。"这正是叶圣陶曾经的主张。

新中国成立后，叶圣陶强烈反对中小学语文教育中长期存在的应试教育，认为应试教育违背了教育规律，只会培养出一些高分低能儿，而不能培养成真正合格的人才。他极力提倡全民素质教育，"我们要培养的是全面发展的人，社会主义国家合格的公民，四化建设各方面的人才"。在《一个中学生的父亲的自杀》中，他说："教育要为全社会而设计，要为训练成对社会做点事的人而设计；教育决不能为挑选少数选手而设计，结果使这些选手光荣显耀，站在众人的头顶上，伸出手来，收受众人的供养。"面对一考定终身的淘汰教育，他在《我呼吁》等文章中提出严厉批评，并多次强调追求升学率的弊病。在多种场合呼吁“考取大学不是学生唯一的目的，能做一个合格的中国人，才是所有学生的共同目的”。应该说，叶圣陶以“教育谋生论”为基点提出的这些见解，对于建国后从应试教育向素质教育的转型起到了至关重要的作用。

1980年，叶圣陶在接受《人民日报》记者采访时说：“教育是什么？往简单方面说，只须一句话，就是要养成良好的习惯。德育方面，要养成待人接物和对待工作的良好习惯；智育方面，要养成寻求知识和熟习技能的良好习惯；体育方面，要养成保护健康和促进健康的良好习惯。咱们社会主义社会的教育，就是要使学生养成社会主义社会里生活的一切良好习惯。”这是他一生的主张。“良好习惯”的内涵非常丰富，既关系到教育的目标，也关系到教材教法。“诸如热爱国家、关心他人的习惯，礼貌诚笃的习惯，虚心自强的习惯，阅读书写的习惯，勤劳操作的习惯，求实研索的习惯”一切生活上的必要习惯都可以涵盖其中。而要养成良好习惯，其宗旨在于“让学生学会做文章、学会做人”，使学生走出校园之后，能“一辈子做主动有为的人”等。

因此，在叶圣陶语文教育思想中，大家议论纷纷的“谋生论”还是“素质论”不是一个矛盾对立的选择，而是一回事。一方面，谋生是必要的，教育必须教会学生为准备投入社会做准备，教育是培养现代公民的；另一方面，素质则是谋生的必要，同时它也是长久之计。从长远来讲，教育培养的现代公民是为传承文化而生的。其实平民教育目的只是叶圣陶教育理想的一半。他的眼光是非常深邃而透彻的。

素质教育的核心是以“人”为本位，叶圣陶提出“受教育是为了做人，做社会的合格成员，做国家的合格公民”等，正是这一核心的体现。此前陶行知曾主张：“有书读的人要做事，有事做的人要读书，先生不应该专教书，他的责任是教人做人。学生不应当专读书，他的责任是学习人生之道。我要你们做有知识有实力有责任心的国民，不要你们做书呆子。”[①]而叶圣陶的这一思想，正是对陶行知思想的发展。

同时要指出的是，素质教育不可过于理想化，必须与学生的谋生能力联系起来，稳扎稳打地实施。从当下看，应试教育向素质教育转型的过程中，谋生教育作为一个中介，是较为切合实际的办法。也就是说，不能盲目抵制应试教育，或者大加挞伐，视其如洪水猛兽。就谋生而言，应试自有其存在的合理性，但谋生教育不纯粹是应试教育，它针对的是广义意义上的“应试”——社会生活中处处可以遇到的考试。当前语文教育中长期存在的吊诡现象是：应试教育能够为学生提供一个借以谋生的工具。在当前的教育体制中，应试教育是最为切实有效的谋生方式之一。中学生自从上学的第一天起，便朝着唯一的目标前进，那就是考大学。素质再好，考不上大学便找不到一个谋生的出路，对于农村学生来说，考不上大学意味着回家务农或是外出打工。这种现象的根源在于我国现在的教育体制还过于单一，缺乏必要的职业教育。这逼迫中学生只能是千军万马过独木桥，这种教育体制如果不加以完善，再好的课程改革，再宏伟的教育目标也是白搭。而素质教育虽然能够提高学生的素质，但如果不考虑学生的谋生或就业的压力，素质教育很难实现其预期的效果。一切教育都须以人的生存与发展为中心。生存是第

① 董菊初：《叶圣陶语文教育思想概论》，开明出版社1998年版，第84页。

一位的，然后才能谈到发展。因此，我觉得，当前所倡导的素质教育，不是自上而下的下达文件就可以完成的。它首先需要解决的问题是：加大发展职业教育，解决学生的谋生问题。这些专门的职业教育应与大学教育的地位相当，不能厚此薄彼。其次要解决的问题是：改变中学生的学习观念。让他们明白，考大学不是第一要务，养成自身的生存能力才是第一位的。考不上大学，可以上门槛较低的职业学校，且通过个人努力也能找到一份合适的工作。第三要解决的问题是：不仅要扩大职业教育的规模，而且还要提高职业教育的地位。很多中学生不愿意上职业学校，其根本的原因恐怕在于目前的职业学校无论就地位、教师素质还是教学资源都与大学有很大的差异，担心花了钱上职业学校最后还是找不到工作。如果上述的这些问题没有得到根本解决，应试教育还是主导。素质教育恐怕只能成为美妙的童话。

三、工具性与人文性的讨论

叶圣陶“应付生活”的语文教育观及对语文性质的工具性的理解，在80年代以来引起过广泛的争论。焦点主要集中在语文教育的工具性与人文性、科学主义与人文主义等问题上。对语文教育人文性的思考始于80年代中期。1987年第8期《读书》杂志上发表了申小龙的《汉语的人文性与中国文化语言学——语文教育的哲学思考》一文，从语言学研究角度提出了汉语人文性问题。同年第8期《语文学习》上发表了陈钟梁《是人文主义，还是科学主义》一文，将人文主义与科学主义并举，认为“现代语文教学发展的趋势，很可能是科学主义思想与人文主义思想的结合，指导改革开创一个新局面，以实现语文教学科学的艺术化与语文教学艺术的科学化”。在此后的近30年时间里，围绕科学性与人文性的争鸣一直不断。

20世纪末曾经出现了一场语文教学的大讨论。很多教师、家长都对当前语文教学的现状深表担忧，尤其对语文教学中的题海战术、偏重知识训练而导致语文审美性的缺失等现象提出批评。其中有一种观点对语文的“工具性”提出质疑，认为工具论直接导致了语文教学的高耗低效，因而主张语文教育中要以“人文性”取代“工具性”，作为语文课程的基本属性，进行语文教学的改革。不可否认人文性在中小学语文教育中的重要性，但完全架空工具性，放弃基本的语文知识技能训练，一味追求趣味和审美，也是违背中小学语文教育的规律的，这样的语文教育恐怕只是空中楼阁而已。

1996年2月，在《语文学习》发刊200期纪念活动中，教育家张志公指出：“现在，颇有一些人，认为我们的语文教学中科学因素太多，要加强人文性。我有些不同的想法……我们的语文教学，吃亏就在于没有科学性，没有真正的深入调查研究，随意性太强。”[①]又说：“加强语文教学中的人文因素，我不反对，但把它与科学性对立起来，就走向了极端。过去，我们是人文性与科学性都谈不上，我称之为四不像。把多年来语文教学没搞好的原因归结为强调了工具性，搞多了科学性，就离谱了。科学性和人文性都得加强！”[②]

而有些教师则从当前语文教育实际出发，认为语文的工具性与

---

① 张志公：《提倡两个“全面发展”——答〈语文学习〉记者》，《语文学习》编辑部编《教学争鸣录》，上海教育出版社2000年版，第191—192页。

② 张志公：《提倡两个“全面发展”——答〈语文学习〉记者》，《语文学习》编辑部编《教学争鸣录》，上海教育出版社2000年版，第192页。

人文性要和谐统一。如毛光伟在《教育与训练兼顾，规范与自主统一》一文中指出“不强调语文教学的工具性，忽视语言是交际交流的工具、表情达意的工具、认识和改造世界的工具这一基本事实，不给语文训练以恰当的位置，语文教学就会像醉汉一样左右摇摆，甚至摔跤。同样，过分强调它的工具性，尤其是缺乏整体观念的‘工具论’，忽视语言同自然界、人类历史和精神活动都有着天然的密切联系，既属于认知领域，也属于价值领域这一根本特点——人文性，语文教学就难免成为不顾及人的完整心灵的‘教学’，只会停留在语文训练这个档次上，难以实现素质教育所要求的真正的人的语文教育。”因此，“训练与教育、教养统筹兼顾，相辅相成应该是新时期语文教育界最需重申和突出的原则之一。”

陈军在《人道主义，写作教学思想的灵魂——试论新世纪写作教学的战略》一文中认为，“叶圣陶先生提出‘语文工具说’不是单就语文本身作一般的学术探讨，而是从‘民主’和‘人道’的高度发出的呐喊。”他从叶圣陶“语文工具说”提出的背景出发，认为“工具论”的着眼点在于“育人”，要将“应试教学”变为“育人教学”。这一结论是比较中肯的。

总的来说，80年代末到20世纪初围绕语文“工具性”与“人文性”的争论，虽然仍有二元对立说，但更多学者倾向于将两者结合起来，两者缺一不可。比如钱理群、王富仁认为“不妨换一个角度来思考问题，从语文教育与人的发展的关系出发，结论也许会更科学。”“回到人与语文的关系中来思考，回到语文教学对人的成长和发展的作用中来思考。”“不是否认语文的工具性，而是要把这个工具交到能自由使用并为人的精神发展服务的‘人’的手里。”

由此可见，不论叶圣陶所倡导的是“教育谋生论”，还是“语文工具论”，都是将“训练”与“教育”联系在一起的。在《教育与人生》《作文与做人》等文章中，他在强调语文工具性的同时，还主张将人文性、思想性和工具性融合在一起。语文教育不是把学生制造成记诵语言文字的机器，而是要把学生培养成会使用语言文字的、有思想的合格的“人”。对于当前语文教育中确实存在的问题，如追求高升学率、“目标模式”教学等，并不能完全归罪于语文的工具性，一方面在于当前的应试制度还没有彻底改变，另一方面也在于部分教师、学生和家长对中小学语文教学的基本任务不够明确。语文一词，由浅入深可以理解为语言和文字、语言和文学、语言与文化性。其中语言和文字是最基础的，偏向工具性；文学与文化则是提高，偏向人文性。对于中小学生而言，语文教学的最基本任务应该是帮助学生掌握和运用好本国的语言文字，人文性只能在学生学好母语并能够自如地运用母语思维交际的基础上才能够实现。语文教育需要讲求一个梯度，要有渐近的过程观念，一味越俎代庖地推行人文性，其结果可能会适得其反。实际上，工具性与人文性并不冲突，而是相辅相成的，将语文的工具性发挥到极致，人文性也就水到渠成了。相反，如果学生经过中学教育之后，还不能熟练地运用母语，基本的听说读写能力都不具备，人文性又如何呈现？因此，在中小学阶段，语文教学中的语言文字的基础训练是必要的，过度强调人文性和审美教育，会让中学语文教师无所适从。毕竟，工具是实实在在的，人文则有点虚，把人文性和工具观对立起来，或者以人文性来取代工具性，不但在理论上站不住脚，而且在实际操作时也会造成混乱。

实际上，关于语文的工具性与思想性、人文性的讨论，本质上是如何处理语文的“文道关系”的问题。在叶圣陶的语文教育思想中，更偏重于中学语文教学的实际，即突出工具性。他指出：“国文教学自有它独当其任的任，那就是阅读与写作的训练。学生眼前要阅读，要写作，至于将来，一辈子要阅读，要写作。这种技术的训练，他科教学是不负责任的，全在国文教学的肩膀上。”[①]与此同时，他也强调语文学科的教育意义，“国文是各种学科中的一个学科，各种学科又象轮辐一样辏合于一个教育的轴心，所以国文教学除了技术的训练而外，更需含有教育的意义”。[②]对于40年代的语文教材偏重于内容的思想性（道），叶圣陶则提出：“重视内容，假如超过了相当的限度，以为国文教学的目标只在灌输固有道德，激发抗战意识，等等，而竟忘了语文教学特有的任务，那就很有可议之处了。”[③]也就是说，既不能忽视语文教育中的思想性，也不能将语文课上成政治课。关于人文性及审美教育问题，叶圣陶也强调：语文教学不是文学教学。因为“国文所包的范围很宽广，文学只是其中一个较小的范围，文学之外，同样包在国文的大范围里头的还有非文学的文章，就是普通文。这包括书信、宣言、报告书、说明书等应用文，以及平正地写状一件东西、载录一件事情的记叙文，条畅地阐明一个原理发挥一个意见的论说文。中学生要应付生活，阅读与写作的训练就不能不在文学之外，同时以这种普通文为对象。”[④]所有这些阐述表明，叶圣陶是一个非常注重学生实际的人，

① 叶圣陶：《叶圣陶教育名篇》，教育科学出版社2013年版，第106页。
② 叶圣陶：《叶圣陶教育名篇》，教育科学出版社2013年版，第105页。
③ 叶圣陶：《叶圣陶教育名篇》，教育科学出版社2013年版，第105页。
④ 叶圣陶：《叶圣陶教育名篇》，教育科学出版社2013年版，第108页。

一切以培养学生的生活能力为语文教育的旨归。

叶圣陶提出的语文教育目标和语文工具性质不仅在建国初期的历次课程标准或教学大纲中得到呈现（如1963年教育部制订的《全日制中学语文教学大纲》中明确强调了语文的“工具”特性。提出：“语文是学好各门知识和从事各种工作的基本工具”，而且是“学生学习各门学科必须首先掌握的最基本的工具”。[①]），而且在当代得到了很好的继承与发展。如吕叔湘非常赞同叶圣陶的“语文工具观”，他说：“语言是工具课，但不能说是百分之百的工具课，不能理解得太狭隘，太实用主义。”[②]“语言文字本来只是一种工具，日常生活中少不了它，学习以及交流各科知识也少不了它。这样一个简单的事实，为什么很多教语文的人和学语文的人会认识不清呢？是因为有传统的看法作梗。”[③]由上我们可以看出叶圣陶在现代语文教育史上的重要地位及其奠基性作用。

---

① 中华人民共和国教育部：《全日制中学语文教学大纲（草案）》，人民教育出版社1963年版，第1—3页。

② 吕叔湘：《关于中学语文教材的几个问题》，《吕叔湘论语文教育》，河南教育出版社1995年版，第111页。

③ 吕叔湘：《关于中学语文教材的几个问题》，《吕叔湘论语文教育》，河南教育出版社1995年版，第425页。

为中学语文新诗教育进一言

杨四平

孔子云：不学诗，无以言。中国是诗歌大国，更是重视“诗教”大国。过去中学语文教材，在诗歌的编选与要求上，重古诗、轻新诗；新诗仅是一种点缀。问题出在中学语文教学大纲对此未作要求。所以，课文选新诗很少，平时学生作文只作散体文章，而不作新诗，并且，考试也不考新诗的欣赏与写作。就是已入选现行中学语文的12首诗（郭沫若的《天上的街市》、艾青的《给乌兰诺娃》和《大堰河，我的保姆》、臧克家的《有的人》、田间的《假如我们不去打仗》、公刘的《致黄浦江》、贺敬之的《桂林山水歌》和《回延安》、柯岩的《周总理，你在哪里?》、郭小川的《青纱帐——甘蔗林》、流沙河的《就是那一只蟋蟀》、舒婷《致橡树》）也终因只重其思想教育意义而轻审美精神而为时人所诟病。

因此，这几年，在社会各界开展了迅雷不及掩耳的“语文教育大讨论”。有些言论偏激得让你惊悚，比如“文学教育的悲哀”，“中学语文坑死人”，“以学生为敌”，“炮轰全国统一高考体制”，等等。1999年，由孔庆东、摩罗、余杰三人主编，汕头大学出版社出版的论文集《审视中学语文教育——世纪末的尴尬》，就是对现行中学语文教育集中审视（与其说“审视”，不如说“批判”）的全面展现。这至少说明了中学语文教育存在诸种亟待改进的问题。而在我看来，承认有问题，就是改革的前奏，就是历史的进步。但我不认为，发现了问题后，就因噎废食地全盘否定；这并不是一种理性地审视问题的良好姿态。这是我对那些“批判”中学语文教育的一贯姿态。在这样的大背景下，中学语文新诗的诸问题也随之浮出“地表”。有的人开始在这个方面进行研究与反省。比如，毛翰在1998年9月18日的《南方周末》上发表《重编中学语文的新诗篇目刻不容缓》等文。更为引人注目的是，对中学语文新诗的讨论，很快地，从个人自发参与阶段进入集体自觉讨论阶段。比如，《星星》诗刊1999年特辟一个专栏，名为“下世纪学生读什么诗”，发表大批在立场与姿态上与《审视中学语文教育》相似的文章。在这场“中学语文新诗大论争”中，有两篇代表各自立场的文章，一篇是《星星》诗刊1999年4月号上刊出的毛翰的《陈年皇历看不得——再谈语文教科书的新诗篇目》；一篇是《华夏诗报》1999年第127期上刊登的与之针锋相对的、署名为诸葛师申的《不废江河万古流——评毛翰等有关“中国诗歌教材的讨论”文章》。前者认为，“编者缺乏审美眼光”，“作品陈旧或有问题”，“有的诗作或许不错，但20世纪中国新诗有更多更好的篇章，可以取而代之”；后者认为，要用历史的观点来看历史问题。一句话，正方认为“不废江河万古流”；而反方认为“陈年皇历看不得”。而我认为，双方观点都应修正：“不废江河万古流”者，应在继承新诗优良传统的前提下，接纳和汲取新诗的新鲜营养；而“陈年皇历翻不得”者，应放弃偏激态度，不然有历史虚无主义者之嫌，“陈年皇历”怎么就“翻不得”，不然以史为鉴、读史可以使人明智之类的观念就是千古谎言了！“陈年皇历”一定要翻，关键在于怎么去翻。

中学语文新诗教育，一直被视为“副科”而被冷落，还有一个重要因素，那就是自恢复高考以来一直到1998年，新诗总是高考的盲点。据我的切身经验与了解，有许多中学语文教师对中学生喜欢新诗的热情与行为总以“高考不考，以后考上了大学再学”为借口横加打击。从1999年开始，新诗的写作与欣赏被提到了全民关注的“高考”上来了。从新诗的欣赏上看，1999年，高考语文试卷上出现了艾青的抒情短诗《我爱这土地》，打破了在高考中古诗统领诗歌的局面；接着，2000年，郑敏的现代主义性质的短诗《金黄的稻束》也出现在高考语文试卷上，且题量由1999年的一道题增至两道题。从新诗的写作上看，2000年高考作文题在“写作要求”的条款中删除了历年均有的“除诗歌外，文体不限”中的“除诗歌外”，也就是说，高考作文也可以是新诗。有人认为，这才是2000年高考语文试卷改革的“神韵”之所在。

也许，正是以上这方方面面的原因，促成了国家对中学语文教材的全面改革，而且，从今年秋季开始，全国初一和高一已全面启用语文“新教材”（以“新”标示与此前语文教材的区分）。这是中学语文教育改革的重大举措，也是新中国中学语文教育的巨大进步。而这两套教材均标明为“语文实验课本”。既然是“实验课本”，其实验性是不言自明的。

根据人民教育出版社中语室在报刊上公布的高二语文实验课本的“目录”，我已注意到，新诗已入选了13首：中国现代诗词有毛泽东的《沁园春·雪》；中国现代诗歌有徐志摩的《再别康桥》、闻一多的《死水》、艾青的《我爱这土地》、穆旦的《赞美》；中国当代诗歌有舒婷的《祖国啊，我亲爱的祖国》、梁小斌的《我热爱秋天的风光》、韩东的《山民》、海子的《面朝大海，春暖花开》；外国现代诗歌有普希金的《致大海》、华兹华斯的《孤独的收割人》，狄金森的《篱笆那边》，裴多菲的《我愿是激流》。与以前中学语文中入选的新诗相比照，“新教材”中的新诗有以下几个亮点：其一，“旧教材”绝大部分选取现实主义和浪漫主义流派的新诗，而“新教材”主要选取浪漫主义和现代主义流派的新诗，尤其是入选的中国当代诗歌4首，都是现代主义、后现代主义的诗歌；“新教材”选诗以“世纪”为时间跨度，以点代面地反映出20世纪中国新诗发展的一个粗略的轮廓；而“旧教材”选诗只选到70年代末至80年代初，改革开放的20年新诗所取得的成就几乎不被注视，因此有陈旧之感。其二，“旧教材”均选大家的诗歌，有选大家的“经典”之意向，而“新教材”在甄选诗歌时，还主要是选诗歌作品（也就是说，不以人选诗，而是以诗选诗），在选诗标准上有所调整，比如，梁小斌、韩东、海子，这些对中学生来说比较陌生的名字及其诗作开始出现在他们要学习的语文课本里；其三，“新教材”选诗时打破了思想教育第一的格局，以人文素质教育作为选诗之首要，以人文性取代政治性。同时，“新教材”新诗编选也存在以下几个方面的问题：其一，“新教材”与“旧教材”之间脱节现象严重，从现当代诗歌比较来看，新旧教材只有舒婷的《祖国啊，我亲爱的祖国》一首是一样的；其二，“新教材”在选取诗歌流派的代表作时，和“旧教材”一样，都走向极端，只注重选现代主义诗作，不选现实主义诗作；其三，“新教材”所选诗人的诗作没有选出诗人的代表作，比如，梁小斌的《我热爱秋天的风光》就不见得比他的《中国，我的钥匙丢了》或《雪白的墙》有“选头”，如果编选者一定要以此来回避“旧教材”选诗的所谓的政治性、思想性，那绝无必要；其四，“新教材”选诗与中学语文教学实际也有脱节的弊端，这些现代主义性质的、内倾的新诗，无论是对中学语文教师，还是对十七八岁的涉世不深的中学生来说，都有很大的隔膜，也许是我本人愚钝或者是我低估了中学语文教师和中学生，我总觉得这些诗拿来教大学生还是可以的。我在我任教的大学里为全校大学生开设了一门“新诗的创作与鉴赏”的公选课，就曾给大学生教过这些诗。

并且，我觉得“新教材”新诗编选者的编选意图飘忽不定，甚至是模糊的。如果真是这样，有些新诗选目就要调整了。先以海子的《面朝大海，春暖花开》为例：

从明天起，作一个幸福的人
喂马，劈柴，周游世界
从明天起，关心粮食和蔬菜
我有一所房子，面朝大海，春暖花开
从明天起，和每一个亲人通信

告诉他们我的幸福
那幸福的闪电告诉我的
我将告诉每一个人
给每一条河每一座山取一个温暖的名字
陌生人，我也为你祝福
愿你有一个灿烂的前程
愿你有情人终成眷属
愿你在尘世获得幸福
我只愿面朝大海，春暖花开

现代主义诗歌的解读，不像现实主义诗歌和浪漫主义诗歌的解读，从首到尾进行“顺读”就可解其意；它应该“跳跃”着从整体上把握。我认为，要读懂海子的这首诗，要抓住两个关键，也可以说是全诗的两个“诗眼”。第一个诗眼是诗中出现3次的“从明天起”。这个诗眼传达出字面意义上的“显在信息”和字面背后的“隐在信息”。从字面上看，诗人决定从明天起（这里的“明天”有“未来”之义）要做许许多多“幸福”的事或与“幸福”有关的事。这样看来，海子这首诗是一首积极浪漫主义的诗篇了。然而，透过字面进行反省——诗人为什么不说从今天开始而反复说要从明天开始呢？这是客观原因还是主观原因所致呢？显然，是主客观双重原因所致。时代、社会、现实，还有诗人的主观愿望，都不允许诗人在现实中获得幸福、建构理想。从这里，我们似乎隐约地感受到了诗人对现实之痛、对时代之伤；在貌似浪漫而平和的诗句下面隐藏着诗人对现实尖锐而有力的批判。如果你只读出了诗句的浪漫而没有读出诗句的锋芒，那你就没有走进海子这首诗。第二个诗眼是末节中3个“愿你”和1个“我只愿”。“你”是“陌生人”。诗人祝愿你的，恰恰是你所希望的，因此，“愿你”可看成是“你愿”。也就是说，你们这些凡夫俗子总朝思暮想在尘世间获得所谓的幸福；而诗人只愿远离尘世，在自己的精神世界里，在未来的时空里，乃至在另一个世界里获得真正的纯然的幸福，这就是“面朝大海，春暖花开”的寓意之所在。显然，“愿你”，是诗人反讽的体现。如果你不知道诗人在此运用了现代派艺术常用的反讽技术，你就会误读——认为诗人真的在祝福你。恰恰相反，诗人是在否定众人的人生观、世界观和价值观的同时，标举出自己的理想和信念。还有，这首诗写于1989年1月13日，与海子在1989年3月26日于山海关卧轨自杀只相差2个多月。可见，诗人是悲世、愤世和厌世的。我不知道“新教材”的编选者有没有理解海子和他的这首诗。如果真正理解了，那么拿它来作为“统编”教材教育祖国下一代，我认为欠妥当。再以韩东的《山民》为例：

小时候，他问父亲
“山那边是什么”
父亲说“是山”
“那边的那边呢”
“山，还是山”
他不作声了，看着远处
山第一次使他这样疲倦
他想，这辈子是走不出这里的群山了
海是有的，但十分遥远
他只能活几十年
所以没等到他走到那里
就已死在半路上

死在山中
他觉得应该带着老婆一起上路
老婆会给他生个儿子
到他死的时候
儿子就长大了
……
他不再想了
儿子也使他很疲倦
他只是遗憾
他的祖先没有像他一样想过
不然，见到大海的该是他了

韩东是“第三代”诗歌的代表，曾提出过“诗到语言为止”的著名诗学主张。这类诗歌“反英雄”和“反意象”，属于现代主义诗歌。作为现代主义诗歌，其解读的方式多种多样。《山民》，至少有两种解读方法，一种是积极性解读，一种是消极性解读，其所获得的审美享受决然不同。先来看积极性解读。这很可能是“新教材”编选者进入这首诗的方式。诗中的“山民”是个发展中的概念。诗中“父亲”“他”和“儿子”是三代山民。父辈的观念的核心是值得批判的文化保守主义——“好死不如赖活”“以不变应万变”。“他”向“父亲”自发地提出“山那边是什么”的异质性的质疑，在挑战父辈麻木思想的同时开始觉醒起来，因此，“山第一次使他这样疲倦”。可以说，“他”比“父亲”在思想上进了一大步。第二节首句有承上启下之用。尽管“他”知道这辈子因客观原因走不出这里的群山，但“他”毕竟有梦想；尽管他从未见过大海，但“他”坚信山那边的那边的那边一定有大海存在（现实中的大海与想象中的大海在这里是合一的）。但是，去大海的路十分遥远，而个体生命却很短暂，理想与现实之间总是相隔十万八千里；所以，“他”根据传统文化去衡量现实价值和精神价值常用的方式和标准去假设，推想“他”认为自己是没法实现去大海的理想了，因此作为生命延续意义的儿子，乃至儿子的儿子，儿子的儿子的儿子——也许可以如愿以偿了。这是一种愚昧的智慧。自然而然，这样想着想着，“他”就疲倦了，疲倦得使“他”不再想了！因为“儿子也使他很疲倦”。“他”比“他的祖先”进步的是，他冲破了旧的封闭思想，打破了“山民意识”，是时代的进步。这与改革开放的时代大主题相呼应。但是，“新教材”编选者可能不知道此首诗还有一种“消极”性的进入方式。末节，可理解为：“他”退回到他父亲般僵死状态，而这样的梦醒了又睡去的状态比他“父亲”更为可怕、可悲！因为，这样的睡去可能睡得更死！同时“他”不知道，“他”在批判“他的祖先”的时候，自己也注定成为“他”未来晚辈的“祖先”，“他”还更可悲地把这种“遗憾”留给“他”的儿孙们。所以，韩东这里是对传统文化根深蒂固的批判。这样读来，这首诗就不是一种肯定性主题而是一种批判性主题。同时，我很担心，这些具有多种解读方式的现代主义诗篇，如果教学导向有所偏差，会给中学语文新诗教学造成混乱！但愿这是杞人忧天吧！

中学语文新诗教育到了该重视的时候了，而且也应该成为语文教育学的一个分支学科。只有这样，才会使语文教育、改革的人文性与工具性兼顾的思想得以推广，才会使中学语文新诗教育在健康的轨道上发展。

[原载于《淮北煤师院学报（哲学社会科学版）》2001年第1期]

新教材现代诗歌解读相关的几个问题

吴尚华

一、新教材现代诗歌总体考察

新教材选入的现代诗歌共有8首：徐志摩《再别康桥》、闻一多《死水》、艾青《我爱这土地》、穆旦《赞美》、舒婷《祖国啊，我亲爱的祖国》、梁小斌《我热爱秋天的风光》、韩东《山民》、海子《面朝大海，春暖花开》。可以说都是20世纪中国新诗史上重要诗人的经典作品。具有较高的思想价值和美学价值。从诗人构成来看，基本涵盖了新诗史上的重要流派以及艺术思潮的代表。如闻一多、徐志摩是20年代新月诗派的代表人物，他们的诗歌体现了新诗格律化的诗学主张；艾青是抗战后期现实主义诗歌的代表作家，他的诗歌体现了现实主义诗潮的创作成就；穆旦是40年代西南联大现代主义诗人群的代表，他的诗歌体现了现代主义诗歌在战争年代的接续和发展；舒婷和梁小斌是80年代初期朦胧诗派的代表人物，他们的诗歌体现了新诗潮意象化的审美特征；韩东是80年代中期第三代诗歌的代表人物，他的诗歌体现了反崇高和口语化的特点；海子是80年代后期先锋诗歌中的乌托邦写作的代表人物，体现了知识分子的某种精神结构。从美学形态来看，新选诗歌偏重于具有现代意识的作品。纵向勾勒了20世纪新诗现代化进程中的历史轨迹。现代诗歌在西方和本土、传统与现代冲撞中的整合，反叛中的转换和创新，也能从新教材的现代诗歌中加以辨识。

二、新教材现代诗歌相关的诗学语境

1.闻一多、徐志摩与新格律化运动

中国现代诗歌是以西方诗歌为范本，以对传统诗歌语言工具的反叛为标示，而建构的现代自由诗为主要形式的汉语白话诗歌，从胡适的《尝试集》到郭沫若的《女神》完成了自由诗体的形式建构，但白话新诗非诗化的弊端也触目惊心。20年代新诗进入艺术规范化运动，以闻一多为代表的新月诗派肩负起建立诗美规范的历史使命。

新月诗派认为“美是艺术的核心”，主张“本质的醇正，技巧的周密和格律的谨严”。提出“理性节制情感”的美学原则。从此中国新诗开始了从诗情泛滥的无治状态进入到规范化的轨道。

闻一多认为诗的格律主要表现在听觉和视觉。前者包括格式、音尺、平仄、韵脚等，也就是节奏和押韵两方面。后者表现为“节的匀称”和“句的均齐”。他提出建筑美、绘画美和音乐美的诗学主张。闻一多的《红烛》是过渡性的半格律体，《死水》是严整的现代格律诗，是新诗格律化建设最突出的成果。二十八首初步作到

格律化和口语化的统一。《死水》这首诗便是“三美”主张的“最满意的实验”。“死水”这个意象是一个全新的创造。它是闻一多“化丑为美”“化腐朽为神奇”的艺术方法对中国诗歌意象系统的丰富和发展。

徐志摩是将格律诗理论实践具体化的代表性诗人。他“尝试的体制最多”。他的诗歌节奏流动，富于音韵。追求把内在的情绪纳入一个严谨的框架。以有变化的复沓来获得音乐的效果。同时又不呆板地拘泥于格律形式，能够随情景的不同而变换节奏音韵。谨严而有所变化，工整又摇曳多姿。《再别康桥》总体整严，每段两节，每节两句，每节的第二句退后一格，段与段、节与节、句与句之间音节对称协调，但是每句字数又不相等，只是大体整齐。每段换韵，两句一韵。轻盈自然。全诗错落有致的节韵变化，贴切地传达出了诗人离别康桥留恋感伤的情思。徐志摩对诗歌艺术性的追求，使得白话诗拥有了读者，他的重要贡献不在于诗歌的思想内容，而在于他以一批艺术珍品支撑起了新格律诗的宫殿。

2.穆旦与40年代西南联大现代主义诗人群

继李金发的象征诗派和戴望舒的现代诗派之后，现实主义诗潮成为主导力量。现代主义在40年代衰落之后，出现了两个知识分子为主体的诗群，一是与胡风有关的七月诗派，一是西南联大出现的一群自觉的现代主义诗人，即文学史指称的九叶诗派。九叶诗人受到冯至、卞之琳、李广田教授与现代诗人艾略特、奥登、里尔克的影响。还有英国现代诗人、新批评家威廉。燕卜逊在联大开设了《当代英国诗歌》课程，构成了现代诗歌氛围。学院知识分子对人生价值和生活苦难的困惑和思索，与西方现代主义发生了心灵共鸣。

40年代战争背景下的现代主义诗潮便悄悄苏醒和滋长。九叶诗派对社会现实的剖析比以前的现代派尖锐深刻。九叶诗人很少直接歌颂革命和光明，但是他们往往把民族的愤怒和斗争、痛苦、欢乐和时代的黑暗与光明、腐朽与崇高交融在一起。

在批判丑恶揭露黑暗里揭示历史发展的动向。穆旦以深刻揭示现代人的处境和命运而成为最具现代性的诗人。穆旦目睹民族蒙难，人们精神濒临崩溃，将要迷失自我。他就从更高层次上寻求如何才能使人们的思想认识和精神内涵获得一个新的充满希望的境界。《赞美》大量铺叙历史与现实的深长忧患、屈辱和巨大的荒芜、毁灭，雕塑人民的"受难的形象"，并且对一个民族在抗战中奋起发出的带血的深沉的祝祷："我要以一切拥抱你，你，/我到处看到的人民呵，/在耻辱里生活的人民，佝偻的人民，/我要以带血的手和你们一一拥抱。/因为一个民族已经起来。"《赞美》在歌颂中寄寓了历史和现实的深沉的悲痛，但是在每段结束都发出"一个民族已经起来"的宏大呼声，于沉痛中爆发出悲壮的力量。

九叶诗人继承了里尔克对世界的静观默省的方式，奥登对现代人作心理探索的手法和艾略特对现实清醒的理性洞察，以及现实主义对社会人生的深刻关注的传统。诗歌的审美内涵超越了二三十年代诗歌的"说教或感伤"，把中国现代主义诗歌推向成熟的境地。九叶诗歌风格雄健深沉，改变了30年代现代派诗歌颓废萎靡的倾向。九叶诗歌的诗学价值在于体现了现代精神与中国内容的完好结合。

3.舒婷、梁小斌与朦胧诗的崛起

朦胧诗是80年代初期重要的诗歌流派。是以北京的“今天派”为核心，高扬对“文革”时代的怀疑精神和批判意识，对当代诗歌一体化美学原则进行彻底反叛和解构的一种新诗潮。朦胧诗在艺术表现上借鉴了西方现代主义诗歌的表现方法和技巧，呈现出与传统诗歌完全不同的审美风貌。为当代诗歌提供了全新的审美经验。

在某种意义上看，朦胧诗可以说是现代主义在80年代新的条件下的再出发。朦胧诗主要的审美特征是运用意象化、象征化的抒情方式，表达复杂多义的心灵情绪。

舒婷在朦胧诗群中，以女性独特的抒情方式和自我形象再现了一代人的心理情绪。她的诗歌追求和张扬个人价值与尊严。《祖国啊，亲爱的祖国》就是一首典型的意象化诗歌。

全诗运用了一系列不同时间不同空间的对立的意象，构成一个全新的祖国。同时也建构了一个全新的自我形象。梁小斌的《我热爱秋天的风光》也是运用大量有关秋天的意象，构成一种总体的象征。

4.韩东与“第三代诗歌”运动

韩东是80年代中期“第三代诗歌”的代表诗人。曾在南京创办“他们”诗社，出版民刊《他们》。第三代诗歌是打着反叛朦胧诗的旗号登场的民间诗歌运动。

在精神价值上张扬反崇高、反英雄、反文化，在艺术表现上标举反意象、反优雅、反修辞，提倡平民化的世俗还原。韩东的《有关大雁塔》《你见过大海》这两首诗就是对传统的“大雁塔”和

“大海”崇高意义的进行结构的范本，《山民》虽然写于1982年，距离第三代诗歌运动有一定的时间，但是在诗歌的主题指向和审美特征看，依然呈现出第三代诗歌的某种特征。这首诗采用了“愚公移山”的“隐形故事”结构，在对两代山民之间发生的质疑中完成了一种文化反讽。在消解诗意中发现平庸和悖谬。完全摒弃了朦胧诗的精英话语和启蒙意识。诗人对山民的悲剧采用了一种无动于衷的旁观姿态，在书写方式上和语言上不同于舒婷和梁小斌的意象诗歌，是一种口语化的叙述性的线形结构，它仅仅讲述了一种事象的状态和过程，具有某种寓言意味，实践了韩东所谓“诗到语言为止”的诗观。

海子与乌托邦写作。海子原名查海生，安徽怀宁人，1989年在山海关卧轨自杀。在80年代后期的先锋诗群中，海子是后工业文化背景中大地和乡村乌托邦的建构者，并最终以死亡来达成一种“完美性追求”的孤独而又激情的诗人。他的诗歌充溢了对农牧文明的深情眷恋。诗中反复抒写乡村大地宁静和谐、原始优美的景物和事象，力图追求生存本质。“麦地”是他诗歌中的主题性意象，也是精神家园的空间化符号。《面朝大海，春暖花开》是海子诗歌中表现对尘世生活回归意向的抒情短诗。“从明天起/做一个幸福的人”，诗人反复宣称要体验回归普通人的世俗生活。但是“明天”又是一个不确定的所指，“我只愿面朝大海，春暖花开”，这首诗意象温暖，情绪感人，语感优美。

面朝大海的孤独坚守与春暖花开的美好祝愿构成潜隐的内在冲突。这是转型时期知识分子精神结构中的乌托邦冲动。

三、现代诗歌的主要审美特征

新教材现代诗歌总体偏重现代主义倾向的作品，对于教学中的解读提出了较高的要求。解读上述诗歌和传统诗歌不同，要摒弃明确性和统一性的价值标准，应充分考虑到现代诗歌的主要美学特征。有两点尤其重要。一是现代诗歌中的现代意识。表现具有普遍意义的现代生存命题，对具体历史情境的超越、对客观现实场景的疏离、对主观抒情的逃避。二是现代诗歌主题的多义性和不确定性。由于大量运用意象、意象群和象征、暗示、变形、反讽等表现手法，造成诗歌情绪结构的跨跳性和诗思的朦胧性。

因此解读现代诗歌应具有一定的诗学积累，利用多样化解读方法创造新的阐释空间，进而感悟整体意蕴。

[原载于《学语文》2003年第1期]

中学语文教学与现代文学教育

许　德

中学语文教育作为一个热点话题，讨论的焦点在于它与文学教育的关系。这是个太大太难的题目，牵涉的方方面面很多，很难一口说定。笔者作为高校教师，以受教育者和教育者的身份分别经历过这一问题所关涉的两个方面，即基础语文教育与大学文学教育。从自己的受教育和教育他人的经历，笔者深刻感受到了两者之间客观存在的差异与矛盾。近年来，笔者从事本科生的现代文学课堂教学，以及指导中小学教师的自考论文，从中感到这种矛盾和差异不是愈来愈小，而是愈来愈大。这可能并不仅仅是个人感受，而是很多人的共识。

以现代文学为例，现代文学中的许多经典作品，如《祝福》《边城》《荷塘月色》《再别康桥》等，都曾出现在中学语文教材中。一些著名的现代文学作家，如我们通常所称的“鲁郭茅巴老曹”，中小学生或多或少都知道。但在本科文学课堂上，我们在谈到这些作家作品时，学生们的理解惊人的一致、单一，对超出他们理解范围的内容，则一律瞪着惊讶好奇的眼睛表示一无所知。再看看中小学语文教师的自考论文，主旨雷同、分析相似、语言不通的情况非常普遍。这不是危言耸听，笔者也并不否认有许多优秀的语文老师的存在，但是，我们不得不承认的一个现实是：在文学教育的过程中，思维的框架和桎梏已经形成，而它很大程度上来自中小学语文教学。它主要表现为：

其一，在中学语文教学过程中，学生对文学作品的理解趋同化、单一化。这是由应试教育制度下建立起来的语文教学方式造成的。语文试卷与数学等其他学科的试卷一样，同样要教师给出“标准答案”，答案由哪些要点构成的。因而，在对文学作品的讲授中，教师首先要培养学生抓“中心思想”的能力，而这个“中心思想”，如写作文一样是不能“偏题”的。但经典作品之所以“经典”，很大程度上是由于它们意蕴的多重性、丰富性乃至矛盾性，应试教学摒除了这种多重性，将它误诊为“混乱”“不清晰”，试图以科学思维的精确、清晰来代替文学的含蓄、模糊，将悠长、深远的审美体悟硬生生变成简单乏味的文学“认知”，因而于无形中压抑甚至扼杀了学生的想象力、幽默感、爱与悲悯的情感能力等。

其二，忽视文本的细读和语言分析，导致学生对文学语言的敏感度不足。语言是人类的存在方式，是文学作品最基础也最本质的要素。正如王尚文先生所说：“学习语言，同时也就是对沉淀于语言中的人的生命、人的意志的体验，对表现于语言中的人的生存、人的生活的认同，也就是作为人类心声的语言对具体的个别的心灵的同化。”[①]但是在中学语文教学甚至在本科中文系教学当中，教师常常忽略了对文学语言的关注。作家或作品丰富复杂的风格特征是通过语言来呈现的，但它们通常被最简单也最空洞的语言概括了。如在归纳朱自清的风格特征或他的《荷塘月色》的语言特点时，各种教材一律说“清新、优美、俊逸”，同时这几个词汇也应用在冰心身上。于是冰心和朱自清的语言特点在书面形容上是一致的，但在阅读时，读者会发现他们的风格并不相同，在词汇、句式、腔调上有很大区别。因而，这些形容词因为雷同和空洞而失去了它们形容、说明的意义及它们的特征性，但却长期被学生的考卷和论文袭用。

还有很多其他方面的表现，这里不一一讨论。靳新来先生在《新尝试新探索新冲击》一文中谈到：“我国几十年语文教学的失误恰恰在于人文精神的消遁、科学主义的泛滥。这在教材处理上突出表现为：分析日趋势精密化、准确化，用冷漠的知性分析取代生动的语文感受，用大规模的抽筋剔骨，扼杀语言的气韵和灵动。几十年的中学鲁迅教学不正如此吗？一堂堂鲁迅课下来，活生生一个鲁迅被肢解得支离破碎，抽象得面目全非。可怜的学生们没有精神的冲击，没有情感的共鸣，没有心灵的启悟，只有干巴巴的条条框框堆积在脑中。”

可以说，文学教育是一个相当宽泛的范畴，但中小学语文教育是它最重要的基础，这两者的关系非常密切。别林斯基说过，人在精神的幼年时期，不过是美好的灵魂，但那远不是实际的具体的

① 王尚文：《语文教育学导论》，湖北教育出版社1994年版，第13页。

人。但是所谓“精神的底子”是在青少年时期奠定的，它主要是通过中小学语文教育的培养形成的。因而，中小学语文教育对一个民族乃至个体的文化素养、人格内涵、审美能力有非常重要的影响。但由于多方面的原因，它们目前呈现出了较为明显的矛盾。

这些矛盾某种程度上也是由语文教学的本质所引发的。语文教学先天具备双重性，它既有文学性，又有工具性；既具备文学教育的感性，又具备科学教育的理性。语文教学要求对学生进行基本功训练，即“听说读写”，对作品的讲授着重于字词和篇章结构、文章主旨的分析。它形成了一种普遍的操作程序，如先扫除文字障碍，熟悉生字词；再分段，概括段落大意；最后总结中心思想和写作特点。同时语文教学又要具备文学教育的功能，给学生以美的熏陶和内在情感的培养。如何恰当地处理这二者之间的关系，是每一个语文教师无法回避的问题。

《高中语文新课程标准》规定课程基本理念的第一条就是：“充分发挥语文课程的育人功能，全面提高学生的语文素养及整体素质。”关键词是“育人”，以人为主。为《语文学习》杂志写作《名作重读》专栏而引发热烈讨论的钱理群先生，也曾提出我们要“建设‘立人的教育’”。鲁迅多年前提出的口号在今天并不过时，“人”的健全性和审美品格始终是文学教育包括中学语文教育的中心。

因而，针对以上这些矛盾和目标，中小学语文教学方式有待改革，教师的素质也需要提高。在教学方式上，就不能采用一般的照本宣科的方式，而要采用一种“启示”式教学方式，它与传统的“完成”式教学有很大区别。“启示”意味着一个逗号，后面还有填空或省略号等诸如此类的空白，而“完成”则是一个干干脆脆的句号。这两者的区别在于，前者认为文学不是科学，因而对文学作品的讲授不是以断言的方式进行的，它注重的是“呈现”出文学当中的种种现象，以及有趣的问题。而关于这种现象及问题的阐释，有多种答案，教材及教师不必限定某种正确答案。因而这就达到了文学教育的目的，即引发学生的思考，培养学生的感悟力、想象力及文学修养等。而后者则以下结论的方式宣告某种说法的正确性，并以其唯一性代替文学的多样性，以其绝对性代替文学的相对性。采用“启示”式的教学方式，有多种途径。例如，教师可以在讲授作品时，不简单划一，而是引导学生的发散性思维，阐发文本的多重内涵。用新颖有趣的话题引发学生兴趣，间或以课堂发问的形式引导学生思索，活跃课堂气氛，等等。

此外，在很多情况下，我们把教学当中的遗憾、失误和文学教育面临的尴尬处境推之于国家体制、学校制度或学生素质问题。但是，从某种程度上来说，教师的责任也在所难免。另外，中小学语文教材对文学作品阐释的固定化、滞后性，与学术前沿、学术热点分离。对作家及作品的阐释的不断更新，教材难免具有一定的滞后性，很难跟得上当下的学术热点问题。因而，中小学语文教师也要具有一定的学术敏锐性，要适当了解当下的学术难点、热点问题，并补充给学生，丰富学生的视野。这样可以使学生不被既定观点束缚，在思索文学现象或问题时能有自己的想法。

总的来说，教师们必须在中小学语文教学以及文学教育的宗旨、目的及意义诸方面达成共识，即必须认识到其目的之一是：给学生以“美”与“爱”的享受，给学生以“启示”，而不是“完成”；对课程内容不是“告知”，而是“展示”。文学无达诂，唯有采用“启示”式教学方式，才有希望打破僵化的教材思维对学生的钳制，而在打破的同时又能使学生的认识能力真正得到培养。

[原载于《学语文》2008年第3期]

小学语文教科书中课文删改的现状与问题分析

——以人教版六年级《语文》为例

杨　惠

教科书是教师教学和学生学习的工具，是构建师生之间“教—学”过程的桥梁，《中国大百科全书·教育》将其定义为“根据教学大纲或课程标准编制的系统地反映学科内容的教学用书”①。对于接受现代学校教育的儿童而言，教科书是他们成长过程中获得各领域知识，确立人生观、价值观、世界观的最重要、最基本来源，因此我国义务教育阶段一直非常重视教科书的编写与改革。人教版小学语文教科书作为义务教育阶段的权威性教材，多年来一直是全国多省份小学语文专用教材，培养了一代又一代少年儿童对祖国语言文字的喜爱。随着国家对义务教育以及语文教育的日益重视，人教版语文教科书在编写上也精益求精。然而这并非意味着这一教材

---

① 中国大百科全书总编辑委员会：《中国大百科全书·教育》，中国大百科全书出版社1976年版，第195页。

十全十美，尤其是2010年以来民国时期《开明国语课本》被热烈追捧的现象，更促使我们思考当前语文教科书可能存在的问题。通过对目前通行的人教版小学语文教科书的调查和研究，我们会发现一个十分重要的现象，即教科书中课文的删改问题。近年来这一现象已经日益引起包括中小学一线教师、各类教育研究机构成员、高校教育研究学者等热爱基础教育人们的广泛关注，如叶开先生在其专著《对抗语文》中就有专文论述小学语文教科书选编中存在的删改问题。针对这一现象，笔者以目前安徽省通用教材——2004年经全国中小学教材审定委员会初审通过的人民教育出版社义务教育课程标准试验教科书《语文》六年级教材（以下简称“教科书”）为基础样本进行分析。

一、语文教科书课文删改的总体情况分析

人教版小学六年级《语文》教科书共上下两册。课文具体编排情况见图1、图2：

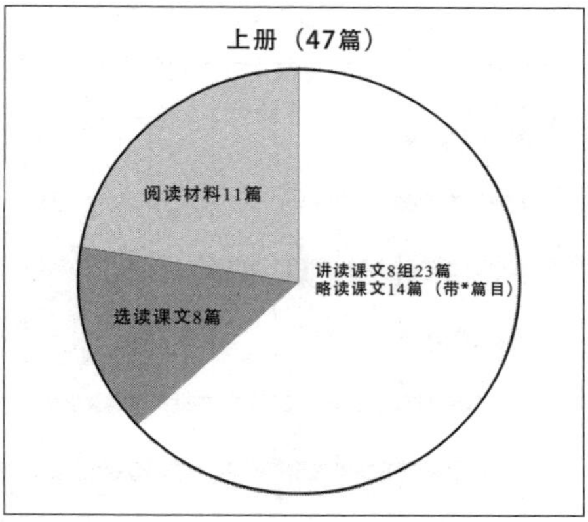

图1.1　人教版小学六年级《语文》上册课文编排和数量分布

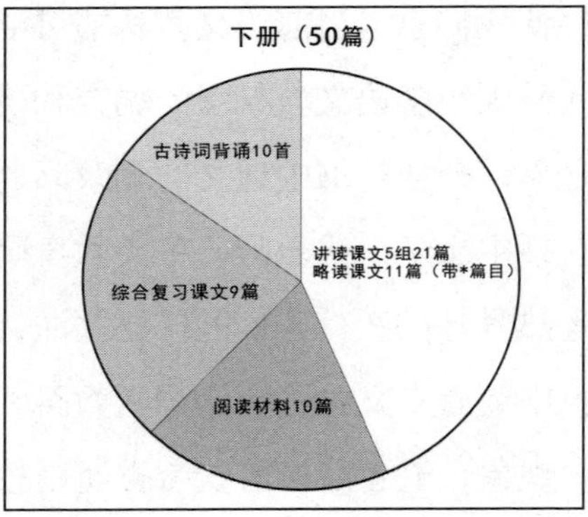

图1.2　人教版小学六年级《语文》下册课文编排和数量分布

笔者对六年级《语文》教科书上下册所有课文进行追踪溯源，尽最大可能查找课文原文或长期以来国内较为通行的版本。由于教科书中所有课文皆未标明来源出处和版权所属，而由课程教材研究所和小学语文课程教材研究开发中心共同编著的同系列《教师教学用书》也并非每一篇课文都注明最初来源，因此不是每一篇课文都能查询到原文。统计数据见图1.3、图1.4：

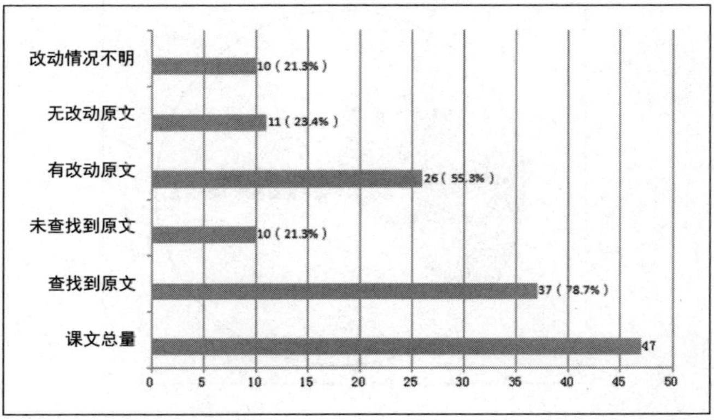

图1.3　人教版小学六年级《语文》上册课文删改总体情况柱状图

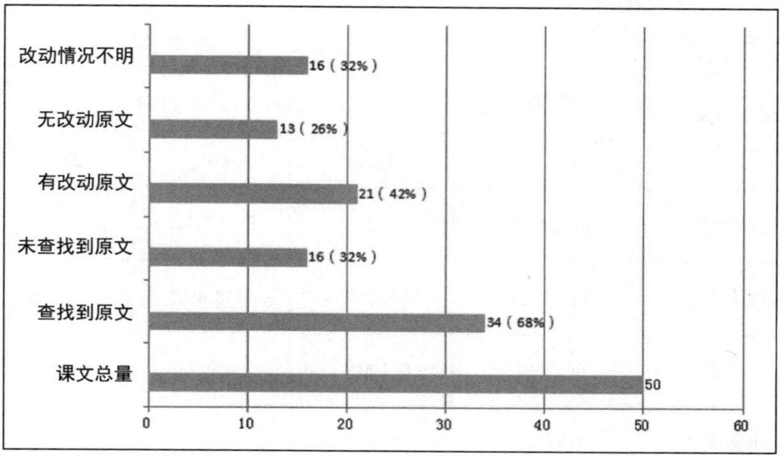

图1.4　人教版小学六年级《语文》上册课文删改总体情况柱状图

在每一册中，不同类型的课文其删改程度各有不同，见表2.1、表2.2：

课文类型	篇数（占总百分比）	删改情况统计（占各分类百分比）		
		修改	未修改	未知
诗歌类	12(25.5%)	2(16.7%)	10(83.3%)	0
散文类	29(61.7%)	20(69%)	2(6.9%)	7(24.1%)
小说类	6(12.8%)	4(66.7%)	0	2(33.3%)

表2.1　人教版小学六年级《语文》删改课文类型统计表（上册）

课文类型	篇数（占总百分比）	删改情况统计（占各分类百分比）		
		修改	未修改	未知
诗歌类	11(22%)	0	11(100%)	0
散文类	26(52%)	15(57.7%)	4(15.4%)	7(26.9%)
小说类	6(12%)	6(100%)	0	0(0%)
应用性课文	7(14%)	0	0	7(100%)

表2.2　人教版小学六年级《语文》删改课文类型统计表（下册）

由上表可见，诗歌类课文与原文相同度最高，删改率最低；由于教科书所选诗歌多数为中国古典诗歌经典，因此诗歌类课文基本保持原貌。小说类课文与原文相同度最低，删改率最高；散文类次之。

二、删改现象的具体分析

检视六年级《语文》教科书课文删改的具体情况，可分为三大类：一是字词句修改，主要表现为标题改动、字词句增删和语句顺序调整等；二是大幅度内容修改，主要表现为情节改动、内容调整、整段文字删除等，致使原文内容发生了较大改变；三是节选加改写，课文节选自某篇较长原著的一部分，并对其进行改写。而每一大类中，又包含两种不同的子情形：一种是显性的删改，即课文明确标注“本文作者×××，选作课文时有改动”或说明“本文根据×××作品改写”；另一种是隐性的删改，即只标注课文作者，不说明是否有改动或改写。如果以前一类为标准，则后一类可默认为没有删改。然而事实并非如此，笔者通过将课文与原文相对照，发现那些没有标明是否有改动的课文其实存在大量不同类型的删改。因此六年级《语文》教科书中课文的删改现象，实际情况远比它表面呈现出来的要复杂得多，至少可分为五类。（教科书中外来翻译作品的删改情况更为复杂，必须单独著文加以分类讨论，因此以下所列课文皆为中国作家作品。）

（1）显性的字词句修改。教科书指出“本文作者×××，选作课文时有改动”，与原文两相对照，课文进行了字词句的改动、增删、语句顺序的调整等。主要出现在季羡林《怀念母亲》、黄蓓佳《作文上的红双圈》、曹敬庄《索溪峪的“野”》、吴若增《军犬黑子》等课文中。

以黄蓓佳《作文上的红双圈》为例。

课文：

人生的路上有无数条轨道可走，之所以选择了其中的一条，是偶然，更是必然。[①]

原文：

人生的路上有无数条轨道可走，之所以选择了其中的一条，<u>是必然，也是偶然。</u>[②]（下划线为笔者所加，提示原文与课文的不同之处，下同）

---

①黄蓓佳：《作文上的红双圈》，课程教材研究所、小学语文课程教材研究开发中心《语文》（六年级下册），人民教育出版社2006年版，第134页。

②黄蓓佳：《作文上的红双圈》，刘崇善、李树芬主编《100名作家教你写作文秘诀》，同心出版社2005年版，第137页。

（2）隐性的字词句修改。教科书未标明是否有改动，与原文对照，课文出现改动标题、修改字词句、调整原语句顺序等现象。

仅仅改变原文标题而未改动内容的有2篇，分别是六年级上册的《少年闰土》和《致老鼠》。鲁迅《少年闰土》节选自其小说《故乡》，现标题应该是编者后加的，阎妮的儿童诗《致老鼠》原题为《鼠年·致老鼠》，但教材并未标注原题。

另有6篇课文出现了不同程度的增删字词句、调整语句顺序的现象，但教材对改动不置一词，分别是赵丽宏《山雨》、许申高《别饿坏了那匹马》、阎妮《爸爸的鼾声》、民间故事《给诗加腰》、叶君健《看戏》、林清玄《桃花心木》和老舍《养花》。

以阎妮《爸爸的鼾声》为例。

课文：

“就像是山上的小火车/它使我想起/美丽的森林/爸爸的鼾声/总是断断续续的/使我担心火车会出了轨/咦/爸爸的鼾声停了/是不是火车到站了”。[①]

原诗：

“爸爸的鼾声/就像是山上的小火车/它使我想起美丽的森林/爸爸的鼾声/总是断断续续的/使我担心火车会出了轨/咦/爸爸的鼾声停了/是不是火车到站了”。[②]

---

①阎妮：《爸爸的鼾声》，课程教材研究所、小学语文课程教材研究开发中心《语文》（六年级上册），人民教育出版社2006年版，第109页。

②阎妮：《爸爸的鼾声》，陈晓冰主编：《小学生天天诵读》（一年级），陕西师范大学出版社2009年版，第43页。

修改后的小诗删除了原诗第一句，改变了诗行，将“它使我想起美丽的森林”完整的一句断开为两句。只要稍微仔细阅读，就会发现原诗虽然短小，但每三句自成一个小节，前三句与中间三句句式相仿，构成一个完整的比喻，这正是诗歌这一文体所特有的回环往复之美，也是儿童诗中大量存在的复沓特征的体现。一旦删除了第一句“爸爸的鼾声”，不但显得突兀，而且使第一节诗句减少，不得不人为地断开“它使我想起美丽的森林”，使其一句变两句，但仍然无法与后面形成相似结构。因此改动后的诗虽然仍不失为一首想象奇特的诗，但却失去了儿童诗所特有的句式复沓、反复吟诵的特点。

（3）显性的情节内容修改。教科书指出“本文作者×××，选作课文时有改动”，与原文相对照，课文常常出现情节内容上的改动、多处整段文字的删除或篡改等，造成文意的不完整。这种现象主要出现在以下课文中：李汉荣《山中访友》、郭枫《草虫的村落》、梁衡《青山不老》、桂文亚《诗中的“秋”》、沈石溪《最后一头战象》、西雅图《这片土地是神圣的》、赵丽宏《顶碗少年》、丰子恺《手指》、老舍《北京的春节》、沙健孙《难忘的启蒙》等。

以沈石溪《最后一头战象》为例。原作主要描写了曾经功勋卓著的战象嘎羧在生命的最后关头，以高贵的死亡坚守了身为战象的荣誉，而嘎羧的饲养者波浓丁和“我”本来准备窃取象牙以发横财，在嘎羧崇高精神的召唤下，放弃了这一卑劣行为。课文则对其进行了大量改动，删改了嘎羧临终前的种种行为，删除了波浓丁和“我”的行为动机，使全文故事情节发生重大变动，造成情节上的不完整和简单化。而结尾处的删改尤为明显，在原作中，嘎羧之死净化了两个贪财之人的卑鄙念头，升华了噶羧作为最后一头战象的灵性和高贵。课文删除了这一结尾，也彻底削弱了最后一头战象的精神感召力量。

（4）隐性的情节内容修改。教科书未提出是否改动，但实际上对原文进行了大幅度修改。这种现象主要出现在以下课文中：落雪《唯一的听众》、周晔《我的伯父鲁迅先生》、阿累《一面》、李星华《十六年前的回忆》、王愿坚《灯光》等。

以周晔《我的伯父鲁迅先生》为例。作者周晔是鲁迅先生胞弟周建人先生的女儿，以侄女身份回忆自己眼中的鲁迅先生。原文总共讲述了五件事，分别是赠书给“我”、“碰壁”隐喻、除夕之夜、救助黄包车夫以及关心女佣阿三，从不同角度记述鲁迅先生的日常生活和精神风貌。但课文删除了鲁迅和家人燃放焰火共度除夕的情节，只保留了其他四个事件，这样就将鲁迅先生的形象固定在道德上关爱他人、精神上抗争不屈的层面，而删除了鲁迅先生平凡而幸福的日常生活时刻。这一删除，将鲁迅先生人为地神化为精神战士，刻意强化其斗争的一面，而消解其日常的一面，无论从人物形象的复杂性层面还是从全面理解鲁迅形象的角度，都是不妥当的。

李星华《十六年前的回忆》一文也存在类似情形。本文最初是作者在1943年为悼念父亲李大钊逝世16周年而写，1951年收入华东军区第三野战军政治部印编的《中国共产党烈士传》，原名《十六年前的回忆——纪念父亲的死，并纪念母亲》，署名“星华”。1958年当陈琮英、李星华编《烈士亲属的回忆》（中国青年出版社1958年版）一书时，身为编者之一的作者已经对原文进行了大量修改，标题也改为《十六年前的回忆》，应当可以看成是该文的最后定稿。而教科书选入时，编者对其进行了大幅度修改，且不做任何说明。

（5）显性的和隐性的节选和改写。有些原作本身较长，课文节选了其中部分内容，并对其加以标题另起、字词句修改、拼凑、捏合等多种形式的改写。教科书指出有改动的课文主要有马晨明《藏戏》、权鹏飞《和田的维吾尔人》、梁衡《跨越百年的美丽》、王克难《蒙娜丽莎之约》、叶永烈《真理诞生于一百个问号之后》等；而有修改教科书却未注明的课文主要有吴霜《我的舞台》，老舍《林海》，何其芳《一夜的工作》，王宏志《名碑荟萃》，罗广斌、杨益言《狱中联欢》。

以王宏志《名碑荟萃》为例。此文节选自作者散文《名碑荟萃——唐代书法家轶事》的前半部分，删除了大书法家虞世南、褚遂良、薛稷、怀素和李阳冰的相关内容，只保留王羲之、欧阳询、颜真卿和柳公权，而且只留存对他们书法作品的介绍，而删除了一些颇有生活情趣、能反映书法家独特性格的轶事，比如唐太宗与虞世南合写“戬”字的故事，使整篇课文变成了一篇生硬介绍从王羲之到唐代三大著名书法家他们的书法作品的说明文，完全失去了原文的活泼生动的行文特点。具体情况见表2.3：

课文	原文	出处	改动情况
吴霜《我的舞台》	吴霜《我的舞台》	《收获》1991年第3期，并收入作者多个散文集	节选散文前半部分并修改。
马晨明《藏戏》	马晨明《藏戏：古老与再生》	马晨明《西藏采访笔记》，民族出版社2001年	原文共7节，课文节选前4节并修改。
权鹏飞《和田的维吾尔人》	权鹏飞《和田的维吾尔》	周彦文、潜阳子编《当代散文精品2001》，广州出版社2002年	原文共4节，课文主要节选了前两节，将后两节内容有选择地糅合在其中。
何其芳《一夜的工作》	何其芳《回忆周恩来同志——〈中国交响乐〉第一乐章的一些断片》	《何其芳全集》第7卷，河北人民出版社2000年	节选原文第5小节并修改。
梁衡《跨越百年的美丽》	梁衡《跨越百年的美丽》	梁衡散文集《觅渡》，中国人民大学出版社2004年	删去中间部分，将原文开头和结尾部分修改后粘合在一起。
王宏志《名碑荟萃》	王宏志《名碑荟萃——唐代书法家轶事》	王宏志《龙的传人——中国历史上的一百个故事》，人民教育出版社1984年	节选原文前半部分，并删改中间部分。
罗广斌、杨益言《狱中联欢》	罗广斌、杨益言《红岩》第16章	罗广斌、杨益言《红岩》，中国青年出版社1961年	节选小说第16章前半部分并大量删改。
老舍《林海》	老舍《内蒙风光》(节选)	1963年10月13日《人民日报》	原文4节，节选其中“林海”一节并修改。
王克难《蒙娜丽莎之约》	王克难《蒙娜丽莎之约》	王克难《雾里的女人》，河北教育出版社，1995年	删除原文中间一段，改写和增添后半部分。

表2.3　《语文》课本节选、改写课文一览表

三、课文删改前后语文内涵对比分析

如此众多的原文在进入小学语文教科书后被以各种方式删改，究竟造成了怎样的影响呢？

教科书有教科书的选编原则，而义务教育阶段语文教科书由于

其教育对象的特殊性——未成年的少年儿童，因此必须选择最适合他们阅读的文本，从思想内容、情感倾向、语言表达甚至篇幅长短，都是教科书选编课文必须思考的因素。所以对所选课文进行删改的初衷是为了给学生提供最佳的阅读文本。关于这一问题，曾主持新中国第一代中学语文教科书的编选工作的大教育家叶圣陶先生说过，“选定之文，或不免须与加工。加工者，非过为挑剔，俾作者难堪也。盖欲示学生以文章之范，期于文质兼美，则文中疏漏之处，自当为之修补润色。”[①] 具体到不同作品，由于选编者的教育理念、欣赏水平、文字运用能力等各有不同，造成删改情况的千差万别，泥沙俱下。

客观而言，部分删改后的课文比原文更加适合小学生的阅读和学习。有些文章尽管非常精彩，但其中部分内容不适合作为少年儿童读本，对这类课文的删改，教科书处理得较为得当。比如课文《少年闰土》修改了标题。这一课文节选自鲁迅小说《故乡》，将《故乡》原文照搬进小学教科书显然是不合适的，而选文这一节主要回忆少年闰土及其与“我”的交往，文字清新活泼、充满童趣，非常适合作为小学课文。但节选部分并无独立名称，因此编者拟定了现标题《少年闰土》，应该说这个标题还是比较恰当的。梁衡《跨越百年的美丽》原文非常长，对于小学语文课本来说其篇幅确实不合适，因此必须有所取舍。课文删除了中间几千字的内容（具体见表2.1），也是考虑到这部分内容并不完全适合小学生阅读。

但对有所删改的课文，教科书应该明确标示，同时应在配套使

①叶圣陶：《课文的选编——致人教社中学语文编辑室》，《叶圣陶集》（第16卷），江苏教育出版社2004年版，第157页。

用的教师教学用书中补充原文并说明改动理由，以帮助教师备课，从而通过丰富授课教师的知识来更好地为教学服务。不能对修改情况隐而不说，这样容易误导学生，使学生以为改动后的课文即为原文，不但造成学生在知识学习上的误差，也使学生对原作者及其作品产生不应该有的误读甚至偏见。仍以《少年闰土》为例。教科书只标明课文作者为鲁迅，而对标题未作任何说明，这是不妥当的，因为鲁迅并无任何一篇作品名为《少年闰土》。同时，这样的行为也不利于从小树立孩子们的知识产权意识和法律意识，这与培养适应社会主义法治国家合格公民的教育目标也是不相符的。

然而更普遍的情况是，删改后的课文从语法的规范性、语境的和谐性、情节的完整性、风格的独特性、文化内涵的深刻度以及学生阅读的能力水平甚至愉悦度等角度来考察，总体上呈现出不同维度的偏差。

1. 语法规则的失范

“语法是词、短语、句子等语言单位的结构规律。”[①]现代汉语的语法规则是现代汉语在使用过程中逐渐形成的具有稳固性特征的规律性用法。义务教育阶段“语文课程致力于培养学生的语言文字运用能力”[②]，而学习规范的语法规则是形成语言文字运用能力的重要基础。然而六年级《语文》教科书中有些修改不仅没有使原文更完美，反而破坏了成形的语法规则，使儿童无法正确理解和学习语法规范。

① 黄伯荣、廖序东：《现代汉语》（下），高等教育出版社2002年版，第1页。

② 中华人民共和国教育部：《义务教育语文课程标准2011年版》（2012-02-06）

以季羡林《怀念母亲》为例。文章选自季羡林长篇回忆录《留德十年》的第十一章“怀念母亲”。

课文：

在我大学二年级的时候，母亲弃养，只活了四十多岁。我痛哭了几天，食不下咽，寝不安席。我真想随母亲于地下。我的愿望没能实现，从此我就成了没有母亲的孤儿。一个缺少母爱的孩子，是灵魂不全的人。我怀着不全的灵魂，抱终天之恨。一想到母亲，就泪流不止，数十年如一日。[①]

原文：

在我大学二年级的时候，母亲弃养，只活了四十多岁。我痛哭了几天，食不下咽，寝不安席。从此我就成了没有母亲的孤儿。我怀着不全的灵魂，抱终天之恨。一想到母亲，就泪流不止，数十年如一日。[②]

在原文中，对于母亲的去世，季羡林用“我痛哭了几天，食不下咽，寝不安席”一句来表达自己的失母之痛，而编者添加了“我真想随母亲于地下。我的愿望没能实现”，其主观意图大约是想加强作者失母之痛的程度，但实际上不但没有达到效果，反而造成了双重过错。第一，制造了病句。“我真想随母亲于地下”是一个似是而非的病句，主语“我”，谓语“想”，“随母亲于地下”是一个介词结构，不可以做宾语，因此本句宾语残缺。“想”作为表示心

① 课程教材研究所、小学语文课程教材研究开发中心：《语文》（六年级上册），人民教育出版社2006年版，第22页。

② 季羡林：《留德十年》，中国人民大学出版社2004年版，第50页。

理活动的动词，可以携带名词宾语或谓词性宾语（即动词或动词短语），而“随母亲于地下”这个介词结构中缺少动词，要想使句子成立，必须补充动词，如“我真想随母亲（长眠）于地下”或“我真想随母亲于地下（长眠）”。第二，违背了常理。“我的愿望没能实现”紧承前一句，则“我的愿望”指的就是“我真想随母亲于地下”，其实无论是生活常识还是文学语言，所谓“真想随母亲于地下”只是夸张地表达自己的失母之痛，而非“我”的“愿望”。

2.原初语境的失衡

一篇优秀的文学作品，不仅在于字词句的通顺和中心主题的简单传达，还有一种融贯在文字之间的和谐之美，使全文具有统一的情感基调。而教科书中有些删改则破坏了原文语境的统一与和谐，造成语境的失衡。

以曹敬庄散文《索溪峪的“野”》为例。

课文：

走进张家界的索溪峪，脑子里只剩下一个字：野。

山是野的。索溪峪的山，是天然的美，是野性的美。[①]

原文：

一走进张家界索溪峪，脑子里一切意念都净化了，单单地剩下一个字：野。

山是野的。桂林太秀了，庐山太俊了，泰山太尊了，黄山太贵了——它们都已经“家”化了。人工的雕琢，赋予的毕竟

① 课程教材研究所、小学语文课程教材研究开发中心：《语文》（六年级上册），人民教育出版社2006年版，第11页。

是人工的美，是不能与索溪峪的山比美的。索溪峪的山，是天工的美，而这种天工的美，是野性的美。[①]

原文第一句与课文相比，虽然只多了一个“一”字，但引起的心理感受却是大相径庭的，“一……便……”的词语搭配其作用相当于“一……就……”，表示两个动作紧接着发生，有一种紧凑、急迫之感；在这里表达的是刚刚进入张家界索溪峪，就立刻产生一种被吸引的心理状态；而少了这个“一”字，便失去了这样骤然之间的心理变化。

原文为了突出索溪峪的山美在“野”，用桂林的“秀”、庐山的“俊”、泰山的“尊”和黄山的“贵”来对比，不仅有气势，而且对比效果更强烈。这四处的山都是中国著名的风景胜地，名气比索溪峪大得多，然而作者认为它们要么太秀气了，要么太俊俏了，要么太尊贵了，要么太华丽了，人类活动的痕迹比较明显。与之相比，索溪峪的山则较少人为的因素，更有一种天然的野性之美，更加自由自在，更加随心所欲，两相对比中凸显出了索溪峪之野性美。而课文删去这几句，则缺乏对比和铺垫，直接进入对索溪峪之“野”的描写，使“野性”变成人为强加的概念，显得较为突兀、生硬。

3.故事理解的失误

故事情节的完整、有趣往往能够吸引儿童主动阅读并自觉从中接受教育，而教科书中有些删改则破坏了故事情节的完整性，导致原文情节和内容发生偏离，造成了学生理解上的偏差。

---

① 曹敬庄：《索溪峪的“野”》，尚立昕、向延振主编《张家界市情大辞典》，民族出版社2001年版，第1076页。

以沈石溪《最后一头战象》为例。

课文：

在搬运战象的尸体时，人们发现一头浑身是血的公象还在喘息，就把它运回寨子，治好伤养了起来。村民们从不叫它搬运东西，它整天优哉游哉地在寨子里闲逛，到东家要串香蕉，到西家喝筒泉水。

它叫嘎羧，负责饲养它的是波农丁。[1]

原文：

曼广弄寨的民工在搬运战象的尸体时，意外地发现有一头公象还在喘息，它的脖颈被刀砍伤，一颗机枪子弹从前腿穿过去，浑身上下都是血，但还活着。他们用八匹马拉的大车，把它运回寨子。这是唯一幸存的战象，名叫嘎羧。好心肠的村民们治好了它的伤，把它养了起来。

我一九六九年三月到曼广弄寨插队落户时，嘎羧还健在。它已经五十多岁了，脖子歪得厉害，象嘴永远闭不拢，整天滴滴答答地淌着唾液；一条前腿也没能完全治好，短了一截，走起路来踬踬踬踬；本来就很稀疏的象毛几乎都掉光了，皮肤皱得就像脱水的丝瓜；岁月风尘，两支象牙积了厚厚一层难看的黄渍。它是战象，它是功臣，受到村民们的尊敬和照顾，从不叫它搬运东西。它整天优哉游哉地在寨子里闲逛，到东家要串香蕉，到西家喝筒泉水。

① 课程教材研究所、小学语文课程教材研究开发中心：《语文》（六年级上册），人民教育出版社2006年版，第121页。

我和负责饲养嘎羧的老头波农丁混得很熟，因此和嘎羧也成了朋友。①

原文首先详细介绍了噶羧（原文为“嘎羧”）严重的伤情，紧接着从“我”的眼中来看年老的噶羧，用一个非常长的复句来分别介绍噶羧的嘴巴、前腿、皮毛和象牙，通过“我”20多年后见到噶羧可怜的外表的描写，再次让人联想到多年前那场战斗的惨烈以及噶羧受伤之严重，它其实是一头由于勇敢战斗而失去了正常生活的令人尊敬的战象，从而顺理成章地过渡到下文村民们对它的照顾。而课文则完全删去这些句子，直接写起噶羧悠闲的生活，让人误会噶羧仅仅是一头凭借战功不劳而获的家伙。

“我和负责饲养嘎羧的老头波农丁混得很熟，因此和嘎羧也成了朋友。”这一句既交代了噶羧的饲养者波农丁，也说明了“我’为什么能够接近噶羧，因为“我”和波农丁熟悉，才可能成为噶羧的朋友从而接近它，为下文写“我”为噶羧寻找象鞍和观察噶羧之死做了铺垫。而课文则只简单介绍噶羧的饲养者，略去了“我”，则下文“我”的出现就显得莫名其妙了。

4.作家风格的失色

大部分原文尤其是经典作品，是基于作者写作时的语境和习惯，保留了独特的时代风貌和作家个人的风格特点。也许它们并不完全符合现代汉语表达习惯和现代生活方式，但正是这些经典作品，保存了汉语发展的阶段性特点，提供了语言表达的多重可能性，构成了文学史的百花齐放、千姿百态。虽然语文学习的目的之

① 沈石溪：《最后一头战象》，浙江少年儿童出版社2008年版，第10页。

一是掌握祖国语言的规范和标准的面貌，但如果片面理解所谓“规范化”和“标准化”，将其作为学生学习语言的唯一目标，则会扼杀文学语言的多样性和丰富性。有些课文虽然只是对原文的字词句做了简单删改，但却失去了原作者独有的风格特点，从一篇个人风格明显的创作变成了一篇中规中矩的习作，导致作家创作风格的失色。如果学生只能永远读到千篇一律、四平八稳的规范性文字，长此以往将会降低学生对“绝妙好辞”的领悟能力，最终降低的是学生的语文素养，这反而从根本上违背了课程标准和教育的基本原则和精神。

以老舍《养花》为例。此文原载于1956年10月21日的《文汇报》，后收入老舍文集。六年级《语文》下册作为“综合复习”材料收入。

课文：

在我的小院里，一到夏天满是花草，小猫只好上房去玩，地上没有它们的运动场。

花虽然多，但是没有奇花异草。珍贵的花草不易养活，看着一棵好花生病要死，是件难过的事。北京的气候，对养花来说不算很好……[1]

原文：

在我的小院子中，到夏天，满是花草，小猫儿们只好上房去玩耍，地上没有它们的运动场。

---

① 课程教材研究所、小学语文课程教材研究开发中心：《语文》（六年级下册），人民教育出版社2006年版，第154页。

> 花虽多，但无奇花异草。珍贵的花草不容易养活，看着一棵好花生病欲死是件难过的事。我不愿时时落泪。北京的气候，对养花来说，不算很好……”①

这里的改删改主要表现为两种形式：

第一，修改语句。老舍写作喜欢使用短句子，读起来干净利落，“到夏天，满是花草”这样的短句正是老舍常用的句式，教材改为“一到夏天满是花草”，虽然并无不可，但显得四平八稳、毫无特色，失去了老舍特有的语言风格。将“小猫儿们”改为“小猫”更是不妥，首先，“儿话音”是北京方言的一个重要特色，老舍是土生土长的老北京人，使用“儿话音”再正常不过。其次，老舍先生家里养猫，而且不止一只，他为此还特意写过一篇散文《猫》。所以，原文中说“小猫儿们”恰恰是既符合老舍身份又体现老舍家居生活的活生生的语言。

第二，删除原文。原文中“我不愿时时落泪”一句被完全删除。这句话是紧承着上文“看着一棵好花生病欲死是件难过的事”又开启下文“北京的气候，对养花来说，不算很好……”，其实是用夸张的语言表达自己不养奇花异草的原因，这是老舍特有的老北京式的幽默。将这一句删掉，则失去了老舍散文所独有的幽默特征。

5. 文化内涵的失落

通过学习既有趣又有文化内涵的文章，寓教于乐，使学生接受

---

① 老舍：《养花》，舒济编选《老舍散文精编》，人民文学出版社1994年版，第230页。

思想和文化上多方面深层次的教育，从而最终建立既有科学理性又有人文情怀的现代文化观，这是现代学校教育的必然使命。然而教科书中有些课文的删改，则使原本具有深厚文化内涵的文章变为单一向度的理解，导致文化内涵由重变轻甚至失落无几。

以老舍《北京的春节》为例。此文原载1951年1月《新观察》第2卷第2期，后收入老舍文集。原文充满感情地回忆了老北京春节期间的种种风俗，是兼具文学性和民俗学意义的上佳之作，六年级下册《语文》教科书第二单元选入这篇文章本也是这个用意，单元学习导语中说道："不同的地区、不同的民族，都有着自己独具特色的民风民俗。不一样的节日，不一样的穿着，不一样的食物，不一样的民居……生活中的点点滴滴，无不体现出丰富多彩的地域特色，无不展示着民族文化的独特魅力。……学习本组课文，了解课文表现出来的不同地区、不同民族的民风民俗，体会作者是怎样写出民俗特点的。"[①]而教科书却将其中与宗教和传统风俗有关的文字全部删除。

课文：

照北京的老规矩，春节差不多在腊月的初旬就开始了。"腊七腊八，冻死寒鸦"，这是一年里最冷的时候。在腊八这天，家家都熬腊八粥。粥是用各种的米，各种豆，与各种的干果熬成的。这不是粥，而是小型的农业展览会。[②]

---

① 课程教材研究所、小学语文课程教材研究开发中心：《语文》（六年级下册），人民教育出版社2006年版，第23页。

② 课程教材研究所、小学语文课程教材研究开发中心：《语文》（六年级下册），人民教育出版社2006年版，第24页。

原文：

按照北京的老规矩，过农历的新年（春节），差不多在腊月的初旬就开头了。“腊七腊八，冻死寒鸦”，这是一年里最冷的时候。可是，到了严冬，不久便是春天，所以人们并不因为寒冷而减少过年与迎春的热情。在腊八那天，人家里，寺观里，都熬腊八粥。这种特制的粥是祭祖祭神的，可是细一想，它倒是农业社会的一种自傲的表现——这种粥是用所有的各种的米，各种的豆，与各种的干果（杏仁、核桃仁、瓜子、荔枝肉、莲子、花生米、葡萄干、菱角米……）熬成的。这不是粥，而是小型的农业展览会。①

原文对腊八粥有非常详实的介绍，包括熬粥的地点、目的和所需食材，帮助儿童在饶有兴味的阅读中自然而然地了解腊八粥及其民俗内涵，而课文将这些内容全部删除。也许在编者看来，凡是提到寺庙、道观、祭祀祖先神灵等文字，都带有祖先崇拜、宣传宗教、宣扬封建迷信的意味。其实这种狭隘的处理方式实际上割裂了中国农业社会中各种古老时令节日与节日背后的传统文化的联系，对传承民族传统文化极为不利。

再来看涉及民族传统反思的课文。马晨明的《藏戏》原文在浓墨重彩地介绍了藏戏之后，将其与西方戏剧进行了简单的比较，对藏戏冗长、拖沓、千百年来一成不变的状态进行了反思。这本是一种非常客观的比较，教会孩子们学习如何用一种开放而理性的态度

① 老舍：《北京的春节》，舒济编选《老舍散文精编》，人民文学出版社1994年版，第226页。

在现代文明社会中重新认识、保护和发展民族传统文化，但却被删除了。这种盲目而简单化的民粹主义立场恰恰是一种文化心态上的保守和自卑，对于民族传统文化在全球化和网络化形势下的保护和传承是不利的。

6. 审美领悟的失语

学生通过大量阅读优秀的文学作品，体会文字所带来的丰富想象和美感体验，逐步提高他们感知文学和生活的审美能力，最终使他们成长为思维健全、人格健康的现代公民。教科书中有些删改虽然并不影响原文意思的传达，却明显低估了学生的理解能力，客观上降低了学生的阅读能力，最终导致审美上的失语症。

以许申高《别饿坏了那匹马》为例。

课文：

他认真地看过马草后，冲里屋叫道："碧云，你出来一下！"闻声走出一个姑娘，可能是他的妹妹吧。"碧云，咱家的那匹马正缺马草，收下这孩子的马草。"他盯着姑娘茫然的眼睛，命令道，"听见没有？快把马草提进去！"姑娘接过我的马草，提进了里屋。[①]

原文：

他认真地看过马草后，冲里屋叫道："碧云，你出来一下！""碧云，老爸不是有一匹马吗？收下这孩子的马草。"他盯着姑娘茫然的眼睛，以哥哥的口吻命令道，"听见没有？快

① 课程教材研究所、小学语文课程教材研究开发中心：《语文》（六年级上册），人民教育出版社2006年版，第45—46页。

把马草提过去!”姑娘木然地接过我的马草，提进了里屋。[1]

这里最主要的改动在于增添了一句“闻声走出一个姑娘，可能是他的妹妹吧”。编者的本意大约是想提醒读者，这个“碧云”应该是“他”的妹妹，但其实原文紧接着说他“以哥哥的口吻”命令碧云，这不恰恰是用一种更加简洁的方式在暗示“碧云”的身份吗？这篇课文的阅读对象是六年级学生，一个六年级的学生是否连这么简单的暗示都看不懂，以至于一定要在人物一出场时就先表明其身份呢？《义务教育语文课程标准》(2011年修订版）中关于语文课文课程的培养目标，对小学五至六年级共提出8条阅读目标，其中第4、5两条分别是：“4.联系上下文和自己的积累，推想课文中有关词句的意思，体会其表达效果。5.在阅读中揣摩文章的表达顺序，体会作者的思想感情，初步领悟文章基本的表达方法。在交流和讨论中，敢于提出自己的看法，作出自己的判断。”可见学习从上下文的关系中理解课文，正是五至六年级孩子应该具备的阅读素养。对于原文中这个并不复杂的暗示，稍微具备一点家庭伦理常识的人都能懂得，并不需要格外提醒。如果人物的介绍只能用一种固定的方式，即一定要在人物一出场时就正面表明其身份，那么不同作家、不同文体、不同表达方式的魅力和风格都将消失殆尽，长此以往学生阅读和欣赏文字的能力必将大大降低。

而有些删改则破坏了原文的审美意境，降低了读者的审美体验。以赵丽宏《山雨》为例。

---

①许申高：《别饿坏了那匹马》，慕容秋主编《经典美文2》，内蒙古人民出版社2006年版，第220页。

课文：

雨声里，山中的每一块岩石，每一片树叶，每一丛绿草，都变成了奇妙无比的琴键，飘飘洒洒的雨丝是无数轻捷柔软的手指，弹奏出一首又一首优雅的小曲，每一个音符都带着幻想的色彩。[①]

原文：

雨声里，想起了李商隐的诗："潇洒傍回汀，依微过短亭。气凉先动竹，点细未开萍。稍促高高燕，微疏的的萤……"仿佛就是写着我此刻的感觉。雨，使这山中的每一块岩石，每一片树叶，每一丛绿草，都变成了奇妙无比的琴键，飘飘洒洒的雨丝是无数轻捷柔软的手指，弹奏出一阕又一阕优雅的、带着幻想色彩的小曲……"此曲只应天上有"呵！[②]

可以看出课文删掉了原文中两处引用的唐诗，第一处来自李商隐的五律《细雨》，第二处来自杜甫的七绝《赠花卿》。其实仔细分析，这两首诗与上下文相当契合，李商隐《细雨》细致地描绘了细雨中的曲流、小亭、绿竹、浮萍等景物，细腻地捕捉了细雨中的自然之美；而赵丽宏在后文中写得也正是细雨中的岩石、树叶、绿草等自然景物，因此才说"仿佛就是写着我此刻的感觉"。而细雨落在不同物体上发出不同的声音，作者将其比喻为"小曲"，所以引用杜甫诗句"此曲只应天上有"，其效果是双重的，一方面这是形容音乐的千古名句，另一方面这是雨弹奏出的音乐，岂不恰恰是

---

① 课程教材研究所、小学语文课程教材研究开发中心：《语文》（六年级上册），人民教育出版社2006年版，第5页。

② 赵丽宏：《山雨》，《赵丽宏专集望月》，同心出版社2013年版，第88页。

"天上之曲"吗？可以说此处引用可谓恰如其分、一石双鸟，并非刻意的掉书袋。从文学欣赏角度看，两首诗营造了一种细腻、优雅、感伤的古典氛围；从教学角度看，可以帮助学生扩大古诗词阅读范围以及学习如何将古典诗词运用到现代文写作中。《义务教育语文课程标准》（2011年修订版）中关于教科书的编写建议中第9条明确提到，"教科书要有开放性和弹性。在合理安排基本课程内容的基础上，给地方、学校和教师留有开发、选择的空间，也为学生留出选择和拓展的空间，以满足不同学生学习和发展的需要。"其中小学五至六年级的"学段目标与内容"的第8条明确指出"扩展阅读面。课外阅读总量不少于100万字。"这两首唐诗既可以引导学生做有的放矢的课外阅读，也可以给学生以充足的拓展空间，从而满足学有余力的学生发展的需要，从而帮助学生建立高水平的审美领悟力，删除实属可惜。

通过对人教版小学六年级《语文》教科书课文删改情况的具体分析，笔者认为，教科书删改应该在充分理解义务教育原则和语文课程标准的基础上谨慎为之。教育部制定的《义务教育语文课程标准》（2011年修订版）对义务教育阶段语文课程的基本理念是这样表述的："九年义务教育阶段的语文课程，必须面向全体学生，使学生获得基本的语文素养。语文课程应激发和培育学生热爱祖国语文的思想感情，引导学生丰富语言积累，培养语感，发展思维，初步掌握学习语文的基本方法，养成良好的学习习惯，具有适应实际生活需要的识字写字能力、阅读能力、写作能力、口语交际能力，正确运用祖国语言文字。语文课程还应通过优秀文化的熏陶感染，促进学生和谐发展，使他们提高思想道德修养和审美情趣，逐步形成良好的个性和健全的人格。”也就是说，语文课的目的是“使学生获得基本的语文素养”，最终达到“逐步形成良好的个性和健全的人格”的育人目标。面对这样的语文课程教育理念，教科书的编选应该有原则、有眼光、有担当，首先对选择什么样的文章进入教科书慎重为之，其次对已经满足要求而选入的课文，是否删改和如何修改更要慎之又慎。

第五辑

中国现当代文学教学与专业班主任、研究生教育经验

新形势下高校专业班主任工作探讨

叶永胜

高校学生管理工作是高校教育工作的重要内容，是人才培养的重要途径。新中国成立以来，高校较为通行的学生管理模式是设置政治辅导员制度，有些高校实行班主任管理模式，主要对学生进行思想政治管理。辅导员或班主任成为思想政治教育的主要力量。随着社会主义市场经济的发展，高等教育改革的逐步深入，大学生教育管理工作面临许多新的挑战。在这种形势下，2004年8月，中共中央、国务院发出《关于进一步加强和改进大学生思想政治教育的意见》。教育部为贯彻落实这一文件精神，出台了《关于加强高等学校辅导员班主任队伍建设的意见》（以下简称《意见》），要求从加强学生管理队伍的建设方面来加强新时期的学生管理工作。《意见》指出："加强辅导员、班主任队伍建设，是加强和改进大学生思想政治教育和维护高校稳定的重要组织保证和长效机制，对于全面贯彻党的教育方针，把大学生思想政治教育的各项任务落到实处，具有十分重要的意义。”[①]

大学生管理教育工作，不仅要抓思想政治教育，也不能忽视学业教育，二者之间具有互相促进作用。因此，在新的形势下，大学生教育工作提出了“专职辅导员+专业班主任”的管理模式设想。根据教育部《意见》，按学生数200：1的比例配备专职辅导员，每个班级（60人左右）配备一名班主任。辅导员建立专业队伍，班主任以专业教师兼任，形成既有分工又协同工作的双重管理模式。关于辅导员的思想政治管理工作已有很多人撰文研究，本文主要探讨专业班主任的工作开展。

按照目前高校情况，专业班主任多是在青年骨干教师中选拔政治素质好、专业知识技能强、有一定的组织管理能力、身体健康的教师担任，分阶段全面负责班级学生的综合素质教育和专业知识学习。他们具有较为广博的科研知识、较为丰富的教学经验，对专业发展方向比较清楚，能够弥补辅导员年轻、专业上无经验的缺陷。

长期以来，大学阶段的教育管理工作主要是抓大学生的思想政治工作，而对专业学习、技能培养关注得较少。人们在认识上和实际工作中，习惯把“教书”和“育人”看作分离的、独立的两种教育实践活动。辅导员工作只简单理解和落实为对学生进行思想政治教育；专业教师在课堂上只进行知识的讲解、传授，育智不育德或者重智轻德，课后也很难有师生互动。大学生的教育管理工作应该

---

①《教育部关于加强高等学校辅导员、班主任队伍建设的意见》，教育部法制办公室编《中华人民共和国教育法律法规规章汇编》，华东师范大学出版社2010年版，第667页。

是在专业知识、技能的学习中进行思想政治教育，在思想政治教育的指导下进行专业学习，两者不能孤立进行。现在让专业教师来担任班主任工作，能够将教书和育人工作结合起来，达到优化教育资源、促使学生健康成长的目的。

近年来高校的发展给管理工作带来了一些新问题。由于扩招，学生人数增多，教育理念由精英化向大众化教育转型；毕业人数逐年增多，就业压力明显加重。在这种情形下，学生不知道如何有效地进行学习，不知如何设计自己的大学生涯和人生前景，陷入迷惘、纷乱之中。随着互联网的发展，网络、游戏等众多娱乐形式对学生形成巨大诱惑。这些导致了一部分学生疏于学习，无法完成专业培养计划，退学或者延期毕业，造成了家长的极大精神负担，也增加了社会的不稳定因素。因此，大学生活中，加强对学生学习能力的培养和管理、督促，与政治道德教育同等重要。

为满足新形势下高校学生培养工作的需要，改革教育教学模式，提高教育教学质量，培养合格的大学生，在班级设置专业班主任是一个重要的举措。专业班主任工作分为专业的教育教学和政治思想综合素质的培养。前者主要对学生进行学习指导、专业定位、科研活动等方面的教育、引导，帮助学生全面了解专业学科知识体系，制定合理科学的学习计划，引导学生树立专业理念，培养自学能力和科研创新能力。后者主要是配合专职辅导员进行思想教育工作，了解学生的思想状况，对一些突出的、重要的问题有针对性地进行教育和引导，帮助学生树立正确的世界观、人生观和价值观，为学生的人生导航。笔者担任了所在学校中文专业的班主任，在实际工作中，主要从以下几个方面着手，分层次分阶段开展工作。

一、进行适应教育，完成角色转换

在大一阶段，主要对新生进行入学教育，引导学生尽快适应大学学习生活，实现角色转换。新生进入学校，面临着自然环境、人际环境、管理环境的适应问题，特别是学习环境发生了很大变化：学习内容和高中脱节太大，学习方法转变，不能适应；没有固定教室上课，自修没有人督促，茫然无所从，导致沉湎于游戏；不知道学的课程有什么用，或者不知道学什么重要；在学分制下，出现“同班不同学、同学不同班”现象，同一班级的学生在学习的内容、进度、时段、场所不再一致，生活和学习上趋向个体化、微观化、动态化、复杂化特征。[①]针对这些情况，班主任需要对学校培养方案进行详解，提供认知支持、专业支持、技能支持；深入课堂和宿舍，督促学生学习；定期开班会，及时与学生进行交流，关注学生的心理状况，掌握学生的思想动态；在学生和专业授课教师之间进行沟通工作；培养、激发学生的自我管理、自我教育意识，帮助他们完成自我适应及定位。

二、进行学风建设，摆脱迷惘心态

大学的班主任是一个特殊的群体，既不能将其等同于中学的班主任，也不能等同于学生政治辅导员。班主任是知识的传授者、学习的发动者，是学生的长者、朋友和管理者。因此，工作中以学习为中心，重点从班风、学风建设入手，指导和改进学生的学习方法、培养学生的学习兴趣、营造良好的班级学风，从而提高学生的

① 段兴利等：《大学新生入学适应问题浅析》，思想理论教育导刊2008年第4期，第68—70页。

学习成绩，培养良好的专业技能，促进学生的成长成才。

班主任要关注学生中存在的问题，做好思想工作，从源头上提高学生对学习重要性的认识。据笔者调查，相当一部分学生对自己的专业并不是十分喜欢，一些学生是被二志愿录取的，有些当初选填专业志愿时并不清楚自己的专长，对专业也没有清楚的认识，这样在学习中就产生了对专业学习的迷惘心态，学习愿望不强烈，对就业前景普遍信心不足。针对这种情况，班主任要有针对性地开展工作，详细介绍专业培养方案，让学生了解专业学习内容，明确就业方向，特别是通过对历届毕业生的就业、创业情况的通报，以典型事例激发他们的信心和豪情壮志。还有一些因复读而考取的学生，对自己的学习能力不自信，对未来期望不高。对于这些学生，班主任要通过真实的事例来做他们的思想工作，使他们认识到，能进入大学读书，就已经充分证明了自己的实力，未来仍然把握在自己手中，奋发图强、后发制人的例子比比皆是。班主任要通过类似的思想工作，让学生恢复信心，积极投入到学习和集体活动中去。

三、实施过程考核,强化学习管理

在学分制下，一些学生失去了中学阶段的竞争意识，平时不听课，考前突击强记，考试只要通过就行。笔者注意到，考试成绩差的学生，参加活动的积极性也不强，平时不是睡觉，就是沉醉于游戏，或者迷恋一些格调不高的网络文学，多呈现出萎靡不振的状态；相反，成绩好的学生并不是死读书，他们非常有活力，积极参加和组织各种活动，注重能力培养，综合素质很高。针对这种情况，班主任需要对班级学生进行全员全程地学习指导和考核，加强学习管理。

班主任要配合任课教师，加强课堂到勤考核，并经常性地深入课堂听课，了解学生上课状态；经常性地到宿舍随访，了解学生在没有课的时候干什么，要坚决杜绝学生沉湎网络、游戏等不良习惯。日常性的考查结果和学年的评优评奖挂钩。通过经常性地考核，形成过程化管理，使学生养成良好的学习习惯。良好的学习习惯和方法形成之后，学习工作的开展就会事半功倍。各次考试后的工作总结和鼓励也很重要，尤其对那些有进步的学生要肯定、表扬，对有明显滑坡的学生要了解情况，做好思想工作。

除了这些长期性的日常工作，班主任还需要按照工作的不同阶段制定相应的工作计划和任务。大二阶段，主要加强对基础理论课程学习的指导，强化学生自主学习意识；指导学生参加英语四、六级考试，以及根据培养方案指导学生在学分制下如何选课。学分结构体系是整体性的，学生如果不理解其内在联系，会造成片面追求学分，只去选择那些容易得分的课程，肢解知识结构体系。专业班主任的指导，可以避免学生思想认识上的混乱。大三、大四阶段，班主任主要发挥学业导师作用，对学生提供专业发展上的帮助，进行热爱专业教育，注重学生的专业学习兴趣和积极性的培养、学习能力的培养，进行专业背景、前景的介绍和职业生涯的规划教育；通过指导专业实习和毕业论文（设计）选题，指导学生创新实践；提供考研复习与就业指导，提高学生自主创新能力。

为了更好地开展工作，班主任要定期组织学生进行学习经验交流活动，让他们在交流过程中寻找差距，互相帮助、互相学习、互相磋商，取长补短，提高学习效率；要定期组织主题班会，开展丰富多彩的班级活动，寓教于乐，潜移默化，促进班风学风建设。

四、进行创新教育，规划职业生涯

大学阶段不同于中学阶段的一个方面，在于它要激发学生的科研兴趣、培养一定的科研能力。因此，在稳定学生学习的前提下，要进行创新概念教育，让学生确立自我发展目标，制定实现目标的学习方案。班主任每学期要组织开展几次学术引导和专业指导活动，组织学生参加学术报告活动，营造浓厚的学术、学习氛围；鼓励学生和授课教师之间的学习交流，开展课程论文和学年论文评优活动，激发学生科研的兴趣，积极加入到教师的科研活动中去，进行规范训练，初步培养从事科学研究的方法，锻炼能力。

另外，班主任要指导学生进行职业规划，鼓励学生设计自己的未来。目前，大学生就业问题严峻，早做规划，充分准备，可以提高职业竞争力，发现新的职业机遇。班主任可以结合“全国大学生创业设计大赛”活动，激发学生兴趣，鼓励学生积极参与。通过创业设计和职业规划，可以让学生全面了解自我，准确评价个人资质，定位职业方向，确立人生目标；明了自己的强项，可以在未来的职业竞争中发挥优势；了解现状和目标的差距，可以产生动力，不断完善自己，使个人价值增值。由此，也可引导学生进一步有目标地学习，加强专业知识积累，提高专业技能。

班主任面对的是60人左右的班级，能够从微观上了解每一个学生，能够有效促使素质教育观念的落实，顺应学生个性的发展和创造能力的培养，因材施教；从专业出发，从社会需求出发，根据学生各自的特长、兴趣和爱好，选择最有利于其自身发展的道路，以培养高素质、复合型的人才。

班主任和辅导员工作既明确分工，又相互协作，工作中各有侧重，又整体一致。辅导员更多的是从“面”上进行思想教育，班主任工作更为细致，是“点”上的工作，二者点面结合，有利于学生思想政治教育工作的顺利开展，有利于进一步加强和指导学生的专业学习，促使学生健康成长。辅导员和班主任是同一系统不同层面上的学生管理工作的骨干力量。虽然分工有所不同，但工作有一个共同点，都应该树立“以学生为本”的教育理念，把学生的健康成长纳入工作视野，强化服务意识，一切为学生着想，创造性地组织学生的学习活动，给予学生专业上的有效指导，及时了解并帮助学生解决思想上和学习、生活中存在的问题、学生普遍关心的问题以及迫切需要解决的问题，主动贴近现实，强化对学生的情感体验，使教育真正成为关注人、理解人、尊重人和发展人的活动。班主任通过自己的辛勤劳动，加强和改进大学生教育管理工作，意义非同小可，因为这关系到千百万青年人的健康成长，关系到千百万家庭的幸福和社会的稳定、和谐，并长久关系到中国特色社会主义建设事业的发展和中华民族的伟大复兴！班主任只要秉着认真、负责、踏实、勤干的态度，积极探索行之有效的工作方法，就一定能够将高校学生管理工作做好，将教育方针贯彻到底，落在实处。

基于创新能力培养的文科研究生有效学习模式探究

黄　静

研究生教育的目的是为国家培养高级研究人才，教育的宗旨是培养具有科学精神和创新能力的专业人才。因而，科研素质与创新能力的培养是研究生教育的核心。“为什么我们的学校总是培养不出杰出人才?”著名的“钱学森之问”发人深省。用这个问题来审视高校研究生教育现状，显然不容乐观。当前，在高等教育大众化背景下，研究生的招生规模不断扩大，与此同时，研究生的科研素养与创新能力却在逐年下降。研究生教育与人才培养方面存在的问题日益突出，主要体现在以下几个方面：

首先，专业学习热情不高。

受社会大环境影响，多数研究生的专业学习热情不高，对学习状态的满意度及专业知识掌握的自信度都较低。不少研究生未将主要精力放在专业学习上，由于受就业压力的影响，很多研究生从二年级开始就把主要精力放在找工作上，参加各类招考，如公务员考试、事业单位考试、教师编制考试等，大部分时间疲于应付各类考试，不少研究生从二年级以后就很少在校学习。在这样的学习环境下，培养研究生的创新能力与科研能力只能是空谈。

其次，自主学习能力较弱。

不少研究生还没有从本科的学习模式中脱离出来，不能完全适应研究生阶段的学习，缺乏自主学习与独立研究的能力。有的研究生的学习状况与本科时相比，并无多少差别，上课时听老师讲，记记笔记，下课后看看老师开的一些书目，看过也就算了，很少去深入思考，发现问题。学习上表现较为被动，依赖性强，独立性差，需要老师明确布置任务，才知道要做什么。对于自己的研究兴趣、方向、专长缺乏了解，不知道自己该研究什么。此外，由于习惯被动地接受知识，往往人云亦云，难以形成自己的判断与见解，在研究中缺少问题意识、批判思维，这些都影响到对研究生科研能力的培养。

再次，课堂教学效能较差。

目前，研究生对课堂教学的效果认同度差，这是由几方面因素导致的：一是研究生教学仍是一种以课堂教学为中心、以教材或讲稿内容为中心、以教师讲授为中心的传统教学模式。这样的教学模式下，课堂讨论的机会较少，师生之间缺乏有效的互动交流，学生往往只是被动接受知识。二是研究生课堂教学的随意化。相比较本科教学，研究生教学的管理较为宽松，部分课程的教学缺少计划性、逻辑性、系统性，教师往往想到什么说什么，不着边际，甚至有时连基本的课时都不能保证，这样随意化的教学自然无助于学生学术能力的培养。三是研究生教学改革往往名存实亡，成效有限。不少研讨课处于“失序”状态，一些研讨课以“教改”面目登台，却很快名不符实，逐渐恢复满堂灌的教学方式；一些研讨课采取学生主讲的方式，但往往讲授的内容陈旧，观点有误，其他学生很少呼应，课堂效能差；一些研讨课成为纯粹“自由式”的课堂，话题没有中心，对话没有主题，参与者普遍感到无所适从。研讨课的初衷是希望这一教学方式有助于培养学生科研素质与创新能力，使其成为师生间相互启发、相互交流的有效平台，但在不少高校这一教学改革并没有达到预期目的。

第四，学术互动交流不够。

学术的互动交流不够表现为三个方面：一是导师和研究生的交流不够。导师作为研究生学术科研路上的引路人，对研究生的学习成长发展具有重大影响作用。导师的指导对保证与提高研究生学习效果具有积极的促进作用。目前，部分导师由于工作繁忙及科研压力，与学生的交流不够，尤其是面对面的交流，不能及时了解学生的学习情况，有的导师甚至一学期都没有与学生见上一面。二是研究生之间的交流不够。目前高校研究生之间缺少一种学术交流的氛围，不同专业之间、相同专业不同年级之间以及不同导师之间的研究生平时很少联系。虽然研究生阶段的学习主要靠个人的努力，但也需要学友之间的切磋、交流，避免因“独学无友”而“孤陋寡闻”。三是学术活动参与不够。学术活动包括学术会议、学术讲座、学术沙龙、课题研讨等。由于受经费的限制，研究生能够参与的学术活动很少，比如多数研究生很少有机会参加国内外的学术会议。研究生能够参与的学术活动主要是一些校内的学术讲座，且主要作为听众参与，互动交流的机会也很有限。学术互动交流不够必然会影响研究生创新能力的培养。

可见，目前研究生教育在培养研究生科研能力、创新能力方面确实存在问题。针对研究生培养中存在的这些问题，探索一种有效学习模式就势在必行且意义重大。

首先，改革课堂教学模式。研究生课程教学是研究生培养过程中的一个重要环节，对研究生教育质量起着重要影响。研究生课堂教学不仅教学内容应具有学术前沿性，体现出新颖性与学术性特征。同时，应重点围绕培养学生科研创新能力下工夫，改革以传授为主的教学模式，提倡研究式教学。研究式教学强调教学应具备探究性、互动性、开放性与实践性，能够为学生营造一个良好的课堂讨论氛围，使教学过程成为一个师生平等对话、共同参与的探索新知的过程。“研究生教学应该注重的是知识‘生成的过程’而非知识‘掌握的结果’。”[①]与本科阶段相比，研究生阶段知识的接受已不是最主要的了，善于发现问题、分析问题、解决问题是研究生应具备的能力。在研究式教学中，教师需有意识地培养学生的问题意识、对话意识、批判意识，注重方法的传授与思维的启发。比如，教师在教学中应善于设置问题，具体可采取论文研究、基于问题的学习、作品探讨等多种形式，引导学生思考发问，包括观点是否合理、论证是否科学、材料是否全面、是否还有研究空间等。再有，教师在教学中应善于引导对话。既然是对话，双方的关系就是平等

①李红凯：《哲学视域中的“对话教学”》，《北京教育·普教版》2005年第6期。

的，教师应明白其在对话中的作用是引导而不是控制，不要求对话一定要达成一个结论，也不要求学生一定接受教师的观点。对话的过程是寻求新知的过程，是不同意见、思想彼此碰撞、激荡、启发的过程。为使对话有效，教师课前需做好充分准备，课堂上积极引导，课后还需做好整理，形成研究成果。还有，教师在教学中应鼓励质疑。质疑是一个研究者必须具备的品质，教师应注重培养研究生的批判思维，不囿于已有的结论，不墨守成规。学生在大胆质疑的同时又需小心求证，质疑是建立在论据的基础上而不是任意的凭空猜测。

其次，加强课外学术引导。研究生阶段的学习实行的是导师负责制，可以说，导师的引导在研究生培养中起着十分重要的作用。由于课堂教学的时间有限，导师的引导更多是通过课外接触、交流实现的。导师应重视和研究生面对面的交流，交流的内容不一定如上课一样有系统、有计划，它可以是导师平日治学的一些经验，读书的一些心得，研究的一些方法等，也可以是一些还未深入研究的课题，甚至是一些不成熟的想法。这样的交流往往蕴涵丰富的、前端的学术信息，善于学习的研究生会把握机会，从中发现选题或研究空间。导师可根据需要制定见面的时间、方式，比如每周一次的谈话制度，主要是了解研究生的学习情况，谈话的话题可以是开放的、自由的、灵活的。又如每月一次的读书汇报制度，主要是听取研究生最近一段时期所读书目的汇报，导师给予相应的指导、建议、总结。读书汇报会的针对性较强，定期召开这样的汇报会，对于师生双方都是很好的学习交流机会。此外，导师还可以根据需要及研究生的科研水平，让研究生适当参与自己的课题研究。研究生参与导师的课题研究，可以让研究生得到基本的、系统的科研训练，也有助于导师更有针对性地指导研究生，从而有效提高研究生的学术水平与科研能力。

再次，构建学术交流平台。学术交流活动能够为不同学术观点的碰撞、交流提供良好平台。通过学术交流，研究生可以开阔研究视野，发现自身不足，汲取他人观点，完善学术思想。对于文科研究生而言，学术沙龙是培养研究生学术能力的有效平台，具有互动性、平等性、创新性、开放性、多元性等特性。学术沙龙可以激发学生的创新意识，锤炼学生的创新思维，具有课程学习与学生自学不可替代的作用，可作为研究生培养的长效机制。教师可结合自己的研究领域、学术研究热点及争议性话题，定期开展学术沙龙，每一期确定好主题，并将主题提前告知学生，让学生充分准备，通过查找研究资料，形成自己的见解。沙龙的形式多样，如学术论坛、学术读书会、学术茶话会等，参加的成员既可以教师为主体，如高校教师定期开展的教师学术沙龙，学生参与讨论与旁听；也可以学生为主体，学生作为主讲人，教师参与点评。学术沙龙应真正体现沙龙的特点，而不是流于形式，变成主讲人的讲座。所有学生都应畅所欲言，热烈讨论。另外，同门之间也可开展学术沙龙，这种沙龙形式更自由，宿舍、餐厅、咖啡馆等都可成为交流的场所，以此建立“导师领航、学长引导、共同探讨”的同门互动模式。此外，还可尝试不同专业间开展沙龙，可进一步开阔学术视野，拓宽研究思路。

再有，强化自主学习能力。研究生阶段的学习，导师的指导固然重要，但更多是依靠研究生自己的努力。对于研究生而言，培养自主学习能力尤为重要。研究生需要大量研读著作，这种研读不是普通的阅读，它要求带着问题、带着想法、带着质疑去进行有深度的解析、思考，并及时做好读书笔记。往往问题、想法记录的多了，可能就会从中发现选题，找到自己的研究方向。如果说新闻工作者需要有新闻敏感，对于研究生来说，也应逐步培养自己的学术敏感，即善于通过研读著作论文、通过与导师及课程组其他老师的对话交流、通过参与各种学术活动，来抓住学术的热点、争议点及生长点，寻找到学术研究的空隙与切入点。与此同时，研究生还应注重培养自己的研究能力，即善于发现、掌握各种研究方法、论证逻辑。研究生在听课和阅读时，不仅要了解知识及观点，更应掌握分析论证的思路与方法。我们常说“授人以鱼不如授人以渔”，对于教师我们强调要教给学生方法，对于学生来说则应善于掌握学习方法。自主学习能力的培养是一个长期的过程，作为学习主体的研究生应主动与导师交流，积极参与各种学术活动，重视培养学术敏感性与研究能力，提升自己的专业素养。

最后，建立科学评价机制。科学的评价机制是培养研究生创新思维与科研能力的有效保证。研究生的学习评价标准应具有科学性、多样性与灵活性。在课程评价上，除了传统的考试、论文的考核方式外，还可结合课堂发言、读书笔记、课外阅读等，予以综合评价。此外，研究生参加的学术讲座、沙龙发言、读书报告会、学术会议以及申报、参与的课题研究、发表的论文等，应以合理的量化标准纳入综合成绩的评定，作为各类奖学金评选的一个依据。通过建立科学、长效的评价机制，激发研究生的学术热情，从而在师生中形成良好的学术研究氛围。

研究生有效学习模式的探索需要学院、导师及研究生三方的共同努力，学院负责铺路，导师负责引路，研究生负责走路，在此关系基础上，方有可能培养出高层次、高水平的专业研究人才。

后 记

这部中国现当代文学本科教学团队的论文集，编订结束已近2015年。论文集中的文章，有的是已经发表过的教学论文，有的是未发表的论文。文章的归类只是一个大体的划分。基本顺序是：现当代文学在宏观教育教学中的作用、现当代文学的学科理念、中国现当代文学课程本科教育教学的方式方法、中国现当代文学本科教学与研究生教育教学的对接、中国现当代文学教育教学与中学语文教育教学的对接、中国现当代文学教育教学与小学语文教育教学的对接。论文集编写的中心思想是：紧紧围绕中国现当代文学本科教学这一核心来安排，突出本校的师范性特色，突出教学的实践性特色，高度重视本科教学经验的理论化。论文编排的体例大致遵照从学科观念到教学方法，从宏观到微观的顺序。

需要特别说明的是，本论文集中的文章，已经经过作者和编者的仔细校对，但是，其中的错误和瑕疵在所难免，还望教育教学工作者在阅读之后给予指正。

感谢中国现当代文学省级本科教学团队项目的支持。

编　者